Peter Gerdes: Der Etappenmörder

Zu diesem Buch:

Mord beim Ossiloop! Nicht nur die Läufer-Szene ist entsetzt. Hauptkommissar Stahnke steht vor einem Rätsel - und die geheimnisvollen Gedichte, die er mit der Post bekommt, bringen ihn der Lösung auch nicht näher. Journalist Marian Godehau, der das Kult-Spektakel über sechs Etappen unbedingt mitmachen will, ist ebenfalls keine große Hilfe. Dafür rückt er bald selber in den Brennpunkt. Wer ist der Täter - ein wahnsinniger Serienkiller? Welche Rolle spielt der rechtslastige Lokalpolitiker Zimmermann? Was hat der alte Levy gesehen - oder getan? Und warum weiht Stahnke ausgerechnet Sina Gersema in seine Pläne ein?

Auch nach dem zweiten Anschlag geht der Ossiloop weiter. Wahnsinn, sagen die Leute. Und Stahnke gerät in Zeitnot.

Der Autor:

Peter Gerdes, geb. 1955 in Emden, fuhr zur See, studierte Germanistik und Anglistik, veröffentlichte Bücher zur Studienreform und Sprachkritik, verfasste Songtexte und Gedichte, schreibt heute vor allem Sciencefiction und Kriminalliteratur. Er lebt mit seiner Familie in Leer und arbeitet als Journalist.

Neuere Publikationen: „Ein anderes Blatt", „Thors Hammer", „Ebbe und Blut" (Kriminalromane); „Das Mordsschiff" (Kurzkrimis); „Unter dem Wolkendach" (Gedichte); „Zum Morden in den Norden", „Mordkompott" (Krimi-Anthologien, Hrsg.); „Der schwarzbunte Planet" (SF-Anthologie, Hrsg. mit Bernd Flessner). Weitere Veröffentlichungen in zahlreichen Anthologien.

Peter Gerdes

DER ETAPPENMÖRDER

Kriminalroman

Personen und Handlung dieses Romans sind frei erfunden. Jede Ähnlichkeit mit lebenden oder toten Menschen wäre rein zufällig

Peter Gerdes:
Der Etappenmörder
Kriminalroman

1. Auflage 2001
ISBN 3-934927-08-4

Leda-Verlag, Kolonistenweg 24, D-26789 Leer
info@leda-verlag.de
www.leda-verlag.de

Lektorat und Satz: Heike Gerdes
Titel und Umschlaggestaltung: Holger Fischer
Grafik Seite 7: Ostfriesen-Zeitung
Grundschrift: Novarese
Druck und Gesamtherstellung: Rautenberg Druck GmbH, Leer
Printed in Germany

Herzlichen Dank an Hedda und Klaus Beyer, Kai Engelke, Wolfgang Epple und Klaus Seehafer für die kollegiale und fachliche Beratung.
Dank auch an Klaus Seehafer für den Alternativ-Titel „Lauf, Ossi, lauf" - den habe ich dann aber doch nicht genommen.

Wasser

Brennende Nässe
unter kühlem Blätterdach
Ende im Frühling

Feuer

Der Flug durchs Helle
ein Moment der Erhöhung
der Weg endet hier

Luft

Dein Lauf wie ein Pfeil
unbeirrt stolz, doch der Tod
vollendet den Kreis

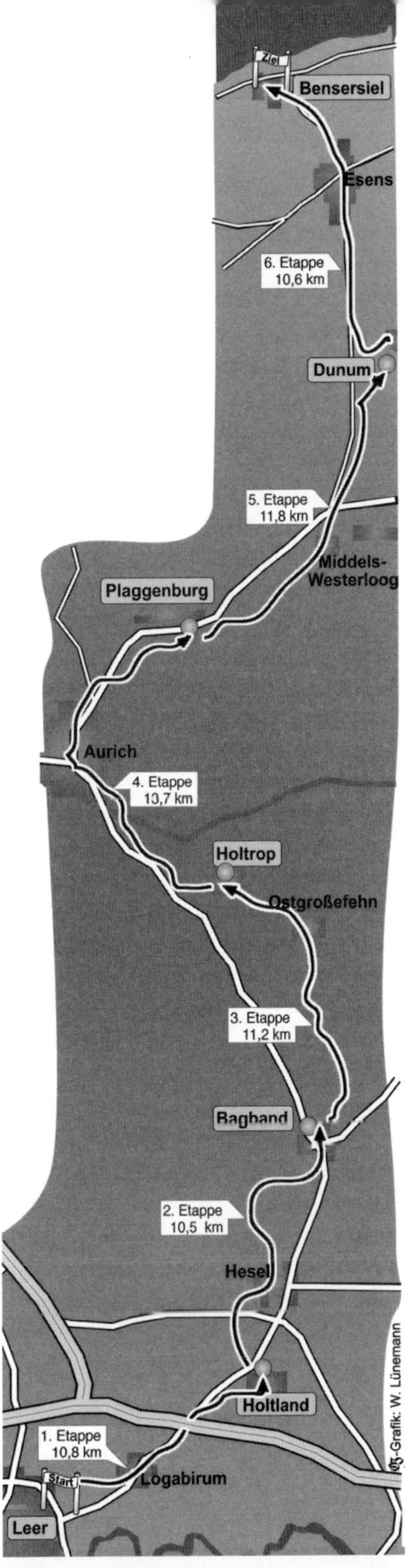

Für Heike

Ich habe ihn wieder gesehen, heute früh. Er mich nicht. Ich habe ihn beobachtet, in aller Ruhe. Er stand einfach nur da, schien auf etwas zu warten, ich weiß nicht worauf, und schaute in die Ferne, ich weiß nicht wonach. Auf mich wartete er sicher nicht, und er hielt auch nicht Ausschau nach mir. Und doch brach mir der Schweiß aus, das Herz klopfte mir bis zum Hals, und meine Hände zitterten. Da wusste ich plötzlich: Es muss ein Ende sein.

Er beengt mich, er nimmt mir die Luft, so lange schon. Er verfolgt mich, auch wenn er sich gar nicht rührt. Ich kann ihn nicht abschütteln, ihm nicht entkommen, auch wenn er keinen Schritt tut. Er ist schneller als ich, auch wenn ich renne. Wo immer ich mich vor ihm verstecke, er ist schon da. Er ist der Igel mit den giftigen Stacheln.

Er ist in meinem Kopf. Wie soll ich ihn da loswerden?

Loswerden muss ich ihn. Ein Ende muss sein. Muss. Ich will nicht mehr laufen, nicht mehr weglaufen vor ihm, will mich nicht mehr verstecken müssen, vor ihm, in meinem eigenen Kopf. Will nicht mehr der Hase, will der Jäger sein.

Aber ich muss aufpassen. Er ist nicht dumm. Er weiß viel über mich, sehr viel, und wenn ich nicht aufpasse, dann ist er auch diesmal wieder schneller. Er ist stark, auch wenn man es ihm vielleicht nicht ansieht. Aber ich weiß, dass er auch Schwächen hat. Die kenne ich, seit ich gehört habe, wie er gelacht hat, gelacht über mich.

Er wird nie wieder über mich lachen.

Mein Herz klopft mir bis zum Hals, und ich schwitze. Ich bin der Jäger. Meine Hände dürfen nicht zittern. Es muss ein Ende sein. Es muss.

1.

Es knallte furchtbar, und Marian zuckte zusammen, obwohl er den Schuss doch erwartet hatte. Er hatte ihn sogar herbeigesehnt, wie eine Erlösung hatte er ihn sich erhofft, aber als er dann fiel, ein helles, scharfes, schmetterndes Geräusch, ungedämpfter Schmerz in den Ohren, schallgewordene Unwiderruflichkeit, da war Marian doch erschüttert. Einen Moment lang war sein Körper wie erstarrt, schienen seine Muskeln verkrampft, seine Glieder wie eingefroren. Dann überlief es ihn heiß, und er warf sich nach vorn, einem kompromisslosen Fluchtimpuls nachgebend, der älter war als alles, womit sich Menschen über andere Lebewesen erhoben zu haben glaubten. Marian rannte los wie ein gehetztes Tier.

Um ihn herum erklang ein Schnaufen, ein Fauchen, als würde Luft durch poröse Schläuche gesaugt und gepresst, und der Boden unter seinen Füßen begann leicht zu vibrieren. Er fühlte Hände auf seinem Rücken, Finger an seinen Armen, Stöße in seinen Rippen, eine streifende Berührung an seiner rechten Wade von einem nur um Haaresbreite fehlgegangenen Tritt. Von hinten, von allen Seiten drängte es heran. In Panik warf er sich nach vorn, beschleunigte seinen Schritt, ohne es wirklich zu wollen. Etwas schien seine Brust zu umklammern, und er riss Lippen und Zähne auseinander, die er seit dem ohrenbetäubenden Knall aufeinander gepresst hatte, ohne es zu spüren. Der Laut, den er dabei ausstieß, ging in einem brausenden Geräusch unter, das an das Nahen eines vielbeinigen Untiers erinnerte. Schlagartig brach ihm der Schweiß aus.

Er heftete seinen Blick, eingeengt wie von der Röhre eines Tunnels, an etwas Gelbes, das direkt vor ihm zu tanzen schien, zu wippen und zu wogen, das Falten und Wellen schlug und sich langsam entfernte, Raum schaffend, der schon Sekunden später von weißlich verwischten Keulenschwüngen ausgefüllt wurde, rudernden, bedrohlichen Bewegungen, abwehrend, abschreckend wie die Stacheln eines Igels oder die Zähne im Maul eines Hais.

Unwillkürlich verhielt Marian seinen Laufschritt ein wenig, hob den Kopf leicht an und mit ihm den bisher gesenkten Blick. Im selben Moment traf ihn ein Schlag mitten ins Gesicht, ein Hieb wie von einer Peitsche, blendend über beide Augen, brennende Nässe hinterlassend. Er schrie auf. Ein keckerndes, gehässiges Lachen war die Antwort. Gleich darauf traf ihn ein spitzer Ellbogen von rechts in die kurzen Rippen. Er strauchelte, taumelte, scherte nach links aus, verließ den Strom, konnte wieder sehen, sah eine helle, massige Gestalt vor sich aufragen und prallte dagegen. Zwei mächtige Hände packten seine Oberarme, hielten ihn fest, stellten ihn sich zurecht. Aus.

„Schon fertig?", fragte eine wohlbekannte Stimme. „Ich dachte, es geht über zehn Kilometer."

Marian fuhr sich mit beiden Händen übers Gesicht, betrachtete seine Handflächen: Wasser, kein Blut. Regenwasser. Ein Zweig mit nassen Blättern, im leichten Wind federnd oder aus der Hand eines Konkurrenten geschnellt.

Fahrig, wie der eines aus einer Trance Erwachten, huschte sein Blick über das breite, füllige Gesicht seines Gegenübers. „Stahnke", sagte Marian keuchend.

„Klar", brummte der. „Konnte mir Ihre Premiere doch nicht entgehen lassen." Er ließ Marians Arme los. „Scheint so, als hätten Sie etwas zu hoch einsteigen wollen. Jetzt wäre wohl der bessere Zeitpunkt."

Marian drehte sich um. Immer noch rauschte der Strom der Läufer an ihm vorbei, Hunderte und Aberhunderte. Das da jedoch waren nicht mehr die langaufgeschossenen, drahtigen Gestalten der Spitzengruppe, die mit den hohlen Wangen und dem entschlossenen Blick. Die hier waren runder und bunter, liefen verhaltener, als hätten sie den weiten Weg im Sinn, nicht das Ziel. Hier schlenkerten Arme, drehten sich Köpfe, wandten sich Gesichter plaudernd einander zu. Jogger. Richtig um die Wette gelaufen wurde weiter vorne. Dort, wo er jetzt eigentlich hätte sein wollen.

„He, Marian!" Pink über Dunkelblau wippte es an ihm vorbei, gekrönt von einem kastanienroten Haarbusch, der auswehte wie die Heckflagge einer frechen kleinen Piraten-Schaluppe. Sina. Sie winkte, hielt aber nicht an. Marian holte tief Luft, winkelte die Ellbogen an, lief erneut los und reihte sich ein paar Plätze hinter ihr ein.

Der kühle Wind ließ ihn spüren, wie seine Wangen brannten. Anstrengung konnte das noch nicht sein, eher Scham. Marian Godehau, der Traumtänzer. Sieben Kilo abgespeckt, ein bisschen auf dem Ergometer gestrampelt, sich an lange vergangene Fußballer-Zeiten erinnert, mutig für den Ostfrieslandlauf angemeldet - und natürlich gleich Flausen im Kopf gehabt. In die Startergruppe der Spitzenläufer reingedrängelt, na klar. Wie es die Deppen tun, die unbedingt mit aufs Startfoto wollen und nur alles durcheinanderbringen. Die angerempelt und nach hinten durchgereicht werden, weil sie stören und nerven. Wenn die Langläufer wirklich die große Familie waren, als die sie immer gepriesen wurden, dann eine mit Problemkindern.

Marian spürte, dass er die Lippen zurückgezogen hatte und mit gefletschten Zähnen lief. Seine Armmuskeln waren viel zu stark angespannt, seine Schritte zu stampfig, und das Herz pochte Alarm. Er versuchte sich auf seine Atmung zu konzentrieren: Ein - zwo, drei, vier, und aus - zwo, drei, vier. Er konnte spüren, wie sich sein Puls nach und nach normalisierte. Seine Schritte wurden länger und weicher. Ein gutes Tempo, es schien ihm zu entsprechen. Genau das Tempo der Jogger um ihn herum. Marian begann sich damit abzufinden.

Wieder heftete er seinen Blick an ein vor ihm tanzendes, wippendes, wogendes, Falten und Wellen schlagendes Läufertrikot, ließ sich von seinen Bewegungen beruhigen und ziehen. Ein pinkfarbenes Trikot über einer dunkelblauen Radlerhose. Marians Blick rutschte ein Stückchen hinunter über den dünnen, glatten Stoff der eng anliegenden Hose, der sich im Laufrhythmus mal links, mal rechts aufwölbte. Ein netter Anblick, der ihn dazu bewog, noch ein paar Meter aufzuschließen.

Es dauerte eine Weile, bis er merkte, dass er hinter Sina lief, dass er heute Morgen an genau diesen Po geschmiegt aufgewacht war. Sie lief mit unbekümmerter Lockerheit, federnd, fast schwebend, wie von Instinkten gesteuert. Marian wischte sich den Schweiß von der Stirn und wunderte sich über Sinas unruhige Armführung, bis er merkte, dass sie sich offenkundig angeregt und immer wieder heftig gestikulierend mit dem Läufer zu ihrer Rechten unterhielt, einem dunkellockigen, breit grinsenden, etwas übergewichtigen Kerl mit der animalischen Ausstrahlung ungetrübter Selbstgefälligkeit, der trotz seiner vielleicht fünfzig Jahre ziemlich fit wirkte und ganz bestimmt nicht deshalb hier im hinteren Teil des Feldes neben dieser bildhübschen Frau lief, weil er nicht schneller gekonnt hätte. Marian kannte diesen Mann, kannte ihn nur zu gut, und es behagte ihm gar nicht, gerade ihm auf einem Terrain zu begegnen, auf dem er offenkundig nicht mithalten konnte.

Man sollte nur Sachen machen, die man kann, dachte Marian. Aber wer wusste schon, was er konnte, ohne es zu versuchen? Laufen, um die eigenen Grenzen zu erkunden. Ha! Dafür, so schien es, würde er wohl nicht allzu weit laufen müssen.

2.

Der Mensch hat sich auf treibende Baumstämme gesetzt, überlegte Stahnke, während er dem Ende der vielbeinigen Läufer-Schlange nachschaute, das gerade zwischen den dicht belaubten Bäumen des Julianenparks verschwand. Flöße hat er sich gebaut, dann Schiffe. Pferde hat er gefangen und gezähmt, Wagen gebaut, Kutschen, Eisenbahnen und schließlich sogar Flugzeuge. Alles, um nicht mehr laufen zu müssen. Und was passiert? Kaum muss er nicht mehr laufen, schon tut er's gerade. So sind sie, die Menschen. Da kann ja nichts draus werden.

Wie zum Trotz blieb er noch ein Weilchen stehen, massig und massiv wie eine Litfaßsäule in seinem hellen, knitterigen Trenchcoat, der dünn war und doch schon viel zu warm für diesen unerwartet sonnigen Spätnachmittag im Mai. Dieser Tag gab sich alle Mühe, den nasskalten Herbst, den ebenso nasskalten Winter und die kaum weniger nasskalte erste Frühlingshälfte, die ihm vorangegangen waren, vergessen zu machen. Schöne Tage konnte es geben hier in Ostfriesland, herrliche Tage sogar, nur eben nicht im Überfluss, und wenn man mal einen erwischte, einen wie diesen, trotz der Schauer am Vormittag, dann musste man ihn auch nutzen. Und nicht weglaufen. Stahnke stand, mit der ganzen Ortsfestigkeit seiner zwei Zentner, drückte die breiten Schultern nach hinten, streckte seine Wirbelsäule und atmete tief ein. Und nutzte. Carpe diem, nutze den Tag, ach ja.

„Na Chef, gar nicht mitgelaufen?"

„Wir dachten, Sie sind längst in Holtland."

Stahnke gestattete sich ein halbes Grinsen und grüßte die beiden grün uniformierten, knorrigen, graubärtigen Gestalten, indem er den dicken Zeigefinger seiner rechten Hand in die Nähe seiner weißblonden Haarstoppeln hob, dorthin, wo die Krempe eines großen, aber wirklich sehr großen, tief ins Gesicht gezogenen Borsalinos gewesen wäre, wenn er denn einen getragen hätte. Was er nie tat. Natürlich, Rieken und van Dieken, die Schupo-Zwillinge. Die beiden ließen wirklich keine Sportveranstaltung aus. Wie sie es schafften, immer wieder auch dann zum Sicherungsdienst eingeteilt zu werden, wenn es nach menschlichem Ermessen nichts, aber auch gar nichts zu sichern gab, war ihr seit Jahren wohlgehütetes Geheimnis.

„Fahren Sie nur vor, meine Herren", sagte Stahnke. „Zielraum sichern. Oder?"

„Genau, Herr Hauptkommissar", sagte Rieken. „Aber erst noch die Strecke observieren."

„Man weiß ja nie, Herr Hauptkommissar", sagte van Dieken.

Die beiden schlenderten Richtung Parkstreifen, wo ein VW-Bulli in Mint und Weiß durchs helle Blattgrün hindurch zu erahnen war, und auch Stahnke setzte sich nun in Bewegung, ging langsam zwischen dicken Bäumen hindurch zur Bolzwiese, die wie eine Lichtung am Rand des Julianenparks lag.

Jedes Jahr wurde hier der Ostfrieslandlauf gestartet, liebevoll Ossiloop genannt, und mit jedem Jahr wurde das Starterfeld größer. Inzwischen war man nicht mehr weit von tausend Teilnehmern entfernt. Sicher, viele Cityläufe hatten mehr Resonanz vorzuweisen. Der Ossiloop aber war etwas Besonderes, ein Sechs-Etappen-Lauf quer durch Ostfriesland von Leer bis nach Bensersiel, ein Unternehmen von insgesamt fast siebzig Kilometern, zu absolvieren an sechs Tagen innerhalb von drei Wochen, jeweils dienstags und freitags. Als echter Ossilooper galt nur, wer wirklich alle Etappen hinter sich brachte. Die Zeit, so lautete die offizielle Version, war dabei Nebensache. Das aber galt längst nicht mehr für alle. Schadenfroh dachte Stahnke daran, wie Marian Godehau das vorhin zu spüren bekommen hatte.

Seinetwegen war Stahnke überhaupt hergekommen. Schließlich waren sie sich in den letzten Jahren oft genug über den Weg gelaufen, da hatte sich einiges an gemeinsamer Erfahrung angesammelt. Die meiste Zeit war ihr Verhältnis nicht gerade positiv gewesen; Stahnke hatte sich darüber geärgert, dass sich dieser vorwitzige, fast zwanzig Jahre jüngere Journalist immer wieder in seine Fälle eingemischt hatte. Marian Godehau hatte dem Hauptkommissar nicht nur anfänglich stark misstraut und sich mehr als einmal von ihm benutzt gefühlt. Sie siezten sich immer noch, aber eine gewisse Verbundenheit war dennoch nicht zu leugnen. Eine kumpelhafte Vertrautheit, anders als Freundschaft, aber nicht minder intensiv. Ob es das war, wovon alte Kriegskameraden immer faselten? Grinsend schüttelte Stahnke den Kopf.

Das Fahrrad war noch da. Grellgelb leuchtend lehnte es an einem der alten Bäume zwischen Bolzwiese und Fahrradweg, der hier die Peripherie des Parks schnitt. Ein Anblick wie ein Willkommensgruß, fand Stahnke, erfüllt von frischem Besitzerstolz und der Erleichterung darüber, dass sein neues Spielzeug noch nicht Eingang in die alarmierende Fahrraddiebstahl-Statistik gefunden hatte. Na ja, das Stahldrahtschloss war ja auch nicht eben billig gewesen.

Ein bisschen war dieses Fahrrad - einundzwanzig Gänge und optisch einem Mountain-Bike nachempfunden - eine Antwort auf Marian Godehaus sportliche Aktivitäten und damit Ausdruck jener unterschwelligen Rivalität, die sich zwischen den beiden Männern entwickelt hatte. Die stämmige Figur und die in mehrfacher Hinsicht belastenden Gewichtsprobleme hatte Stahnke eigentlich immer als verbindende, dauerhafte Gemeinsamkeit zwischen ihnen betrachtet, waren sie doch nicht nur Ausdruck einer ähnlichen Veranlagung, sondern auch eines vergleichbaren Lebensstils.

Als Marian dann eines Tages seine Diät- und Sport-Pläne verkündet hatte, fand Stahnke das lächerlich. Dass er diese Pläne tatsächlich umzusetzen begann, hatte etwas Provokantes. Sein Erfolg aber war Verrat.

Also hatte Stahnke sich dieses Fahrrad gekauft, um zu beweisen, dass er noch viel mobiler sein konnte und dabei mit Sicherheit eine bessere Figur machte als so ein hoppelnder Jogger mit steifen Hüften. Um das Geld - weit über tausend Mark hatte das Schmuckstück gekostet - tat es ihm nicht leid. Allerdings war er bei dieser Gelegenheit darauf gestoßen, dass bei ihm zu Hause im Keller ein Rudergerät, ein Hometrainer und ein Satz Hanteln gründlich eingestaubt herumstanden. Offenbar neigte er dazu, Taten durch Käufe zu ersetzen. Jedenfalls, wenn es um körperliche Fitness ging.

Wie hieß das noch: „The difference between man and boy is in the price of his toy." Tja, vermutlich. Jedenfalls würde er jetzt nach Holtland radeln und Marian Godehau dort am Ziel bei der Mühle erwarten. Vielleicht mit einer Flasche Wasser in der Hand. Der würde gucken.

So ein Trenchcoat war nicht sehr praktisch auf dem Rad, außerdem schien es immer wärmer zu werden; unter dem feuchten Blätterdach des Parks begann sich sogar sommerliche Schwüle zu verbreiten. Stahnke zog den Mantel aus und rollte ihn zusammen, um ihn auf den Gepäckträger zu klemmen, wobei er sorgfältig darauf achtete, dass nichts aus den Taschen fallen konnte. Vor allem dieser komische Brief nicht, der rechts außen steckte und durch vernehmliches Knistern an seine Existenz erinnerte.

Heute früh hatte der Brief bei der Dienstpost gelegen, ausdrücklich an ihn adressiert, „z. Hd. Hauptkommissar Stahnke". Ohne Absender. Inhalt: ein Gedicht.

Jedenfalls eine Art Gedicht, ziemlich kurz und ungereimt, irgendwas von brennendem Wasser und einem Ende im Frühling. Nichts, was irgend einen Sinn ergab. Stahnke konnte sich keinen Reim darauf machen. Möglicherweise etwas Privates, trotz der dienstlich klingenden Anrede. Aber was? Ging es um seinen Hang zu Feuerwasser? Schnaps trank er doch kaum, im Gegensatz zu Wein und Bier. Und Schluss gemacht hatte er in diesem Frühling mit niemandem. Da war ja gar nichts gewesen, was hätte beendet werden können. Traurig genug, aber wenigstens in diesem Fall halbwegs beruhigend.

Vielleicht ein blöder Scherz. Jedenfalls hatte Stahnke den Brief nicht weggeworfen. Man wusste ja nie, ganz recht, Kollege van Dieken.

3.

Er hatte überlegt, ob ihm wohl zuerst die Lungenflügel weh tun würden oder die Beinmuskeln, und hatte schließlich auf Seitenstechen getippt. Tatsächlich waren es die Arme. Unglaublich, wie schwer es ihm wurde, die Ellbogen angewinkelt zu halten. Immer wieder wollten seine Unterarme, deren gut entwickelte Muskeln seine heimliche Eitelkeit ansonsten erfolgreich stützten, wie schlappe Leberwürste der Schwerkraft nachgeben und die verkrampften Hände kraftlos Richtung Straße baumeln lassen. Schon mehrmals hatte Marian die Hände Halt suchend auf die Hüftknochen gestemmt, was aber einen derart peinlichen Watschelgang zur Folge gehabt hatte, dass er das ganz schnell wieder sein ließ und lieber die Zähne zusammenbiss.

Ein Schal müsste die Lösung sein, dachte er. Ein dünner Schal um den Nacken, beide Enden um die Hände gewickelt. Das hatte er schon einmal irgendwo gesehen, bei einem dieser kostümierten Jux-Läufer zwar, aber egal, das müsste gehen. Auf der nächsten Etappe würde er das machen, ganz bestimmt. War doch egal, ob die anderen dumm guckten.

Wenn er diese Etappe nur erst überstanden hätte.

Den Julianenpark, ein paar Asphaltstraßen und den Wanderweg vom Leeraner Stadtteil Heisfelde zum Vorort Logabirum hatten sie jetzt hinter sich, und Marian hatte sich an den Klang seines eigenen Keuchens gewöhnt. Immer öfter liefen sie jetzt in der prallen Sonne. Es war heiß, und es schien immer heißer zu werden. Schweißperlen standen ihm auf der Stirn, glitzernde Kügelchen, die sich aufblähten, bis die Oberflächenspannung ihrer Masse nicht mehr Herr zu bleiben vermochte, so dass sie platzten und zu sickernden Rinnsalen wurden, aus deren Zusammenfluss sich kleine Bäche bildeten, die ihm über die Schläfen und in die Augenwinkel rannen. Einzelne Tropfen, durch die Erschütterungen seiner stampfenden Schritte von der Haut katapultiert, fanden den Weg an den Augenbrauen vorbei bis an die Innenseiten seiner Brillengläser, wo sie herabliefen und verdunsteten und dabei breite salzige Spuren hinterließen, die seinen Blick noch zusätzlich trübten. Das T-Shirt pappte ihm am Rücken wie ein nasser, warmer, vom vielen Wischen klebriger Feudel. Ebenso wie seine Zunge am trockenen

Gaumen. Getränke-Stände bei Volksläufen hatte er immer für albern gehalten. Jetzt sehnte er einen herbei.

Längst hatte sich das Feld auseinandergezogen, war der vielbeinige Lindwurm in seine Segmente zerfallen, kleine Pulks, zwischen denen aufholende und zurückfallende Läufer wie keuchende Boten die Verbindung aufrecht erhielten. Marian stellte fest, dass diejenigen, die zu ihm aufschlossen und ihn überholten, bei weitem in der Mehrzahl waren gegenüber denen, die er überholte. Steigerten die anderen das Tempo? Nicht anzunehmen, hier auf der ersten Hälfte der Strecke. Vermutlich wurde er nur langsamer.

Sie waren vom Wanderweg nach rechts auf eine Straße abgebogen. Jetzt ging es erneut nach rechts. Alles in ihm sträubte sich dagegen, wieder zurück in Richtung Leer, in Richtung Start zu laufen, und er musste sich regelrecht dazu zwingen, dem Streckenverlauf zu folgen. Zum Glück ging es wenig später wieder nach links, und der Weg wurde leicht abschüssig, was überraschenderweise aber keine Erleichterung brachte; vielmehr drohten die Beinmuskeln bei dieser ungewohnten Belastung zu verkrampfen.

Wieso ging es überhaupt bergab, hier im pfannkuchenflachen Ostfriesland? Marian schaute hoch und stellte fest, dass sie an einem Friedhof entlang liefen, einem einladend begrünten Platz mit sauberen schwarzen Steinen und ordentlichen hellen Karrees, gesprenkelt mit ein paar Findlingen und fast deplatziert wirkenden Kreuzen. Das musste der Friedhof von Logabirum sein; der lag natürlich direkt neben der Dorfkirche, und die wiederum auf einer Warft, einem künstlichen Hügel, der das Gotteshaus einst bei Sturmfluten vor dem Wasser hatte schützen sollen. Hoch und trocken. Gott und die Toten haben es gut, dachte Marian, während ihm der Schweiß über die Wangen perlte und in den struppigen Bart sickerte.

Der Weg knickte erneut nach rechts ab, führte um den Friedhof herum und tauchte dann wieder nach links weg, hinein in einen niedrigen Tunnel, der unter der Bundesstraße hindurchführte. Marian genoss die dämmerige Kühle, die nur wenige Schritte weit andauerte. Dann ging es wieder hinaus in die Hitze und den Lärm der Straße, der die Laufstrecke nun folgte.

Eins zwo, eins zwo, eins zwo. Längst hatte sich seine Atem-Schritt-Frequenz vom Idealwert entfernt und der rauen Realität angepasst. Die Lungen verhalfen dem Körper eigenmächtig zu seinem Recht, und er merkte, dass ihm diese Anpassung, dieses Gehenlassen beim Laufenmüssen durchaus Erleichterung verschaffte. Inzwischen hatte er es aufgegeben, sich um seinen Laufstil oder seine mutmaßliche Platzierung auch nur einen feuchten Schmutz zu scheren. Es war, als folge er seinem eigenen Schritt wie in Trance, als beobachte er die Anstrengung, statt sie selbst zu leisten.

Bilder, die im Rhythmus seiner Schritte vorbeihüpften, fesselten seine Aufmerksamkeit jeweils für Sekunden, lenkten ihn ab, während seine Schuhsohlen über den immer gleichen, grauen, glatten Asphalt schurrten. Dieser Mann zum Beispiel, der da am Rand der Laufstrecke stand und den Läufern seinen Rücken zuwandte, als wollte er ihnen tiefste Verachtung demonstrieren, dabei versonnen einen gekrümmt dahockenden Rauhaardackel betrachtend, der gerade auf den Grasstreifen zwischen Radweg und Fahrbahn kackte. Die beiden Frauen in dunkelblauen Kittelschürzen, die eine weiß gepunktet, die andere weiß geblümt, die den Zug der Läufer anstarrten, als würde er jeden Augenblick verschwinden, dem unsichtbaren Befehl einer zappenden Fernbedienung folgend, und einer anderen Sendung Platz machen. Der dicke, stoppelhaarige Mann da neben dem knallgelben Fahrrad, das aussah, als hätte er es seinem jüngsten Sohn weggenommen. Die beiden Typen, die breit grinsend an ihm vorbeischauten und irgend jemandem hinter ihm zuriefen: „Hol ihn dir!"

Wer soll sich wen holen, überlegte er. Wer wer wer wen wen wen. Irgendwer mich, irgendwer mich. Irgendwer holt mich. Worte. Worte haben Rhythmus. Rhythmus ist gut. Gute Worte. Marian lief im Rhythmus der Worte, die keine Bedeutung zu haben schienen.

Die nächste Richtungsänderung warf ihn wieder zurück in die Realität des Leidens. Ein Streckenposten mit orangefarbener Weste, vollkommen bewegungs- und teilnahmslos dastehend, markierte durch seine schiere Existenz einen Neunzig-Grad-Knick der Strecke in den Wald hinein. Harter Asphalt wurde von weichem Waldboden abgelöst, die stechende Sonne von kühlendem Schatten, all das aber war nichts gegen die Tatsache, dass er sich des Laufens schlagartig wieder bewusst wurde. Seinem

Hintermann schien es ebenso zu gehen; Marian hörte ihn husten und stöhnen.

Mehr als ein Gehölz konnte das hier eigentlich nicht sein, aber es sah wahrhaftig nach Wald aus, und es roch auch nach Wald, was Marian vor allem deswegen angenehm fand, weil er schon seit geraumer Zeit einen Geruch wie von Klobeckensteinen in der Nase hatte. Verwitterte Baumreste ruhten rechts und links des Weges auf braunen Nadelteppichen, einer an eine Riesenschildkröte erinnernd, ein anderer an ein stachelbewehrtes Fabeltier. Schön, dachte er. Eins zwo, eins zwo.

Schon wurde das Wäldchen wieder lichter, und zwischen schlanken, kahlen Nadelbaumstämmen konnte er einen Wall aus Erde und zusammengeschobenen Baumstümpfen erkennen, überragt von Hausdächern. Also doch nur ein Gehölz. Aber immerhin.

Vor ihm tauchten vereinzelt Zuschauer auf, und ihm wurde bewusst, dass er minutenlang vollkommen allein gelaufen sein musste. Na ja, relativ allein; die Kurven des gewundenen Waldwegs verbargen die vor ihm Laufenden, und wer hinter ihm war und wie nah, wusste er nicht, denn sein Atem übertönte jedes Laufgeräusch, und sich umzudrehen traute er sich nicht.

Plötzlich erklang eine Trommel, ein Paar Kongas vielmehr, von kundigen Händen geschlagen in einem stimulierenden Rhythmus. Die Strecke schnitt jetzt die Siedlung, und ein paar Leute hatten nicht nur für Musik gesorgt, sondern tatsächlich auch einen Erfrischungsstand aufgebaut. Trotz seiner brennenden Augen überkam Marian ein Glücksgefühl, getragen von tiefer Dankbarkeit.

Im selben Augenblick nahm er eine Bewegung links neben sich wahr. Der Mann, der ihn da überspurtete, mochte gut doppelt so alt sein wie er, sechzig Jahre oder mehr, mit fast weißen, gewellten Haaren über einem borstigen Nacken und altersflekkiger, an Oberarmen und Schultern erschlaffter Haut. Aber er war schlank und groß, hatte lange, sehnige Arme und Beine, und er war ganz offensichtlich fit. So fit, dass er Marian beim Überholen ein freundliches, aufmunterndes Lächeln widmen konnte, dazu einen dieser Blicke, die bei aller Freundlichkeit vor allem Überlegenheit transportierten und ein wenig Hohn. Marian sah in ein markantes Gesicht, dessen dominanter Ausdruck von senkrechten Falten noch betont wurde. Das Gesicht eines gewohnheitsmäßig Erfolgreichen. Ein Chef-Gesicht. Ein wohlbekanntes Gesicht, das Marian alle paar Tage aus seiner eigenen Zeitung entgegenzulächeln pflegte. Wie lautete doch gleich der dazugehörige Name? Ein merkwürdiger Name, hinten schlicht und vorne albern. Er war da, irgendwo dort hinter seinen Augen, holpernd im Rhythmus seiner Laufschritte, und es hätte nur einer kleinen Anstrengung bedurft, ihn sich vor Augen zu führen. Aber wozu? Er hatte keine Energie zu verschenken.

Der Überholer ignorierte den Tapeziertisch mit den Wasserbechern, lief weiter mit vorbildlich gestreckter Wirbelsäule und geraden Schultern. Fast wäre Marian ihm gefolgt, plötzlich beflügelt vom Trotz, der ihm schon über manche Klippe geholfen, ihn aber auch in manche Klemme getrieben hatte. Dann jedoch siegten Durst und Vernunft, und er bremste ab.

„Möchtest du so eine Figur haben?“, fragte eine Stimme auf der anderen Straßenseite. Marian, der seinen Becher in einem Zug halb geleert hatte, schaute misstrauisch hinüber, während er sich den Rest des Wassers über den glühenden Nacken schüttete. Aber die beiden grün uniformierten, knorrigen Männer, die dort standen, meinten nicht ihn; sie starrten dem großgewachsenen Überholer nach, dessen extrem schlanken Körperbau sie nicht für erstrebenswert zu halten schienen. Tatsächlich wirkte der Mann von hinten übermäßig leptosom, fast dürr, seine Beine unnatürlich lang und knotig, die Oberarme mager. Die Schönheit liegt eben doch im Auge des Betrachters, dachte Marian, und wo nichts ist, da ist nichts. Dankbar grinsend ergriff er einen nassen Schwamm, der ihm hingehalten wurde, nahm die Brille ab und wischte sich über Stirn und Augen. Dann ließ er den Schwamm fallen und lief weiter.

Auch der lange dürre Mann bekam seine Erfrischung; im Vorbeilaufen drückte ihm ein Helfer einen nassen Schwamm in den Nacken. Marian bekam es gerade noch mit, während er sich seine Brille wieder aufsetzte. Der Erfolgsmensch schien nicht gerade erfreut zu sein. Marian sah, wie er den Kopf zur Seite wandte und etwas rief. Der freundliche Helfer drehte sich weg.

War wohl nicht die richtige Wasser-Sorte, dachte Marian, der Herr bevorzugt offenbar Evian. Wahrscheinlich aber gefiel diesem Menschen grundsätzlich nichts, was er nicht selber bestellt und angeordnet hatte. Und wenn eine Kühlung nicht von ihm befohlen war, dann fiel es ihm eben überhaupt nicht ein, sie zu genießen.

Da lag der Schwamm im Gras am Rand der Laufstrecke, nicht weit von der Stelle, wo er zu Boden gefallen war. Ein orangefarbener Schwamm, dunkler als der gelbe, den Marian zuvor bekommen hatte, und auch etwas größer. Vom Streckenposten keine Spur. Dem war wohl die Lust vergangen; Marian konnte es ihm nicht verdenken. Ob er den Schwamm ins Gebüsch kicken sollte? Nein, lieber nicht. Gerade war er wieder im Rhythmus, da wollte er lieber nichts riskieren.

Merkwürdig nur, dass dieser Helfer trotz der Hitze eine langärmlige Jacke getragen hatte. Und merkwürdig blasse Hände hatte er gehabt. Aber das lag wohl daran, dass die Haut vom vielen Schwämme anfeuchten schon ganz aufgequollen war.

Das erinnerte Marian daran, dass die Spitzengruppe vermutlich schon lange im Ziel war. Und das Schlusslicht nicht mehr fern.

Sofort war der Durst wieder da. Ächzend stolperte er weiter.

4.

Traurig, dachte Stahnke, einfach nur traurig. Wie kann der Mensch so tief sinken. Hängende Schultern, schlackernde Arme, und die Fußsohlen knallen aufs Pflaster, dass er die Schläge bis hinauf in sein armes, gemartertes Hirn spüren muss. Wenn er überhaupt noch etwas spürt, so wie er nach Luft schnappt, mit vorgestülpten Lippen, krampfhaft und verzweifelt wie ein Fisch auf dem Karren kurz vor dem Markt. Grellrote Flecken im Gesicht und glasige Augen - der hat glatt durch mich hindurch gesehen. Da fragt man sich nicht: Wo läuft der denn hin? Da fragt man sich doch nur: Wovor läuft der wohl weg?

Stahnke schwang das rechte Bein über den Sattel seines gelben Fahrrades, erspähte eine Lücke im Läuferstrom, trat an und fädelte sich ein, Marians schwankenden Rücken immer im Blick. Kurz vor Holtland würde er ihn überholen und ihn dann, wie geplant, am Ziel erwarten. Bis dahin konnte er ebenso gut noch ein bisschen zuschauen, sich ein bisschen daran weiden, wie sich der Mann da vorne quälte.

Mit dem Fahrrad hatte er überhaupt keine Probleme, sich dem Tempo der Läufer anzupassen. Die grobstolligen Reifen schienen ganz von allein zu rollen, die Pedale ließen kaum Widerstand spüren, während seine Finger die Gänge durchprobierten. Spielerisch leicht klickten die Hebel, das Hoch- und Herunterschalten ging absolut narrensicher. Ein schönes Spielzeug, in der Tat.

Wie nannte man das, wie er sich jetzt fühlte? Glücklich etwa? Glücklich, weil er hier an diesem schönen, sonnigen Tag auf einem hochmodernen Fahrrad dahin rollte, während alle anderen sich zu Fuß abquälen mussten? Stahnke fand den Gedanken pervers. Etwas frische Luft, ein Mangel an Mühe, ein funkelndes Stück Besitz, ein Vorteil gegenüber den Mitmenschen - doch, schon möglich, dass es Leute gab, die sich ihr Glück so definierten. Nicht nur möglich, sondern todsichere Tatsache. Aber Stahnke verbot sich das. Seit der Trennung von Katharina hatte Glück außerdem für ihn aufgehört zu existieren.

Was für ein Unsinn! Heftig schüttelte er den Kopf, hielt aber gleich wieder inne, schließlich war er hier nicht allein. Diesen theatralischen Quatsch nahm er sich nicht einmal mehr selber ab, und für seinen dämlichen Hang zum Selbstmitleid konnte er sich selber hassen. Katharina hatte eine Entscheidung gefällt, und er hatte eine Weile darunter gelitten. Beides nicht unnormal, mit einigem Abstand betrachtet. Die außergewöhnliche Länge seines Leidens hatte vor allem mit verletztem Stolz zu tun gehabt. Mittlerweile aber diente dieser gut konservierte Schmerz doch nur noch dazu, Entscheidungen zu vermeiden und Untätigkeit zu begründen. In seinen ehrlichen Momenten gestand er sich das ein. Ein solcher hatte ihn offenbar gerade wieder erwischt. Auch so ein Frühlingsgefühl.

Unwillkürlich hatte er etwas stärker als beabsichtigt in die Pedale getreten und musste nun abstoppen, um nicht auf den Läufer direkt vor ihm aufzufahren. Ein älterer Herr, lang und dürr. Stahnke hatte ihn noch nie in Turnhose und ärmellosem Leibchen gesehen, aber er erkannte ihn sofort, allein schon an dieser schneeweißen Tolle, die auch beim Laufen makellos in Form blieb, als wäre sie mit Spray fixiert. Was sie vermutlich auch war.

Wendelin Krüger. Stahnke kannte den Mann gut, was weiter kein Wunder war, schließlich prangte Krügers Bild seit Monaten alle paar Tage in der Zeitung. Geschäftsführer einer Tochterfirma der Opto-Werke, des größten Arbeitgebers weit und breit, Mitglied im IHK-Vorstand, Gastprofessor an der Fachhochschule in Emden, Wirtschaftskolumnist in diversen Blättern. Kürzlich erst hatte die Regionalzeitung einen großen Artikel über ihn gebracht: „Ein Mann arbeitet für Ostfrieslands Wohlstand". Ganz allein offenbar und im Gegensatz zu allen anderen, das jedenfalls schien die Überschrift zu suggerieren. Stahnke hatte sich mächtig darüber geärgert, das wusste er noch gut.

Aber er hatte den Mann auch schon vor dessen jüngstem Popularitätsschub gekannt. Wendelin Krüger, Im- und Export, vor allem Rohkaffee und Schalenfrüchte. Keine sehr glanzvolle Erscheinung damals. Umweltschützer und Gesundheitsfanatiker hatten noch vor kurzem einige seiner Lager verwüstet, angeblich, weil Krüger verdorbene und giftstoffhaltige Lebensmittel in den Handel brachte. Stahnke hatte damals gegen Unbekannt ermittelt, wegen Vandalismus, seine Kollegen vom Betrugsdezernat gegen Krüger selbst, wegen Verstoßes gegen irgendwelche lebensmittelrechtlichen Paragraphen. Beide Verfahren waren eingestellt worden. Stahnke hatte Krüger als zwielichtig eingestuft und sich vorgenommen, ihn im Auge zu behalten. So war er Zeuge eines erstaunlichen Aufstiegs geworden.

Die Strecke knickte ab in den Wald, und Stahnke musste sich etwas mehr aufs Fahren konzentrieren, denn der Boden war hier locker und voller Furchen und glatter Tannennadeln. Es roch unangenehm modrig; er hasste diesen pilzigen Waldgeruch, atmete verstärkt durch den Mund, um ihn so wenig wie möglich wahrnehmen zu müssen, wurde dann aber von der Vorstellung überfallen, wie winzige Sporen mit der Atemluft in Hals und Lunge eindrangen und sich ein grünlich-weißer Schimmelpelz in seinem Körper auszubreiten begann, grünlich-weiß wie der VW-Bulli von Rieken und van Dieken. Stahnke stöhnte auf, hustete krampfhaft und hielt dann die Lippen fest aufeinander gepresst.

Zum Glück war das Gehölz nicht sehr groß. Schon wurde es lichter, Zuschauer tauchten am Wegesrand auf, Trommeln waren zu hören. Krügers bolzengerader Rücken direkt vor ihm schien sich noch mehr zu strecken, die langen Beine holten noch raumgreifender aus. Stahnke sah, wie Krüger sich anschickte, Marian zu überholen, während der gerade auf den Erfrischungsstand zuhielt wie ein schlingerndes Wüstenschiff auf eine Oase. Der Hauptkommissar bremste ab, unschlüssig, ob er nun hinter Marian bleiben oder die Gelegenheit zum Überholen nutzen sollte, um vor ihm am Ziel zu sein. Dann hielt er an, keine fünf Meter vom Getränketisch entfernt.

Marian trank nicht, er soff, fand Stahnke. Unbeherrscht und unästhetisch, wie nur Menschen saufen konnten. Es war nicht fair, für so etwas den selben Ausdruck zu benutzen wie für die kontrollierte und wohl dosierte Wasseraufnahme von Tieren.

Jetzt goss er sich den Rest aus seinem Becher sogar noch über den Nacken und presste sich einen nassen Schwamm ins Gesicht. Keine Haltung, der Mann. Lässt sich gehen. Statt seine Erschöpfung tapfer zu verbergen, drängt er sie geradezu exhibitionistisch seiner Mitwelt auf. Da könnte er sich wirklich ein Beispiel an Wendelin Krüger nehmen, der kam ohne solche Mätzchen aus. Na ja, nicht ganz; aus den Augenwinkeln konnte Stahnke sehen, dass auch Krüger nicht ohne nassen Schwamm davonkam. Offenbar war das so etwas wie ein Ritual, dem man sich als Läufer eben unterwerfen musste. Merkwürdiges Volk, diese Läufer, dachte Stahnke. Ich werde sie nie begreifen.

Marian lief jetzt weiter, und auch Stahnke nahm wieder Fahrt auf. Fast hätte er mit seinem Fahrrad einen Läufer gerammt, der aus dem Gebüsch am Rand der Strecke hervorgebrochen kam wie ein dunkellockiger Büffel, ein schwerer, aber ziemlich fit wirkender Bursche etwa in seinem Alter, der ihn gar nicht wahrzunehmen schien, sondern schnurstracks an Marian vorbei den vorderen Teilen des Läuferfeldes zustrebte. Wie das Leben so spielt, überlegte Stahnke, der den Mann sofort erkannt hatte: Die einen trinken, und die anderen müssen pinkeln. Fast wie bei den Daltons: Joe säuft Whisky, und Averell wird betrunken. Sweet Genevieve.

Eine Zeile aus einem John-Lennon-Song stand ihm plötzlich vor Augen: „Leben ist etwas, was dir widerfährt, während du Pläne machst." Gar nicht schlecht. Der Mann kannte sich aus mit dem Leben. Vielleicht wurde er ja deshalb ermordet. „Es wusste zuviel" - für einen wie Joe Dalton wäre das allemal ein ausreichendes Motiv gewesen, damals im Wilden Westen.

Stahnke fuhr sich mit der Hand durch seine sonnenwarmen Stoppelhaare. Vielleicht hätte er doch so eine Schirmmütze aufsetzen sollen.

5.

Und wenn ich jetzt sterbe? Wenn ich jetzt tot umfalle? Marian konnte sein rasend pochendes Herz bis in die Mundschleimhäute hinein spüren. Beim Laufen konnte man sterben, das wusste er. Hatte neulich erst wieder in einer Illustrierten gestanden. Immer wieder starben Menschen beim Sport, auch junge Menschen, meist im Wettkampf, meistens Männer. Weil sie sich keine Blöße geben mochten, keine Schwäche eingestehen konnten. Einfach weiter machten, bis die Pumpe genug hatte. Und peng.

Sein Herz tat einen deutlichen Hüpfer. Hatte er nicht letzte Woche erst eine Erkältung gehabt? War das vielleicht ein Infekt gewesen, ein Virus? Konnte es beim Sport nach verschleppten Virusinfektionen nicht zu Herzmuskelentzündungen kommen? Waren nicht schon weit kräftigere Naturen als er an so etwas gestorben? Oh Gott, dachte Marian, ohgottohgottohgott. Und lief weiter.

Sein Nacken glühte, seine Brust ließ sich einfach nicht mehr weit genug dehnen, um genügend von dem Atem zu fassen, der rasselnd durch seine Kehle schabte, seine wundgescheuerten Achselhöhlen brannten, und seine Beine schienen in zähem Rübenkrautsaft zu stecken. Es reichte. Warum hielt er nicht einfach an? Was für ein herrlicher Gedanke: Die verkrampften, schmerzenden Arme aus ihrer Winkelhaltung lösen und langsam, ganz langsam senken, der Erdanziehung nachgeben, sie ausschütteln und dabei der Süße des nachlassenden Schmerzes in den entkrampfenden Muskeln nachspüren. Den Laufschritt verlangsamen, die Fußsohlen noch zwei-, dreimal auf den Asphalt klatschen lassen, dann ausscheren, vielleicht nach links, da war Gras, das sah weich aus, verlockend. Jetzt stehen bleiben, die Hände auf die Oberschenkel stützen und atmen, nur noch atmen, Luft schöpfen und immer weiter schöpfen, bis es reichte, bis er endlich wieder satt war an Sauerstoff, bis das wild trommelnde Herz in einen sanfteren Rhythmus gefunden hatte. Und dann langsam, langsam zu Boden sinken, ins weiche Gras, die Halme an Beinen und Händen spüren und den ausgehungerten Körperzellen bei der Fütterung lauschen. Ein Traum. Ein Traum? Lief er denn überhaupt noch? Ja, allerdings. Noch lief er. Aber musste er denn? Jederzeit konnte er Schluss machen, jetzt gleich, sofort, der Qual ein Ende machen. Arme,

Beine, Lunge. Anhalten, hinsetzen, ausstrecken, einfach nur daliegen.

Und die anderen vorbeilaufen sehen?

Kilometer neun. Hier war schon Kilometer neun. Zehn Kilometer war die erste Etappe lang. Dann war er ja fast schon im Ziel. Nur noch ein Kilometer, das war doch so gut wie gar nichts. So kurz vor dem Ziel konnte man doch nicht aufgeben. Marian wiederholte diesen Gedanken, sprach ihn sich lautlos vor, um ihm die Gelegenheit zu geben, seine belebende Wirkung zu entfalten, zu Rhythmus zu werden, wartete ungeduldig darauf, dass ein neuer Energieschub durch Arme, Beine und Lunge prickelte.

Aber das einzige, das da prickelte, war sein Kopf. Offenbar der einzige Körperteil, dem es etwas ausmachte, womöglich nicht bis ins Ziel getragen zu werden. Typisch. Der Kopf braucht nur zu wollen, der Rest muss dafür arbeiten. Leitendes Anhängsel. Und das Herz macht dann den Abgang. Wie aufs Stichwort glaubte er wieder Rhythmusschwankungen in seinem Brustkorb zu spüren.

Einen Kilometer noch. Das waren tausend Meter. Er konnte sich noch gut daran erinnern, wie er sich in der Sportstunde vor dem Tausend-Meter-Lauf gefürchtet hatte. Schrecklich. Siedendheiß fiel ihm ein, dass diese Etappe außerdem nicht genau zehn Kilometer lang war, sondern gut zehn Kilometer. Also mehr als zehn. Zehn Komma nochwas. Dieses kleine Plus war ihm vor dem Start unwichtig vorgekommen. Wie viel genau? Zehn Komma acht. Also fast elf. Also fast noch zweitausend Meter, oh Gott, nein.

Aber er lief und lief und lief weiter. Das Gras am Streckenrand war noch immer grün, aber die weiche Stelle, die ihm so verlockend erschienen war, die lag schon ein Stück zurück.

Schnurgeradeaus ging es jetzt, zwischen aufgereihten jungen Birken hindurch, hinter denen sich graubraune Felder erstreckten, weit und eben wie Kuchenplatten. Da links musste irgendwo die Bundesstraße sein. Brannte es da? Nein, ein Bauer eggte sein Feld, und grauer Staub stieg hoch auf, wie Rauch. Der Traktor hatte eine geschlossene Kabine, vermutlich klimatisiert und mit Stereo-CD-Player. Dem Mann da drinnen würde es wohl kaum einfallen, bei diesem Wetter draußen in der prallen Sonne herumzurennen. Der war ja nicht blöd. Der saß auf seinem gasdruckgedämpften, gut gepolsterten Treckersitz und hörte Techno, irgend so ein Daggadaggadaggadumpfdumpf, wie man es nachts durchs Schlafzimmerfenster hören konnte, wenn die Tiefergelegten ihre Runden drehten. Daggadaggadumpf. Dadumpf. Macht schön stumpf, daggadaggadumpf. Eins zwo, eins zwo. Daggadaggadumpf. Dadumpf. Dadumpf.

Menschen. Klatschen. Rufe, unverständlich, aber anfeuernd. Die Birkenallee war plötzlich auf einen kleinen Rest zusammengeschrumpft, da war eine Kurve, da standen Leute. Den letzten Kilometer musste er wie in Trance gelaufen sein. Jetzt, jetzt endlich spürte er das Prickeln, auf das er vor anderthalb Kilometern vergeblich gewartet hatte, fühlte neue Kraft in seinen Oberschenkeln, an deren Innenseiten schon seit geraumer Zeit ein gut entwickelter Wolf knabberte, jetzt endlich war er sicher, das Ziel doch noch zu erreichen. Mit dem Kopf und mit dem Rest seines Körpers auch. Lebendig.

Da war das Ziel, da war die Einlaufgasse, da standen die Unentwegten, die aus Prinzip applaudierten, um auch wirklich jede irgendwie erbrachte Leistung zu würdigen, wobei viele Gesichter durchaus andere Motive verrieten. Die Ankunft der Nachhut, der schwankenden Gestalten, der Fußkranken des Langen Marsches schien auch eine Menge wohliger Schadenfreude zu bereiten.

Viele der in kleinen Gruppen plaudernd Herumstehenden trugen Sportkleidung, lose um die Schultern hängende Trainingsjacken und kurze Hosen, standen völlig entspannt, atmeten ruhig, Stirn und Haare bereits wieder von der Sonne getrocknet. Die Läufer, die richtigen Läufer. Einige rüsteten schon zur Heimfahrt, winkten Grüße, vorbei an denen, die ein ganz anderes Rennen gelaufen zu sein schienen, das erst jetzt beendet war. Endlich.

Marian entdeckte Stahnke, während er die Ziellinie überquerte und unmittelbar dahinter stehen blieb, unfähig und auch nicht willens, auch nur einen weiteren Meter zu laufen, krebsrot und nach Luft schnappend wie ein Fisch. Der Gesichtsausdruck des Hauptkommissars war schwer zu deuten. Jedenfalls grinste er nicht, was Marian noch am ehesten erwartet hatte. Trotzdem drehte er sich weg. Nein, jetzt nicht. Irgendwer reichte ihm einen Becher, und er trank gierig.

Wo war Sina? In dem Getümmel zwischen Zielraum und Parkplatz, Krankenwagen und Getränkeständen konnte er sie nirgends entdecken. Dafür sah er den weißhaarigen alten Mann, der ihn unterwegs überholt hatte. Jetzt taumelte er zwischen zwei Sanitätern, die Arme um ihre Schultern gelegt, mit hängendem Kopf und eingeknickten Knien, und wurde zum Krankenwagen geführt, interessiert beäugt von zwei knorrigen Uniformierten. Keine Spur mehr von erfolgsgewohnter Führungskraft - ein Wrack.

Marian sah es mit einer Befriedigung, die von keinerlei Scham getrübt war. Immerhin hatte ihn dieser Mensch durch die selbstgefällige Demonstration seiner angeblichen Überlegenheit fast zur Aufgabe getrieben. Einer Überlegenheit, die es wohl vor allem in seinem Kopf gab und deren Demonstration der Körper hatte ausbaden müssen. Was offenkundig über seine Kräfte gegangen war. Alter Angeber. Geschah ihm recht.

Da war Sina. Sie palaverte schon wieder mit diesem schwarzlockigen Büffel, dem man es an der Nasenspitze ansehen konnte, wie sehr ihm gerade der Sinn nach einer gemischten Dusche stand. Die beiden gingen an ihm vorbei, ohne ihn wahrzunehmen, so nahe, dass er nur die Hand hätte ausstrecken müssen, um Sina zu berühren.

Aber er tat es nicht.

6.

Was ist mit ihm?" Stahnkes professionelle Neugier ließ sich nicht so einfach abstellen. Wendelin Krüger war immerhin ein Promi, da gehörte es schon zum beruflichen Selbstschutz, sich auf dem laufenden zu halten.

„Kreislaufschwäche." Den blonden Mann, der ihm antwortete, hätte er nicht ohne weiteres als Arzt identifiziert; er war jung und trug kurze Hosen unter seinem Sweatshirt, offenbar hatte er selber am Ostfrieslandlauf teilgenommen. „Erhöhte Pulsfrequenz, geht aber schon wieder runter. Außerdem hat er zuviel Sonne abbekommen." Die Sanitäter, die Krüger inzwischen im Wagen verstaut hatten, warfen dem Doktor fragende Blicke zu. Als der den Kopf schüttelte, schlossen sie die Türen, starteten den Motor und fuhren an. Langsam bahnte sich der Krankenwagen einen Weg durch die immer noch wimmelnde Menge, ohne Sirene und Blaulicht. Allzu schlimm schien es wirklich nicht zu sein.

„Sind Sie ein Verwandter von Herrn Krüger?" Der junge Arzt schien seine unbefangene Auskunftsbereitschaft zu bedauern. „Oder sind Sie etwa von der Presse?"

Stahnke wies sich aus; der Doktor schien beeindruckt: „Personenschutz für Herrn Krüger? Na ja, hätte ich mir ja denken können." Mit der rechten Hand deutete er an Stahnke vorbei, und als der sich umwandte, blickte er in die grinsenden Gesichter von Rieken und van Dieken.

„Ich hatte mich schon gewundert, warum hier so aufwändig gesichert wird", fuhr der Arzt fort, nunmehr in fast vertraulichem Tonfall. „Eigentlich besteht dafür ja gar kein Anlass, was soll beim Ossiloop schon groß passieren?"

Wieder wandte sich Stahnke um, aber der bedeutungsvolle Blick, der Rieken und van Dieken zugedacht war und künftige Korrekturen der Dienstplangestaltung androhen sollte, fiel ins Leere. Die beiden schienen auch Meister im rückstandslosen Verschwinden zu sein.

„Einer wie Herr Krüger ist natürlich immer gefährdet." Der Arzt nickte sich selber bestätigend zu, schien sich förmlich in seine eigene Personenschutz-These einzuwickeln. Stahnke ließ ihn gewähren. „Darum also waren Sie mit dem Fahrrad auf der Strecke. Hatte mich schon gewundert. Wissen Sie, eigentlich mögen wir Läufer das ja nicht, es könnte ja sein, dass jemand einen Schrittmacher voraus fahren lässt. Aber Sie haben ja öfter Ihre Position gewechselt."

„Das haben Sie bemerkt?"

„Ja, ich war meistens hinter Ihnen. Bin keiner von den Schnellsten, wissen Sie." Er lächelte ein verzerrtes, Nachsicht und aufbauendes Lob heischendes Lächeln; Stahnke fühlte sich peinlich berührt. Da er keinerlei Reaktion zeigte, plapperte sein Gegenüber weiter. „Aber vor sich selber kann man ja niemanden schützen, das gilt offenbar auch für Herrn Krüger. Aus dem gefährlichen Alter, in dem Männer den natürlichen Leistungsabfall nicht wahrhaben wollen und ihn einfach ignorieren, ist er ja eigentlich schon heraus. Aber sein Ehrgeiz ist wohl stark entwickelt, stärker als sein Kreislauf. Man kann es auch Eitelkeit nennen. Würde ich mir aber nie erlauben."

„Wann ist denn dieses gefährliche Alter?", fragte Stahnke.

„Na so zwischen vierzig und fünfzig", sagte der Arzt. Er musterte den Hauptkommissar eingehend und öffnete den Mund. Als er aber in Stahnkes Gesicht schaute, kniff er die Lippen wieder zusammen, grüßte kurz und wandte sich ab.

Gefährliches Alter! Wenn überhaupt, dann pflegte Stahnke von sich selbst als Gefahr für andere zu denken, nicht aber als gefährdet. Dass ihm sein Übergewicht keinen sonderlich beneidenswerten Platz in der Lebenserwartungsstatistik sicherte, war ihm bewusst. Den Arzt aber, der ihm das anhand seiner Blutwerte vorgerechnet hatte, mied er schon seit Jahren - und ging es ihm deswegen etwa schlechter?

Prüfend fuhr er mit den Handflächen seine Rumpfkonturen ab. Sehr bedauerlich, dass sein Trenchcoat noch auf dem Gepäckträger klemmte. Ohne ihn fühlte er sich plötzlich deckungslos.

„Na, was macht Ihnen denn Bauchschmerzen?" Wie aus dem Boden gewachsen stand Sina Gersema vor ihm, strahlend und rosig, aufgekratzt und immer noch so erhitzt, dass sie ihn förmlich einhüllte in eine bauschige Wolke aus Körperwärme und Schweißduft. Ja, eindeutig Duft, ein wenig mit den Spuren eines überforderten Deodorants verbrämt, hauptsächlich aber der Duft frisch vergossenen Schweißes, vergossen von einem Frauenkörper. Von einem außerordentlich hübschen Frauenkörper, der in knappem Sportdress wenig mehr als eine Spanne vor seinen Hemdknöpfen zu vibrieren schien, offenbar immer noch unter den Nachwirkungen des Laufes. Sie schien ihn genossen zu haben - kein Vergleich mit dem Bild des Jammers, das Marian Godehau vorhin abgegeben hatte.

Stahnke ertappte sich dabei, wie er auf Sinas pinkfarbenes Trikot starrte, senkte seinen Blick, woraufhin Sinas sanft gebräunte Oberschenkel und sein eigener Bauch ins Blickfeld gerieten. Schnell hob er Kopf und Lider. Sina lächelte immer noch, war anscheinend in einer Stimmung, dass sie die Welt hätte umarmen können, und Stahnke spürte den Anflug der Vorstellung, wie es wohl wäre, wenn sie mit ihm anfangen würde. Dann fiel sein Blick auf ein anderes Gesicht oberhalb von Sina Gersemas linker Schulter. Ein büffelbreites Gesicht unter schwarzen Locken über breiten Schultern und einem schweren Körper. Der Mann, der ihn vorhin auf der Strecke fast umgerannt hätte. Ach du Scheiße, dachte Stahnke und wünschte sich sein Fahrrad herbei.

Dieses impertinente Lächeln, diese affektiert gefletschten Zähne, diese grabschend ausgestreckte Hand. Stahnkes Rechte wurde gepackt und geschüttelt, ehe er sie noch hinter seinem Rücken in Sicherheit bringen konnte. „Herr Hauptkommissar, schön, Sie endlich einmal unter freiem Himmel anzutreffen!“ Na klar, gleich zur Begrüßung eine Spitze, hübsch verpackt in Scheinheiligkeit, aber deutlich aus der Hülle heraus piekend. Stahnke wusste schon, warum er diesen Helmut Zimmermann nach Möglichkeit mied. Aber es war eben nicht immer möglich, schließlich war der Kerl unter anderem auch Rechtsanwalt und er Bulle.

„Mitlaufen hätten Sie sollen, statt hier nur rumzustehen. Das gibt Kraft! Kraft und Freude!“ Sina, von Zimmermann zur Seite gedrängt, drehte sich halb um und stemmte die Arme in die Hüften, wobei Stahnke einen verstohlenen Blick auf die Rückfront ihrer Radlerhose werfen konnte, die ihren Po perfekt und faltenfrei nachmodellierte. Selbst die üblichen Abdrücke eines Slips waren nicht zu erkennen. Lief sie etwa ohne? Er räusperte sich, ohne so recht zu wissen warum.

Zimmermann hielt seine Hand immer noch gepackt, lachte dröhnend und schien weder das Händeschütteln noch das aufgepfropfte Gespräch so schnell abstellen zu wollen. Stahnke richtete seine wasserblauen Augen auf Zimmermanns schwarzbraune aus, tauchte förmlich ein in diesen provozierenden Blick, nahm die Herausforderung an und nagelte ihn dadurch fest. Während er nun ebenfalls die Zähne bleckte, tastete er mit Zeige- und Mittelfinger seiner Rechten über Zimmermanns Handrükken, presste sie in die Lücke zwischen dem zweiten und dritten Mittelhandknochen und verstärkte gleichzeitig den Druck seiner Hand. Zimmermanns Augen weiteten sich, während seine Hand erschlaffte und Stahnke die seinige endlich lösen konnte.

„Kraft", sagte er, „Kraft kommt aus der Ruhe, Herr Zimmermann. Nicht aus der Hetze."

Das war nicht übel, das sollte ich mir aufschreiben, überlegte Stahnke selbstzufrieden, während sich Zimmermann wortlos abwandte, wobei er seine rechte Hand mit der linken umklammert hielt. Der Druck hatte gepasst, der Schmerz musste heftig gewesen sein. Dass Zimmermann dabei nicht geschrieen hatte, passte wiederum zu ihm.

Sina folgte ihm nicht. Wieso war sie überhaupt mit ihm zusammen aufgetaucht? Eine Zufallsbekanntschaft unter Läufern? Aber sie musste Zimmermann doch kennen, schließlich stand der noch häufiger in der Zeitung als Wendelin Krüger, und nach allem, was Stahnke von Sina wusste, sollte Zimmermanns Gesinnung ihr doch auch nicht sympathischer sein als ihm.

Sina stand immer noch mit den Händen in den Hüften da, und wenn das Laufen tatsächlich ein Hochgefühl in ihr erzeugt hatte, dann war es inzwischen verflogen. „Was war denn das für 'ne Show?", zischte sie. „Sie haben sich ja aufgeführt wie ein Gockel. Oberpeinlich! Das hätte Marian auch nicht besser hingekriegt. Was denkt ihr euch eigentlich?"

Sie schleuderte ihren kastanienroten Haarbusch, der über ihre linke Schulter nach vorne bis über ihre Wange gerutscht war, mit einer energischen Kopfbewegung zurück in den Nacken. „Aber genau das ist es ja wohl, womit ihr Probleme habt. Denken. Scheint wohl weh zu tun." Wütend lief sie davon.

So kratzbürstig habe ich sie ja noch nie erlebt, dachte Stahnke, während er die erneute Gelegenheit nutzte, Sinas rückwärtige Ansicht zu bewundern. Und so anziehend war sie ihm auch noch nie vorgekommen. Ob es da einen Zusammenhang gab?

Bisher hatte er Marian Godehaus Freundin immer mit anderen Augen betrachtet, so wie die Ehefrauen von Kollegen; es schien da so etwas wie einen Filter zu geben, den er nur einzuschalten brauchte. Hatte sonst immer funktioniert. Gefährliches Alter? Der Arzt, den Sinas Auftauchen aus seinem Bewusstsein gelöscht hatte wie ein warmer Sommerregen eine Spur im Staub, fiel ihm jetzt wieder ein, und er drehte sich nach ihm um. Aber der junge Mann war nirgendwo mehr zu entdecken.

Auch Sina war zwischen den umher schlendernden Passanten, die langsam weniger zu werden schienen, verschwunden. Dafür tauchte Marian in Stahnkes Blickfeld auf. Ziemlich weit entfernt, immer wieder von Vorübergehenden verdeckt, stand er da und starrte zu ihm herüber.

Nein, jetzt nicht, dachte Stahnke und wandte sich ab.

7.

Neonblau. Giftgrün. Latzhosenlila. Wo waren die Orangefarbenen? Mit Schwung riss er die zweitoberste Schreibtischschublade auf, so dass sie krachend in die Arretierung schlug und die lose in ihr verstreuten Gegenstände nach vorne gekullert kamen. Da war sie, die orangefarbene Dose, aber sie war leer, das konnte Stahnke schon am Klang erkennen. Ärgerlich warf er die Lade wieder zu.

Neonblau, giftgrün oder latzhosenlila? Die grünen waren erfahrungsgemäß am besten geeignet, seine Stimme wieder aus dem Weinkeller hervor zu locken, in dem sie sich irgendwann im Laufe der vergangenen Nacht verkrochen hatte. Eukalyptus. Die aber schlugen ihm auf den vom Weingenuss überreizten Magen, auch darüber gab es gesicherte Erfahrungswerte, und um seinen Magen stand es ohnehin wieder einmal nicht zum Besten.

Brubbelnde Geräusche erschütterten sein Gekröse, und was da ein ums andere Mal mit mühsam unterdrückter Geräuschentwicklung nach oben gestiegen kam, schien konzentrierte Salzsäure zu sein, wie Sumpfwasser durchsetzt mit Blasen aus Faulgas. Nein, keine Giftgrünen. Auch keine Neonblauen. Menthol linderte zwar, half aber nicht wirklich und brannte mindestens ebenso schlimm wie Eukalyptus. Orange wäre ein guter Kompromiss gewesen. Orange aber war alle. Und lila mochte er nicht.

Warum hatte er sie dann gekauft, wenn er sie doch nicht mochte? Er wusste es nicht. Grübelnd hockte er da, starrte vor sich hin und unterdrückte einen weiteren Säure-Geysir. Old Faithful, ach ja. Ob er doch mal eins von diesen lila Johannisbeer-Dingern versuchen sollte? Jeden Moment konnte das Telefon klingeln, dann brauchte er wenigstens so etwas ähnliches wie eine Stimme.

Stahnke räusperte sich. Ein wohlgenährter Rülpser nutzte die Gelegenheit zu einem Ausfall aus dem Hinterhalt. Die Eruption klang wie ein Kanonenschlag.

Oberkommissar Kramer stand im Türrahmen wie hingezaubert, und Stahnke glaubte ihn durch verwehenden Pulverdampf hindurch zu erblicken. Gedankenverloren wedelte er mit der Hand vor seiner Nase herum. Kramer blieb existent, und seine Konturen wurden nach und nach deutlicher. Beam-Vorgang erfolgreich abgeschlossen, vielen Dank, Scotty.

„Morgen, Chef." Ach, das war das Schöne an Kramer. Niemals grüßte er aufgekratzt, niemals missmutig, auf seinen angenehm neutralen Tonfall war Verlass, da konnte es stürmen oder schneien, da konnte das Präsidium brennen oder der eigene Chef rülpsen wie der Krakatau. Sollte Kramer einmal groß im Lotto gewinnen, ihm würde man es gewiss nicht anmerken. Oder hatte er schon? Wer konnte es sagen?

„Sind Sie reich, Kramer?", krächzte Stahnke.

„Nein, Chef", sagte Kramer und verschwand im Nebenzimmer.

„Aber für einen Kaffee wird's doch reichen."

„Kaffee immer, Chef." Inge hatte Urlaub, eine Vertretung gab es nicht, und weil niemand außer Inge jemals daran dachte, Kaffeepulver für die Maschine zu kaufen, blieb nur noch der Automat. Beim Gedanken an das bittere Zeug in den Plastikbechern, von denen es sich auch farblich kaum unterschied, krampfte sich Stahnkes Magen bedrohlich zusammen.

Aber etwas Warmes trinken musste er jetzt unbedingt, der Kehle wegen. Warum konnte man eigentlich nicht zwischen Speiseröhre und Magen eine Weiche einbauen und das Zeug einfach ableiten, nachdem es in Hals und Rachen seine Wärme verströmt hatte? So etwas hätte er letzte Nacht schon gut brauchen können, für den Wein. Jedenfalls für die zweite Halbzeit.

Kramer stellte den dampfenden Kaffeebecher vor ihn hin, und er trank. Erst tat es gut, dann tat es weh. Wie erwartet. Wie kochendes Wasser auf eine offene Wunde. Wie immer.

„Was liegt an heute?", fragte er, nachdem der krampfartige Schmerz abgeklungen war.

„Unser Kung-Fu-Meister", antwortete Kramer. „Sie wissen schon, dieser Karate-Kämpfer mit Knobelbechern. Letzte Nacht aufgegriffen, als er zu seiner Freundin wollte. Genau wie vermutet. Hat kaum Widerstand geleistet."

„Geständig?"

„Nicht wirklich. Sollte aber eigentlich kein Problem darstellen", sagte Kramer.

Nein, das sollte es in der Tat nicht. Jan-Habbo Janssen war ein kleines Licht, selbst nach den dürftigen Maßstäben der Leeraner Neonazi-Szene. Dicke Arme, aber ebenso viel Verstand wie Haare. Einer, der sich schicken ließ, weil ihm selber nichts einfiel. Was ihm schon mehrere Verurteilungen wegen Einbruchs und Körperverletzung eingetragen hatte. Jan-Habbos Bewährungs-Tage waren längst vorbei.

„Und sonst?"

„Einer von uns wird auf die Insel müssen", sagte Kramer.

Stahnkes Magen krampfte sich erneut zusammen. Ganz automatisch musste er bei Insel an Wasserleiche denken, und Wasserleichen waren nicht gerade ein Hobby von ihm. Aber so schlimm musste es nicht gleich kommen. Obwohl es zu diesem Morgen passen würde.

„Borkum? Was gibt's da?"

Kramer wedelte mit einem Fax: „Angeschwemmte Wasserleiche."

„Na prima." Stahnke zerdrückte einen weiteren Aufstoßer zwischen den Zähnen, zerbiss ihn fast bis zur Unkenntlichkeit. Fast. Hatte sich Kramers linke Augenbraue nicht um einen Millimeter gehoben? Schwer zu sagen. Gewöhnlich ließ sich Kramer niemals auch nur irgend etwas anmerken, schon gar keine Kritik an seinem direkten Vorgesetzten. Dabei gab es genug zu kritisieren, das war Stahnke klar, und gerade das machte ihn immer wieder wütend und verleitete ihn zu ungerechten Grobheiten, die er meistens schon bereute, ehe die Worte noch ganz ausgesprochen waren. So rutschte er immer tiefer in die Schuld seines Assistenten, dessen Tüchtigkeit nur noch von seiner Loyalität übertroffen wurde.

„Ein älterer Herr von siebzig oder fünfundsiebzig Jahren." Kramer strich sich mit der rechten Hand über sein glatt rasiertes Kinn, während er das Insel-Fax studierte. „Anzug und Schuhe, keine Papiere, kein Portemonnaie. Allem Anschein nach kein Badegast, jedenfalls ist auf Borkum keiner abgängig."

Auch kein Wassersportler, bei der Kleidung. Also vermutlich ein Passagier von einer der Fähren, überlegte Stahnke. Unerfahren, unvorsichtig, unbemerkt über Bord. Ein Alleinreisender, deshalb nicht sofort vermisst, aber das würde schon noch kommen. Vielleicht lag eine entsprechende Anzeige ja schon irgendwo vor, und man musste nur eins und eins zusammenzählen. Wie auch immer, zunächst einmal musste man sich kümmern.

Wie lange der wohl im Wasser gelegen hatte? Ein wichtiger Faktor für die Entscheidung, wer von ihnen auf die Insel fahren würde. Stand sicher auch auf dem Fax. Das er sich natürlich längst selber hätte holen können, schließlich war er ja vor Kramer im Büro gewesen. Jetzt aber hatte der es, und Stahnke musste fragen.

Gerade hatte er den Mund geöffnet, als die Tür in einer Weise aufplatzte, dass er den Luftzug am Zäpfchen zu spüren glaubte. Eine büffelbreite, schwarzlockige Gestalt, bekleidet mit einem perfekt sitzenden grauen Anzug und geschmückt mit einem extrabreiten Grinsen, stürmte ins Zimmer, schnell genug, um der vom Gummistopper zurückprallenden Tür zu entgehen. Mit langen Schritten eilte der Mann auf Stahnkes Schreibtisch zu, als wollte er eine Schneise hineinwalzen, stoppte aber ein paar Zentimeter davor ab, streckte zwei lange Arme aus und stemmte zwei haarige Fäuste auf die Tischplatte. „Genug gestaunt", dröhnte eine unverschämt muntere Stimme. „Sie können den Mund wieder zumachen, Stahnke. Das Reden übernehme jetzt sowieso ich."

Hätte ich mir ja denken können, dachte Stahnke und wünschte sich plötzlich sehnlichst auf die Insel, Wasserleiche hin oder her. Und wenn's ein verwesender Wal wäre.

„Habe Sie gar nicht klopfen hören, Herr Zimmermann", sagte er leise. „Und Sie dürfen mich auch gerne Herr Stahnke nennen."

„Weiß ich doch, weiß ich doch, Herr Hauptkommissar", dröhnte der Rechtsanwalt. „Hier geht's aber nicht ums Dürfen, hier geht es ums Müssen. Und ehe Sie mich zur Toilette schicken: ich meine nicht die menschliche Notdurft, ich meine das deutsche Recht. Nicht wahr? Alles zu seiner Zeit." Er lachte kehlig. Die Schreibtischplatte unter seinen Fäusten begann leicht zu beben.

Wäre Stahnke an diesem Morgen nur etwas wacher gewesen, ihm wäre schon bei der ersten Erwähnung von Jan-Habbo Janssen klar gewesen, was ihm da bevorstand. Jeder Rechtsgestrickte in dieser Region, der irgendwelche Probleme hatte, sei es mit Argumenten oder mit dem Gesetz, kam sofort zu Helmut Zimmermann gerannt. Jeder, vom Dunkelschwarzen bis zum Kinderkackebraunen, ob er nun Kampfstiefel zur Tarnhose trug oder Lackschuhe zur Bügelfalte oder die Hosen ganz einfach nur voll hatte, weil er die Welt nicht verstand und deshalb Angst vor ihr hatte, Angst vor allem und jedem und vor den Ausländern ganz besonders. Sie alle hatten diesen Zimmermann zu ihrer Ikone gekürt, zu ihrem Wortführer. Mindestens.

Und der genoss es. Zimmermann maß seine eigene Lebensqualität in Aufmerksamkeits-Einheiten, ganz egal mit welchen Vorzeichen. Angebetet oder angebrüllt zu werden, das war für ihn praktisch eins. Politik bestand für ihn aus Provokation und Anbiederung. Immer abwechselnd, wie es gerade passte. Ein Eiertanz der Instinkte, den er traumwandlerisch sicher beherrschte.

Was in seinem Kopf wirklich vorging, war umstritten; womöglich war er rein zufällig auf dem rechten Flügel gelandet, quasi als populistischer Stimmungs-Indikator der Anziehungskraft der Stammtische folgend. Machte das einen Unterschied? Zufalls-Ärsche sind auch Ärsche, pflegte Stahnke zu sagen, wenn die Rede auf Zimmermann kam. Was im Leeraner Polizeigebäude recht häufig geschah. Aber so einfach war es natürlich auch wieder nicht.

„Wenn Sie so dringend eine Stütze brauchen, dann sollten wir vielleicht mal ihre Zulassung überprüfen", sagte Stahnke und wedelte mit der rechten Hand, wie um eine lästige Fliege zu verscheuchen. „Darüber hinaus wäre ich Ihnen dankbar, wenn Sie Ihre Ankündigung jetzt mal wahrmachen würden. Reden Sie. Aber sagen Sie auch was."

Schnaufend richtete Zimmermann sich auf, das Grinsen tief in die erstarrende Mundpartie eingemeißelt. Er war noch einige Zentimeter größer als Stahnke, der auch schon etwas über einsachtzig maß, ebenso breit in den Schultern und fast genauso massig. Aber er war fitter als der Hauptkommissar, Stahnke wusste das, und man konnte es auch sehen. Zimmermann war Sportler von Kindesbeinen an, war viele Jahre Fußballer und danach Schiedsrichter gewesen und ließ auch heute noch kaum ein Sportfest aus; vermutlich war das die Basis seiner Popularität. Stahnkes Sportler-Tage dagegen waren längst Geschichte, und zwar ungeschriebene.

Gut so, dachte Stahnke, als Zimmermann gerade zum Reden ansetzte und im selben Moment das Telefon klingelte. Geschieht ihm recht. Schnell nahm er mit der linken Hand den Hörer ab, führte ihn zum Ohr und grinste Zimmermann scheinheilig zu, während er mit der flach erhobenen Rechten die Geste des

Abstoppens machte: Moment, mein Lieber, erst die wichtigen Dinge.

Es war Kramer; neckische Idee, aus dem Nebenzimmer anzurufen. „Neues Fax, Chef. Dürfte Sie interessieren."

Stahnke schwieg. Ohne Frage keine Antwort - das machte Kramer mit ihm auch immer so.

„Krüger, Chef. Dr. Wendelin Krüger."

Stahnke fixierte Zimmermann, dessen zahnreiches Lächeln nun doch zu schwächeln begann. Ob er es schaffte, ihn mal so richtig wütend zu machen? Eine echte Herausforderung, denn Zimmermann war in zahllosen kommunalparlamentarischen Debatten erprobt, und gewöhnlich war er es, der die anderen wütend machte. Stahnke lächelte gnadenlos weiter. Und schwieg weiter ins Telefon.

„Krüger ist tot, Chef." Ha, Kramer hatte aufgegeben. Punkt für Stahnke. Das konnte ja doch noch ein erfolgreicher Tag werden.

Was hatte Kramer da eben gesagt?

„Heute früh, kurz nachdem er sein Büro betreten hatte, ist er dort tot aufgefunden worden. Ein Arzt ist bei ihm. Hat gerade hier angerufen."

„Ursache?", fragte Stahnke.

„Unklar", antwortete Kramer. „Keine Anzeichen für äußere Einwirkung. Aber der Arzt meinte trotzdem . . ."

„Sehr gut", sagte Stahnke. „Kramer, Sie fahren auf die Insel."

„Ja." Es knackte im Hörer. Stahnke legte ebenfalls auf und erhob sich. „Und Sie, Herr Zimmermann", sagte er, „Sie beehren mich bitte ein anderes Mal. Wenn Sie mal wieder müssen. Das dürfen Sie hier gerne, wenn's recht ist. Und wenn Zeit ist."

Zimmermanns Gebrüll schallte hinter ihm her bis auf den Flur. Nicht schlecht, dachte Stahnke. Gleich zwei Duelle gewonnen. Vielleicht wird das ja sogar noch ein richtig netter Tag.

8.

Kommen Sie, Stahnke, das kann doch einfach nicht alles sein." Ungeduldig war Marian Godehau schon länger gewesen, jetzt wurde er ärgerlich. „Plötzlicher Kindstod, okay, davon habe ich schon gehört. Aber plötzlicher Tod einer überreifen Führungskraft ohne erkennbare Ursache, das ist ja wohl ein Witz."

„Dann lachen Sie doch." Stahnke war überhaupt nicht nach Witzen zu Mute. Fast Mittag, die sensationelle Nachricht hatte sich längst herumgesprochen, Marian war zwar der erste, würde aber gewiss nicht der einzige Journalist bleiben, der hier im Verwaltungsgebäude der Optotrans auftauchte, und er wartete immer noch auf eine erste Tendenzmeldung der Ärzte. Bisher vergeblich.

Krügers Büro war groß, noch größer, als man es hatte vermuten können. So groß, dass sie ruhig im Eingangsbereich warten konnten, ohne unerwünscht viele Details von dem mitzubekommen, was die Ärzte da trieben. Der Tote lag rücklings auf dem rasenweichen Teppich, auf halbem Wege zwischen Schreibtisch und Fensterfront, die langen, hageren Arme und Beine merkwürdig asymmetrisch angewinkelt, so dass Stahnke sich unwillkürlich an ein Hakenkreuz erinnert fühlte.

Krügers Schreibtisch bestand aus seidig schimmerndem dunkelbraunem Holz, war der Raumgröße entsprechend gigantisch dimensioniert und ausladend viertelrund, fast wie einer dieser Söller, von denen herab gekrönte wie ungekrönte Herrscher zu ihrem Volk zu sprechen pflegten. Auf der Schreibtischplatte hätte die gesamte englische Königsfamilie samt Queen Mom Platz gefunden. Stahnke konnte sich gut vorstellen, wie Krüger in dem breiten, hochlehnigen Sessel dahinter residiert und Hof gehalten hatte. Dort hatte er bestimmt eine bessere Figur gemacht als damals auf dem maroden Besucherstuhl im 1. Kommissariat, wo er wegen seiner dubiosen Lager vernommen worden war.

Hinter dem Sessel an der cremefarbenen, dezent strukturierten Wand hing ein Ölgemälde, ebenfalls riesig, eine Wiedergabe der Opto-Fahrzeugwerke, ziemlich naturalistisch, ziemlich langweilig. Stahnke hatte schon andere Gemälde von Industrieanlagen gesehen, hyperrealistische darunter, die von innen heraus zu strahlen schienen und ein deutliches Gefühl für die

Faszination dieser Art von Architektur vermittelten. Dieses hier wirkte höchstens durch seine Ausdehnung. Klar, die Opto-Werke waren groß, riesengroß sogar, eine machtvolle Konzern-Mutter, und hier, im Angesicht des Geschäftsführers der Tochterfirma Optotrans, wurde man nachdrücklich daran erinnert. Sehr nachdrücklich und reichlich plump.

Weitere, deutlich kleinere Bilder waren über die anderen Wände verteilt, Wände, an denen Stahnke die sonst üblichen Bücher- und Aktenregale vermisste. Deren zumeist ohnehin nur symbolische Bedeutung wurde vermutlich von dem Computer wahrgenommen, dessen Neunzehn-Zoll-Monitor auf dem linken Schreibtischflügel thronte.

Mangels anderer Beschäftigung ließ Stahnke seinen Blick über die Bilder wandern. Norddeutsche Landschaften in Aquarell und Pastell hingen neben abstrakten Werken, ein Stil-Mix ohne erkennbares Auswahlprinzip. Wer vieles bringt, wird jedem etwas bringen. Faust, oder? Immer gib ihm Bildung!

Dem Schreibtisch gegenüber sah es etwas anders aus, dort hingen ausschließlich kleinere Bilder, lauter Porträts. Würdige ältere Herren; in jedem einzelnen von ihnen glaubte Stahnke auf den ersten Blick Dr. Wendelin Krüger persönlich zu erkennen.

Auf den zweiten aber blieben nicht einmal familiäre Ähnlichkeiten, sondern höchstens - wie sagte man unter Autobauern? Typbedingte? Alle zeigten dieses aufmunternde Lächeln, das Überlegenheit transportierte und ein wenig Hohn. Erfolgsmenschen. Eine Ahnengalerie leitender Optotrans-Angestellter, vermutlich.

Stahnke zuckte zusammen, als Marian ihn anstupste. Dr. Mergner hatte sich vor ihnen aufgebaut und heischte Beachtung - hoffentlich noch nicht allzu lange. Stahnke hob die Augenbrauen und signalisierte Dienstbeflissenheit.

„Tjaa . . ." Mergner, der mit seinem halblangen, struppigen, leicht ergrauten Haaren und den flaschenbodendicken Brillengläsern eher an einen vom Weltgeist beseelten Philosophen als an einen Naturwissenschaftler erinnerte, breitete die Arme aus, und Stahnke sah seine Hoffnung auf eine klare Diagnose schwinden. „Ganz allgemein gesprochen, haben wir es hier mit Tod durch Herzversagen zu tun. Eine Todesursache, die Sie auf Tausenden von Totenscheinen finden werden. Wenn der Tote alt ist und nicht gerade Geschäftsführer eines bedeutenden Betriebes, gibt man sich ja für gewöhnlich auch damit zufrieden."

Stahnke nickte. Wie viele perfekte Morde wohl schon mit diesem einen Wort besiegelt worden waren? Die Pflege alter, kranker Angehöriger war eine aufreibende Sache, die ganze Familien bis an die Grenze des Erträglichen belasten konnte, und jahrelang unerfüllte Erbschaftshoffnungen gingen an die Nerven. Am Ende reichte dann ein Kissen, ein verkramtes oder falsch dosiertes Medikament, ein über Nacht offenstehendes Fenster, eine laut knallende Tür. Und letztlich hörte ja bei jedem Tod ein Herz auf zu schlagen.

Krüger jedoch war zwar alt, aber keineswegs pflegebedürftig gewesen. Die Pensionsgrenze hatte er hinter sich gehabt, das aber zählte bei Führungskräften bekanntlich wenig. So hatte ihn der Tod buchstäblich mitten aus dem aktiven Leben gerissen. Nur welcher?

„Eine Vorschädigung des Herzens liegt bei Dr. Krüger nicht vor, sagt sein Hausarzt." Mergner hatte bereits recherchiert. „Überhaupt war der Mann für sein Alter bemerkenswert gesund. Trieb auch regelmäßig Sport." Stahnke entschied, den Seitenblick nicht bemerkt zu haben. „Soll ja auch nicht ganz ungefährlich sein", sagte er. „Gestern ist Krüger fast elf Kilometer gelaufen und hatte anschließend einen Schwächeanfall. Kann es da einen Zusammenhang geben?"

Mergner schüttelte den Kopf. „Wenn, dann hätte es während des Laufs oder unmittelbar danach, wenn sich der Körper von erhöhter auf normale Belastung umstellt, passieren müssen. Woher wissen Sie das übrigens?"

„Stand praktisch direkt daneben", sagte Stahnke.

„Ich auch", ergänzte Marian, der sich kein Wort hatte entgehen lassen.

Mergner stutzte, blickte von einem zum anderen, entschied sich dann jedoch, keine Fragen zu stellen, und fuhr fort: „Es gibt aber noch eine andere Möglichkeit, nämlich das zentrale Nervensystem. Haben Sie sich sein Gesicht mal angesehen? Augen und Mund weit aufgerissen, die Zunge blau. Das deutet auf plötzlich aufgetretene Atemnot hin. Atmungsversagen möglicherweise."

„Demnach wäre er auf dem Weg zum Fenster gewesen, um nach Luft zu schnappen", sagte Stahnke und deutete mit dem

Kinn auf die Stelle, wo Krügers mittlerweile abgedeckter Körper lag. „Atemnot tritt aber auch bei Herzinfarkt auf, oder?“

„Richtig“, entgegnete Mergner. „Alles andere als ein klares Bild also. Dazu dann noch diese unnatürlich geröteten Hautpartien, vor allem im Nacken. Passt nicht so recht zusammen.“

„Sonnenbrand vermutlich“, sagte Marian und bewegte vorsichtig seine eigenen versengten Schultern unter dem unangenehm scheuernden Hemd.

Mergner runzelte die Stirn: „Eher nicht. Dafür ist die Rötung zu partiell. Außerdem gibt es auch rote Stellen im Rückenbereich. Und beim Laufen hat er doch wohl ein Hemd getragen.“

„Unnatürliche Todesursache also nicht ausgeschlossen?“, fragte Stahnke.

Mergner nickte. „Nicht ausgeschlossen, weil ich noch keine zwingende natürliche erkennen kann. Aber eben nur deshalb.“

„Also Obduktion?“

„Ja“, sagte Mergner. Stahnke seufzte.

„Was heißt das nun?“, fragte Marian.

„Das heißt: Keine Stellungnahme“, sagte Stahnke. „Sie kennen ja die Regeln.“

„Und was sage ich meinem Chef?“

„Was sage ich meinem?“

Diesmal seufzten sie beide.

9.

„Das bringt doch nichts", sagte Stahnke. Er beugte sich weit vor, machte runde Augen und bemühte sich, so väterlich wie nur irgend möglich auszusehen.

Der kräftige Glatzkopf ihm gegenüber verzog seinen auffallend kleinen Mund, ohne dabei die Lippen zu öffnen. Kramer zuckte die Achseln. Offenbar hatten sich beide angesprochen gefühlt.

„Wenn du den Mund nicht aufmachst, sitzen wir morgen noch hier", fügte der Hauptkommissar hinzu. Eine schreckliche Vorstellung, vor allem für ihn selbst.

„Na schön, dann also noch einmal von vorne." Dieser Satz gehörte zum Standard-Repertoire und wirkte bei entsprechend häufiger Wiederholung weitaus zuverlässiger als Drohungen oder Gebrüll. Nicht, dass Stahnke sich gescheut hätte, zu drohen oder zu brüllen, aber alles zu seiner Zeit. Noch setzte er auf Zermürbung. Bisher aber zeigte nur Kramer Wirkung, und das war erstaunlich genug.

„Jan-Habbo Janssen, geboren in Weener, Landkreis Leer, am . . . na? Ein paar Angaben zur Person musst du schon machen. Da kannst du ruhig Zimmermann fragen."

„Hab ich doch längst", sagte Jan-Habbo. „Außerdem steht's doch da."

„Woher willst du das wissen?", fragte Stahnke. „Kannst du etwa lesen? Du bist doch erst 19." Sein Gegenüber hob das rechte Drittel seiner Oberlippe ein wenig an und ließ einen schneeweißen Eckzahn schimmern.

„Wo waren Sie in der Nacht vom vergangenen Sonnabend auf Sonntag zwischen zwei Uhr und zwei Uhr dreißig?", fragte Kramer.

„Bei mir zu Hause", sagte Jan-Habbo.

„Allein?"

„Nein, mit meiner Freundin."

„Und warum hat uns die Dame vorgestern noch erzählt, sie wäre gar nicht in der Stadt gewesen?"

„Hat sich eben geirrt. Im Datum versehen. Was weiß ich. Jetzt weiß sie's jedenfalls wieder."

„Von wem weiß sie es denn jetzt wieder?" Ein Einwurf von Stahnke. Jan-Habbo Janssen klappte den Mund auf, stutzte dann sichtbar, schnappte nach Luft und presste die Lippen wieder zusammen. Mist, dachte Stahnke. Jetzt hätte der Glatzkopf um ein Haar „von Helmut Zimmermann“ gesagt. Hat er sich bloß noch nicht sicher genug gefühlt. Mist, dreimal Mist.

„Du bist gesehen worden“, sagte der Hauptkommissar. „Und das weißt du genau. Der junge Kurde, den du da vor dem Kino ausgenommen hast, war zwar alleine. Sonst wärst du ja auch nicht an ihn rangegangen, nicht wahr, du Held. Aber einen Zeugen gibt es trotzdem. Einen glaubwürdigen Zeugen. Also brauchst du uns hier keine Märchen zu erzählen.“

Jan-Habbo zuckte die Achseln: „Ich war zu Hause. Meine Freundin war bei mir. Sie können sie ja fragen.“

„Nachdem du dem Jungen ins Gesicht getreten und ihm dann, als er schon am Boden lag, mit einem weiteren Tritt den linken Unterarm gebrochen hattest, ist einer um die Ecke gekommen. Da bist du natürlich schnell flitzen gegangen, mutig wie du bist, aber der Mann hat dich noch gut sehen können unter der Straßenlaterne. Hat dich wiedererkannt. Gib dir keine Mühe.“

„Ich war zu Hause“, wiederholte Jan-Habbo.

Der großgewachsene junge Mann saß lässig auf seinem unbequemen Stuhl, völlig entspannt, die langen Beine weit unter Stahnkes Schreibtisch geschoben, die Sohlen seiner Doc-Martens-Schuhe flach auf den Boden gesetzt. Seine Jeans war ebenso schwarz wie sein Kapuzenshirt, dessen Ärmel er bis über die Ellbogen hochgeschoben hatte, und seine Unterarme waren sehenswert. Nicht wegen der Tätowierungen; Schwerter, Totenköpfe, Schlangen, Dutzendware. Diese Muskeln aber waren wirklich ungewöhnlich, nicht einfach nur dick, sondern geradezu bizarr, pralle Wülste und tiefe Einkerbungen, aus denen Stahnkes Schreibtischlampe harte Kontraste schuf, die an lichte Hügel und schattige Schluchten gemahnten. Ein lebensfeindliche Mondlandschaft. Ob der Bursche am ganzen Körper so aussah? Vermutlich. Ein Muskel kommt selten allein, hieß es nicht so im Sprichwort? Nein, hieß es nicht. Stahnke rief sich zur Ordnung.

Kramer versuchte es noch einmal, Stahnke dankte ihm stumm und blätterte ein wenig in Jan-Habbos Akte. Typischer Werdegang, ein wandelndes Klischee. Halbwaise, eigentlich Vollwaise, diese Null von einem Alkoholiker zählte ja schon lange nicht mehr als Vater. Hauptschule mit Ach und sehr viel Krach, erster und einziger Lehrvertrag noch vor Antritt gelöst wegen einer Schlägerei mit einem seiner künftigen Kollegen in einer Leeraner Disco, dem „Masters". Stahnke kannte den Laden, ein finsterer Zappelbunker mitten im Gewerbegebiet, wo es alles gab, was irgendwie illegal war, vor allem aber Zoff in beliebiger Menge, denn das „Masters" wimmelte von Jan-Habbos aller Nationalitäten.

Sein Gegner habe ein Messer gezückt, hatte der Bursche seinerzeit ausgesagt. Dieses Messer aber wurde nie gefunden. Vermutlich existierte es überhaupt nicht. Es war auch niemand gut beraten, mit einem Messer auf Jan-Habbo Janssen loszugehen, denn der war ein versierter Taekwon-Do-Kämpfer. Das stand nicht nur hier in der Akte, das war allgemein bekannt. Auch Jan-Habbo Janssen selbst war allgemein bekannt. Und gefürchtet.

Stahnke blickte auf. „Wie läuft's denn so im Dojo?", fragte er.

Jan-Habbo lächelte. Sein Gesicht war merkwürdig klein, Augen, Nase und der schmale Mund standen dicht beieinander, das Kinn war wenig ausgeprägt, die Ohren wirkten winzig, und alles zusammen sah seltsam verloren aus unter der kahlen, glänzenden Schädelkuppel. Manche Menschen können sich so eine Fleischmütze einfach nicht leisten, stellte Stahnke fest. Ein Schädel ist eben noch lange kein Kopf.

„Gut", sagte Jan-Habbo. „Bald hab' ich den ersten Dan. In zwei Wochen ist Prüfung."

„Wenn du die mal nicht verpasst", sagte Stahnke. Und bereute es sofort wieder. Kaum hatte er den Burschen aus der Reserve gelockt, schon kam er ihm sarkastisch, und Jan-Habbo machte sofort wieder dicht. Nein, so wurde das nichts.

„Du rührst dich nicht vom Fleck", sagte Stahnke, dann winkte er Kramer in den Nebenraum, wo dessen eigener Schreibtisch stand. „Was meinen Sie?", fragte er mit gedämpfter Stimme.

„Unser Zeuge ist gut", murmelte Kramer, „besser als diese vergessliche Freundin. Aber wir sind nicht gut präpariert, weil wir natürlich mit einem Geständnis gerechnet hatten." Klar, wer hatte das nicht. Aber auch Offensichtliches wollte bewiesen werden, wenn es so dreist und gut einstudiert geleugnet wurde.

„Können wir so vor den Haftrichter?", fragte Stahnke.

Kramer schüttelte den Kopf. „Besser nicht. Insbesondere dann nicht, wenn Zimmermann mit von der Partie ist. Zuerst brauchen wir ordentlich protokollierte Aussagen vom Opfer und von unserem Zeugen Godehau. Die Tatort-Fotos und der Krankenbericht sind auch noch nicht in der Akte, fragen Sie mich bitte nicht warum. Ein, zwei Tage wird es noch dauern, dann ist die Sache rund. So lange können wir den Burschen aber nicht hier behalten."

„Mist", raunte Stahnke.

Kramer wiegte den Kopf: „Nicht unbedingt. Lassen wir ihn ruhig gehen, das ist besser, als wenn Zimmermann ihn hier rausholt, und das wird er, ganz bestimmt, mit gewaltigem Brimborium. Lassen wir ihn laufen. Dieser Janssen rennt uns nicht weg, der wüsste gar nicht wohin. Der ist uns sicher."

„Na gut", sagte Stahnke. Kramer wandte sich ab, aber Stahnke hielt ihn am Oberarm zurück: „Was hat sich übrigens auf Borkum ergeben? Gibt es schon einen Bericht?"

„Kommt", sagte Kramer. „Viel ist es nicht. Alter Herr in vollständiger Straßenbekleidung, wie es schon im Fax stand, etwa zwei Tage im Wasser, ertrunken, keine äußeren Zeichen von Gewaltanwendung. Noch nicht identifiziert. Wir haben ein Foto gemacht, das werden wir mal rumschicken." Er beugte sich vor, angelte sich eine dünne Mappe von seinem Schreibtisch und klappte sie auf.

Zwei Tage nur, dachte Stahnke erleichtert und riskierte einen Blick auf das Foto, das Kramer ihm hinhielt. Ein würdevolles Gesicht, dessen wächserne Züge vom Tod geglättet schienen, geschlossene Augenlider unter einer hohen Stirn, ein breiter, grauer Schnurrbart über einem spaltbreit geöffneten Mund, schmale Wangen, ein spitzes Kinn. Ein Gesicht, das ihm bekannt vorkam. Zufall? Nein, er hatte diesen Mann kürzlich erst gesehen. Oder ein Bild von ihm. Aber wo?

Nachdenklich ging Stahnke in sein Zimmer zurück.

Jan-Habbo hatte sich nicht vom Fleck gerührt. Er grinste wieder, diesmal über beide Eckzähne.

Wie lebt so einer, wenn er nicht gerade sitzt, dachte Stahnke. Hockt der den ganzen Tag zu Hause unter einem Waffen-SS-Poster, Hitlerporträt und Reichskriegsflagge immer im Blick, trinkt Dosenbier, dröhnt sich mit zweimal zweihundert Watt Störkraft zu und hasst alles, was keine deutsche Glatze hat? Jetzt grinste Stahnke. Jan-Habbo Janssen runzelte die Stirn.

Er ist ein durchtrainierter Kampfsportler, überlegte Stahnke weiter, während er Janssen zurück in die Arrestzelle brachte. Im

Fernsehen taten das immer die uniformierten Kollegen, aber eben nur dort; im wahren Polizeileben ließen weder Personalsituation noch Betriebsklima solche Handlangerfunktionen zu. Welcher Kampfsportler trank jeden Tag Dosenbier? Kein guter. Und Janssen war ein verdammt guter, ein gefährlicher. Taekwon-Do, das war koreanisch. Sollte ein guter deutscher Neonazi nicht boxen? Taekwon-Do war nicht arisch, das war asiatisch. Von einem General erfunden, sicher, aber ganz bestimmt nicht deutsch. Schien aber nichts auszumachen, solange es nützlich war. „Was arisch ist, bestimme ich" - Josef Goebbels hatte das einmal gesagt. Wer bestimmte das heute? Leute wie Janssen? Oder Zimmermann?

Stahnke schloss die Zellentür auf und schob Janssen vor sich her in den Raum, der von allen nur „das Loch" genannt wurde und auch genau so aussah. Mit Klischees kann man nichts erklären, dachte Stahnke. Klischees kleben an der Oberfläche und verdeckten alles Wesentliche. Durch ein Klischee hindurch ist nichts zu erkennen. Ich müsste ihn wirklich kennen lernen. Eine Beziehung zu ihm aufbauen. Dann könnte ich vielleicht etwas erfahren.

Janssen wandte sich um, und ihre Blicke trafen sich. Stahnke erschauderte. Wortlos warf er die Tür ins Schloss und drehte den Schlüssel herum. Dreimal, bis zum Anschlag.

10.

„Mehr Fett ging wohl nicht", sagte Marian, als der Kellner sich wieder entfernt hatte, und schaute abschätzig auf den großen, verschwenderisch gehäuften Teller, den der stets verschwörerisch lächelnde, schmalhüftige, braungebrannte Mann vor Sina abgestellt hatte. Das Essen dampfte und schien in freudig erregter Erwartung seiner Bestimmung förmlich zu beben.

„Mehr geht immer", sagte Sina und musterte ihre Bestellung mit ungetrübter Vorfreude. „Was hast du gegen Bifteki? Früher. . ."

„Früher", unterbrach Marian. „Das ist Hackfleisch, und guck bloß mal, wie das glitzert! Von versteckten Fetten kann man da ja schon gar nicht mehr reden. Bestimmt ist da auch Rindfleisch drin. In diesen Zeiten! Und musstest du denn unbedingt auch noch Pommes dazu nehmen? Schließlich gibt es auch Reis. Mensch, morgen ist doch die zweite Etappe."

„Mir ist aber nach Pommes", sagte Sina. „Kartoffeln haben außerdem viel Kohlehydrate, das ist gut vor Ausdauerleistungen. Die verbrenn' ich wie nichts."

Ungerührt spießte sie gleich ein ganzes Büschel Pommes Frites auf die Gabel, tunkte es kräftig in den großen Zaziki-Klecks, der über den Tellerrand zu schwappen drohte, und stopfte es sich in den Mund. „Siehst du, etwas Gesundes esse ich doch auch dazu", sagte sie kauend.

Marians Essen kam in einer kleinen Schüssel. Griechischer Bauernsalat, mit Schafskäse, aber ohne Ei, das hatte er sich extra ausgebeten. Essig und Öl separat, kein Dressing, nein danke, viel zu fettig und womöglich noch zuckerhaltig. Vorsichtig setzte der Kellner alles neben Marians Mineralwasser ab, sachte wie in einem Krankenzimmer, widmete dem Gast einen ernsten Blick. Und Sina im Abdrehen ein Lächeln. Sina strahlte zurück, während sie sich den Mund mit ihrer Serviette abwischte.

Vorsichtig träufelte Marian dunklen Essig über seinen Salat. Von der kleinen Ölkaraffe nahm er gar nicht erst den geschliffenen Stöpsel ab, aus Angst, versehentlich zu viel zu erwischen, lockerte ihn nur ein wenig und ließ ein paar Tröpfchen zwischen Glas und Glas hindurch sickern. Ehe er mit dem Anmachen ganz fertig war, hatte Sina schon das halbe Bifteki in sich hineingeschaufelt und ihr Viertel dunkelroten Naussa hinterhergeschüttet. Kauend wedelte sie um Nachschub.

„Findest du das eigentlich gut?“, muffelte Marian.

„Klar finde ich das gut“, sagte Sina. „Genauso wie du früher.“ Der Wein kam, und sie ließ sich einschenken.

„Du weißt genau, was ich meine“, sagte Marian. „Es geht doch nicht um Wein und fettes Fleisch, sondern . . . sondern . . .“

„Sondern darum, dass ich das hier esse und trinke, und zwar mit Genuss, und darum, dass du offenbar meinst, ich sollte das in deiner Gegenwart pietätvoll unterlassen, nicht wahr.“ Sinas Laune war gewöhnlich recht stabil, wenn sie aber stieg oder sank, dann schnell. Dies hier ist ein Sturzflug, erkannte Marian. Liebend gerne hätte seine letzten Sätze zusammen mit dem Salatblatt, das er soeben vorschriftsmäßig zehnmal durchgekaut hatte, hinuntergeschluckt.

Zu spät. Sinas Messer zielte auf seinen Kehlkopf. „Denk dran, was ich dir gesagt habe“, zischte sie. „Ich habe nie Probleme mit deinem Bauch und deinem Gewicht gehabt, das weißt du, und wenn du selbst Probleme damit hast, dann bürde sie bitte nicht mir auf, sondern löse sie selber. Gut, das hast du gemacht, sehr konsequent, Glückwunsch. Habe ich dir auch gesagt, und das war ganz ehrlich. Allerdings war das auch, ehe ich gemerkt habe, dass du von diesem Trip nicht mehr runterkommst.“

„Was soll das denn heißen“, empörte sich Marian. „Ich will doch nur . . .“

„Ich weiß, was du willst“, sagte Sina. „Die Seiten wechseln. Du hast Blut geleckt - oder sollte ich sagen: Schweiß? Igitt.“

„Igitt“, sagte auch Marian, fast gleichzeitig. Sie starrten sich an, dann prusteten sie gemeinsam los.

„Aber versteh doch“, fuhr Sina fort, während sie sich mit einer sauberen Ecke der ansonsten fettigen Serviette die Lachtränen abtupfte. „Wenn du dich mit ein paar Kilo weniger auf den Rippen wohler fühlst, ist das ja ganz toll. Aber deswegen musst du doch nicht gleich zu diesen Körperkulties überlaufen. Weißt du nicht mehr, wie wir früher immer über die hergezogen sind? Wie war das noch von Bert Brecht, den hast du doch dauernd zitiert: ‚In einem ganz gesunden Körper wohnt niemals ein gesunder Geist‘ - schon vergessen? Das ist einfach nicht deine Welt. Da passt du überhaupt nicht rein. Außerdem kannst du all die Jahre Trainingsrückstand nicht in ein paar Wochen aufholen. Das hast du ja gesehen."

Marian hatte Sinas Hand ergriffen; jetzt ließ er sie wieder los, nicht nur, weil er merkte, dass es die mit der fettdurchtränkten Serviette war. „Willst du damit sagen, ich - ich mache mich lächerlich?"

Sina sah die Röte unter seinem Hemdkragen hervor über den Hals aufsteigen und in sein Gesicht fluten, und er tat ihr leid. Diese Erkenntnis gab ihr einen Stich, aber es war so, eindeutig. Marians Schwachstelle war seine mangelnde Selbstsicherheit. Natürlich hatte er gelernt, damit umzugehen, und nicht zuletzt dank ihrer Hilfe hatte er in den letzten Jahren damit auch gute Fortschritte gemacht. Solange er sich dabei im Rahmen seiner Qualitäten bewegte, die er ja hatte, keine Frage. Jetzt aber hatte er sich vergaloppiert. Oder vertrabt? So schnell war er wiederum nicht gelaufen.

Sina entschied sich für die harte Tour. „Bisher nicht", sagte sie. „Aber wenn du so weitermachst, dann kommt das noch. Mit tödlicher Sicherheit."

Sie legte die Serviette weg und griff nach seinem Handgelenk, erwischte es gerade noch, ehe er es hinter die Tischkante ziehen konnte. Offenbar wollte er wieder das Trotzköpfchen spielen. „Hör mal, wenn du wirklich ernsthaft Langläufer werden willst, dann beleg Kurse. Anfängerkurse! Lerne Atemtechnik, tu was für deine Ausdauer. Letzten Dienstag hast du doch gesehen, dass praktisch jeder schneller läuft als du! Einschließlich Greisen und Übergewichtigen. Sogar ich bin dir weggelaufen wie nichts, und ich bin doch auch so gut wie untrainiert. Ist dir das gar nicht aufgefallen?"

Marian spürte, wie sich die Dolchklinge in der noch unvernarbten Wunde drehte. Ob ihm das aufgefallen war! „Und ob mir das aufgefallen ist", flüsterte er mit heiserer Stimme und befreite sein Handgelenk mit Nachdruck aus Sinas Griff. „Mir ist auch aufgefallen, dass du nicht auf mich gewartet hast. Und dass du lieber mit diesem Fascho gelaufen bist, diesem Zimmermann. Dabei weißt du doch genau, wie ich über den denke. Und wie ich zu dem stehe. Dass ich mich in den letzten Wochen ganz schön weit aus dem Fenster gehängt habe mit dem, was ich gegen ihn geschrieben habe. Glaub bloß nicht, der hätte keine Freunde bei uns in der Redaktion!"

Seine Stimme war kaum lauter geworden, aber drängender. Jetzt schnaubte er fast: „Aber anscheinend habt ihr euch ja sehr nett unterhalten, soweit einer wie ich das beurteilen kann, so ein lächerlicher Hinterherläufer."

Jetzt weicht er aus, dachte Sina, und wird unfair. Das heißt, er will nicht begreifen. „Wir hatten ausgemacht, dass jeder seinen eigenen Rhythmus läuft", sagte sie. „Stimmt das oder nicht?"

Er zuckte die Schultern, ohne sie anzusehen. Klar hatten sie das ausgemacht, aber wäre es nicht nett von ihr gewesen, trotzdem zu warten, ihn vielleicht sogar ein bisschen zu ziehen? Sie aber war ihm davongelaufen, locker und federnd, ohne sich quälen zu müssen wie er, plaudernd sogar, mit diesem Kerl, dem man deutlich ansehen konnte, dass er dabei an einen ganz anderen Rhythmus dachte. Während er selber gekämpft hatte und gelitten und trotzdem immer weiter zurückgefallen war.

Ja, das war es wohl: Diese Leichtigkeit, die sie hatte und er nicht. Beim Laufen nicht und im Umgang mit Menschen auch nicht. Sina aber hatte sie, eine Gabe, unverdient, unerworben, unbezahlbar, aber hatte er sich nicht schon mit ihr, an ihr darüber gefreut? Warum also jetzt Neid, warum dieses Missgönnen? Weil es nicht fair war, ach was fair, es war nicht gerecht, einfach nicht richtig. Es war gemein. Gemein von ihr. Sollte sie ruhig überlegen sein, aber dann könnte sie wenigstens auf ihn warten. Bockig schwieg er.

„Und mit wem ich mich unterhalte, das hast du mir sowieso nicht vorzuschreiben." Jetzt rötete sich auch Sinas Gesicht, nicht von unten, sondern von innen her; die kleinen rötlichen Flekken, die auf ihren Wangen erschienen, breiteten sich in Sekundenschnelle aus wie kochende Lava, bildeten Seitenarme, trafen und vereinigten sich, bis ihr ganzes Gesicht in Flammen zu stehen schien, Flammen, die ihre rotbraunen Haare zum Leuchten brachten, die sich in den lang herunterbaumelnden, gezackten Ohrgehängen aus silbrigem Metall spiegelten und sie dort, wo sie in den Ohrläppchen steckten, zum Glühen zu bringen drohten. „Ihr macht es euch alle leicht. Nur nicht reden mit dem Zimmermann, bloß über ihn! So kriegt man ihn bestimmt nicht raus aus seiner Sackgasse. Der Mann ist nicht dumm, überhaupt nicht, und er ist auch zugänglich, in gewisser Weise. Man muss es eben nur versuchen! Aber dazu ist sich der Herr Marian Godehau ja zu fein. Könnte sich ja die Finger einbräunen. Weißt du eigentlich, wie borniert du bist?"

Stimmt ja gar nicht, stimmt jedenfalls so nicht, dachte Sina, während sie ihre bebenden Lippen unter Kontrolle zu bringen versuchte und ihren Worten nachstarrte, die auf Marians eisige Miene trafen und sich dort zu einer Antwort umformierten. Nein, borniert ist er nicht, er hat nur seine Prinzipien, aber verdammt noch mal, darauf bildet er sich auch mächtig was ein. Und er macht es einem schwer, mir macht er es schwer, mir und sich selbst. Herrgott, was für ein Blödmann.

„Weißt du was, Sina", sagte Marian, während er sein Besteck weglegte und die zerknüllte Serviette auf seinen Salatteller fallen ließ, „mir scheint, hier hat jemand ganz anderer die Seiten gewechselt. Nämlich du."

Konnte es wirklich sein, dass er lieber auf einen Freund verzichtete als auf eine passende Retourkutsche? Beziehungsweise Freundin? Gesagt hatte er das mal, spaßeshalber. Aber das hier war kein Spaß mehr. Alles andere als das.

„Darf es noch etwas sein?" Unbemerkt war der Kellner an den Tisch geglitten.

„Ja", sagte Marian. „Die Rechnung bitte."

„Zusammen oder getrennt?"

„Getrennt", sagte Sina.

11.

Aber jetzt. Stahnke machte sich so lang wie nur möglich, ignorierte den Schmerz in seiner Achselhöhle, erzeugt von der stählernen Süllkante, und wünschte sich Pianistenhände. Seine kurzen, dicken, sich zu den Nägeln hin kaum verjüngenden Stumpenfinger aber verweigerten solch wundersames Wachstum und blieben wie sie waren, bekamen die dümpelnde Öldose also auch nicht zu fassen, sondern stupsten sie nur an. Langsam, ganz langsam driftete die Dose über den kleinen, trüben, kakaobraunen See, der träge in der Bilge schwappte, in Richtung Kajütschott und damit außer Reichweite. Stahnke fluchte herzhaft, während er sich mühsam aufrichtete.

Schon Ende April war die „Olifant" wieder zu Wasser gelassen worden, jetzt war der Mai fast vorüber, und doch hatte Stahnke noch keinen Augenblick Zeit gefunden, an Bord nach dem Rechten zu sehen. Während der letzten Wochen des Winterlagers hatte er es mit knapper Not geschafft, den Unterwasserbereich neu zu streichen und ein paar Schrammen am Rumpf auszubessern. Dass der Motor nach dem Wassern sofort angesprungen war, um das Boot gegen die heftige Strömung des Ems-Seitenarms vom Kran bis zum Liegeplatz im Bingumer Yachthafen zu schieben, war weiß Gott nicht sein Verdienst, sondern das irgendwelcher unbekannter, aber höchst verdienstvoller Motorenbauer, die Eigner wie ihn vorausgesehen und den Schiffsdiesel von vornherein unempfindlich gegen Wartungsabstinenz konstruiert hatten. Kopfschüttelnd vermutlich, aber erfolgreich.

Der Zustand des Motorraums jedenfalls war für ein Boot wie die „Olifant", eine niederländische Zeeschouw mit plattem Bug, breitem, aber elegant geschwungenem Rumpf, Mahagoni-Plicht mit Teak-Grätings, einem Mast aus Pitchpine, einem wahrlich baumlangen Mastbaum und einer hochnäsigen Klüverstenge, schlicht und einfach eine Zumutung. Da Stahnke natürlich wieder vergessen hatte, die Wellenbuchsen zu schmieren, war durch die Rumpföffnung, welche die Kraftübertragung vom Motor zum Propeller ermöglichte, Wasser eingedrungen, tropfenweise zwar nur, aber steter Tropfen füllte auch ein Schiff, wenn man sich nur lange genug nicht kümmerte. Schöne Bescherung.

Ganz vollgelaufen war der Raum zwar noch nicht, der Motor stand zum Glück auf einem ausreichend hohen Fundament, und dank des wasserdichten Schotts hatte auch keine wirkliche Gefahr für die „Olifant" bestanden; das eingedrungene Wasser hatte aber gereicht, um alles, was im Motorraum herumgestanden und -gelegen hatte, auftreiben und durch die Gegend driften zu lassen. Das war nicht eben wenig. Und eine Schande.

In seinem Schreck hatte er natürlich zuerst das Wasser abgepumpt, bis auf den Rest, den der dicke Pumpenschlauch nicht zu fassen bekam. Und dann erst angefangen, nach dem Treibgut zu fischen.

„Da komme ich ja gerade recht." Marian Godehaus Kopf tauchte oberhalb der gewölbten Kajütkante auf, seine braunen Haare windzerzaust. „Ölpest im Yachthafen Bingum, und die Polizei liegt auf den Knien. Wenn das kein Fall für die Presse ist."

Stahnke erhob sich vollends und spähte Richtung Hafenausfahrt. Tatsächlich, ein dünner Ölfilm wand sich da um die Stichstege herum, zum Glück nicht in allen Regenbogenfarben schillernd, sondern schlicht blaugrau. Lecköl, das er zusammen mit dem eingedrungenen Wasser aus der Bilge gepumpt hatte. Keine wirkliche Katastrophe, aber peinlich genug. Gerade für einen wie ihn. Marian wusste das und grinste entsprechend.

Groß sieht er aus, fand Stahnke, größer als sonst. Optisch war der Verlust des Speckgürtels eine Verbesserung, keine Frage. Und dort, wo Marian jetzt stand, ziemlich weit hinten auf dem flexiblen Stichsteg, der auf tonnenförmigen Auftriebskörpern schwamm, hätte Stahnke nicht mehr stehen können. Er musste immer schon mittschiffs, in Höhe der stählernen Wanten, aufs Boot übersteigen, sonst tauchte der Ausleger unter seinem Gewicht weg.

„Darf man an Bord kommen?", fragte Marian, eine Hand schon nach dem Kajütaufbau ausgestreckt.

„Nur zu", sagte Stahnke. Schwungvoll hob Marian Godehau den rechten Fuß zum Ausfallschritt. Das war zuviel für den schmalen Schwimmsteg. Ruckartig gab er nach und tauchte unter, Marian stieß ein schrilles Quieken aus, mehr überrascht als entsetzt, und ruderte mit beiden Armen durch die Luft, auf einem Bein um sein Gleichgewicht kämpfend. Ein aussichtsloser Kampf, den sich Stahnke genau eine Sekunde lang versonnen anschaute. Dann war er mit einem Satz auf der Backskiste, packte Marian an der Jacke und riss ihn zu sich herüber an Bord. So heftig, dass sie beinahe alle beide kopfüber in den offenen Motorraum getaucht wären, hätte Stahnke nicht eben noch seinen linken Arm um den Großbaum schlingen können.

Schwer atmend standen sie da, Brust an Brust, fast Nase an Nase. „Ganz schön flink sind Sie noch“, keuchte Marian.

„Danke“, gab Stahnke zurück. „Wünschte, ich könnte das auch von Ihnen sagen.“

„Sehr freundlich.“ Aber Marian lächelte, während er seine zerknautschte Jacke zurechtzupfte und auf der Backskiste Platz nahm. Stahnke setzte sich ihm gegenüber hin.

„Ich hatte gehofft, Sie hier zu finden“, sagte Marian. „Bei Ihrer Dienststelle weiß ja niemand, wo Sie gerade stecken. So heißt es jedenfalls. Ich komme gerade von Ihrem Kollegen Kramer, der hat meine Aussage von neulich noch einmal protokolliert. Konnte mir angeblich auch nicht sagen, wo Sie sich aufhalten.“

„Brav“, nickte Stahnke.

„Aber in der Sache Krüger können Sie sich nun nicht länger verstecken. Nach über 48 Stunden noch immer keine Todesursache, das kann doch einfach nicht angehen. Das kauft uns keiner mehr ab. Ihnen, meine ich.“

Stahnke zuckte die Achseln. „Den Mergner kann man nicht drängen. Ehe der nicht alle Möglichkeiten ausgeschöpft hat, legt er sich auch nicht fest. Was also soll ich tun? Rein faktisch liegt ja überhaupt nichts vor. Man kann nicht einmal sagen, dass wir Zeit verlieren durch Untätigkeit, weil es ohne Diagnose gar nichts zu tun gibt. Und sobald Mergner sagt ‚Herzversagen‘, ist die Akte - schwups! - in der Ablage. Das können Sie mir glauben. Schließlich haben wir auch so genug zu tun.“

Marian nickte betont eifrig. „Ich weiß. Umweltdelikte.“

Es dauerte einen Augenblick, bis Stahnke geschaltet hatte. Er stand auf, klappte den Motorraumdeckel zu, verschwand in der Kajüte und kam Sekunden später mit einer Flasche Spülmittel zurück. Sichernd blickte er sich nach allen Seiten um, dann ließ er einen satten Spritzer von dem giftgrünen Konzentrat ins Wasser klatschen. Augenblicklich wich der bläuliche Ölfilm in weitem Halbkreis von der „Olifant“ zurück, und das Wasser rund um das Boot glänzte wieder in vertrautem Emsschlickgraubraun. „Na bitte", sagte er, zu Marian gewandt. „Fall erledigt."

Der Journalist nickte. „Super. Doppelter Dreck, aber die optische Wirkung ist eine ungeheure. Haben Sie vielleicht Ambitionen auf den Umweltministerposten? Sie können sich gerne auf mich berufen, falls Sie ein Zeugnis brauchen."

„Vielen Dank." Stahnke winkte ab. „Kein Job für mich. Ich habe lieber etwas zu sagen."

Sie lachten beide, kurz und nicht sehr laut, aber ohne Vorbehalt. Vertraut wie ein altes Ehepaar, dachte Stahnke, ist schon merkwürdig. Und trotzdem noch beim Sie, nach all den Jahren. Unsinn eigentlich. Aber er war ja nun mal der Ältere, also bitte.

„Harr - wie wäre es denn . . ." Im selben Moment war es ihm schon wieder peinlich. Aber Marians erwartungsvoller Blick ließ kein Zurück mehr zu. „Ich meine, wo wir uns doch schon so lange . . . also, beim Vornamen . . ."

„Klar." Marian streckte die Hand aus. „Ich heiße Marian. Wissen Sie, äh, weißt du ja." Er schien sich richtig zu freuen. Stahnke lächelte erleichtert zurück, griff sich die Hand und schüttelte sie ausgiebig. Ging ja doch ganz leicht, eigentlich.

Warum aber guckte der Mann jetzt so erwartungsvoll? War noch was? Er sollte doch wohl jetzt nicht etwa einen ausgeben? Langsam zog er seine Hand zurück. In diesen Dingen war er völlig aus der Übung. Irgend etwas schien er vergessen zu haben. Aber was?

„Tja, also - wie heißt du denn mit Vornamen?", fragte Marian.

Stahnke griff sich an die Stirn. War es denn zu fassen. „Logisch", sagte er, „den kannst du ja . . ."

Sein Handy fiel ihm ins Wort. Zarte, melodische Balalaika-Klänge, aber nachdrücklich. Mit einem entschuldigenden Lächeln kramte er das Ding aus der Tasche.

„Ja?"

„Mergners Bericht ist da", sagte Kramer.

„Und?"

„Sie sollten gleich mal herkommen."

„Bin unterwegs." Stahnke sprang auf, steckte das Handy weg und verriegelte eilig das Kajütschott.

„Was ist passiert?", fragte Marian. Auch er hatte sich erhoben.

„Wir sehen uns später", sagte Stahnke und setzte hastig einen Fuß auf den Stichsteg, der unter ihm wegsackte wie ein

Paternoster. Wasser lief in seinen Schuh, und er kämpfte um sein Gleichgewicht, auf einem Bein stehend und ziemlich aussichtslos. Es kam ihm länger vor, vermutlich aber dauerte es nur eine Sekunde, bis ihn eine Hand am Ärmel packte und ihn zurück an Bord riss.

„Also", sagte Marian. „Was ist passiert?"

Stahnke schnaufte, in seinem rechten Schuh quielte das Emswasser, und um die „Olifant" herum breiteten sich kreisförmig kleine Wellen aus.

„Na gut", seufzte er, während er sich bis zu den Wanten nach vorne tastete. „Dann komm eben mit."

12.

Schon am Haupteingang in der Georgstraße, in der Schleuse zwischen den Glastüren, bereute Stahnke seine Worte. Mit allzu breiter Brust segelte sein neuer Duzfreund in seinem Kielwasser hinter ihm her, enterte das Polizeigebäude, als handle es sich um eine sturmreif geschossene spanische Galeone, winkte dem Uniformierten an der Pforte eine Spur zu lässig zu und eilte in allzu deutlicher Zurschaustellung seiner neu erworbenen Wichtigkeit die Treppen hinaüf. Nee, mein Lieber, dachte Stahnke, so haben wir nicht gewettet.

Mergner stand vor Stahnkes Bürotür, den Zeigefinger zum Klopfen gekrümmt, just als die beiden in den Gang einbogen. Stahnke grüßte knapp, drehte sich dann zu Marian um, ignorierte dessen erwartungsfrohen Blick und tippte ihm auf die Schulter: „Du, warte mal eben hier." Ein Blick auf die Holzbank ließ Marian zusammenschrumpfen wie ein Kotelett in der Pfanne. Stahnke hätte am liebsten hinter sich abgeschlossen.

Kramer wartete schon. „Also", sagte Stahnke, „Ihr Auftritt, Herr Doktor."

Mergner nahm auf dem Besucherstuhl Platz, erhob sich wieder, kramte einen Zettel aus der Hosentasche und setzte sich erneut, recht umständlich, was Stahnke zufrieden registrierte, denn solche Anzeichen von Selbstinszenierung ließ der Arzt nur dann erkennen, wenn er wirklich etwas zu berichten hatte.

„Ich hab's mir extra aufgeschrieben", sagte er, „hier: Dimethylsulfat. Damit hat man auch nicht alle Tage zu tun." Blinzelnd schaute er von Stahnke, der hinter seinem Schreibtisch saß, zu Kramer, der wie gewöhnlich im Durchgang stand, und zurück.

„Und was ist das für ein Zeug?", fragte Stahnke.

„Das ist ein Zeug", sagte Mergner, „so etwas dürfte es eigentlich gar nicht geben."

„Bitte etwas detaillierter", sagte Stahnke, beugte sich vor und stemmte die Ellbogen auf die Tischplatte. „Ein Gift also?"

Mergner nickte bedächtig. „Oh ja, ein Gift. Und zwar eines der hinterhältigsten, die mir jemals untergekommen sind."

„Ein Gift ist ein Stoff", sagte Stahnke. „Stoffe sind niemals hinterhältig. Menschen sind hinterhältig."

„Wie Sie wollen", sagte Mergner, „von mir aus. Aber solch einen kongenialen Wirkstoff finden hinterhältige Menschen wirklich nicht oft. Das Zeug ist klar und farblos, brennt praktisch nicht, hat auch keinen warnenden Eigengeruch, schon gar nicht unter freiem Himmel. Etwas ölig ist es, sonst könnte man es von Wasser gar nicht unterscheiden. Die Labor-Sicherheitsvorschrift für diese Chemikalie ist zwei DIN-A-4-Seiten lang. Aber wenn es so dasteht in seinem Flakon, klar und rein, sieht es aus wie die pure Unschuld." Mergner blinzelte wieder: „Aber den moralischen Aspekt brauchen wir ja nicht erneut zu vertiefen."

„Na gut", sagte Stahnke. „Und was muss ich tun, um daran zu sterben? Es trinken?"

„Das wäre natürlich eine sehr bequeme Möglichkeit", sagte Mergner. „Das hat Krüger aber nicht getan, sonst hätten wir bei der Obduktion Spuren gefunden, und zwar unübersehbare, von den Lippen über Hals und Magen bis in die Organe hinein. Da war nichts, und wir haben gesucht, das können Sie mir glauben. Trinken ist aber auch gar nicht unbedingt nötig. Berührung reicht schon."

„Es wirkt über die Haut?", fragte Stahnke. „Merkt man das nicht?"

„Das kommt darauf an", sagte Mergner. „Natürlich reagiert die Haut gereizt, und weil es eine Weile dauert, bis das Zeug in dich eingedrungen ist, hast du eine gewisse Chance, falls du's sofort bemerkst und reagierst. Viel klares Wasser zum Abspülen, am besten fünfprozentige Ammoniak-Lösung, dann kommst du vielleicht mit Verätzungen davon. Unter Umständen aber merkst du's eben nicht sofort, und dann - na, Sie sehen's ja."

„Was für Umstände meinen Sie?"

Mergner zuckte die Achseln. „Genau weiß ich es nicht. Dimethylsulfat braucht einige Zeit, um die Haut zu penetrieren, selbst wenn es zur Beschleunigung mit Dimethylsulfoxid abgeschmeckt wurde, was hier offenkundig der Fall war. Also müsste die Flüssigkeit eine Weile auf der Hautoberfläche bleiben, ohne dass sie bemerkt und abgespült wird. Dabei werden die oberen Hautschichten spürbar gereizt. Wenn sie aber sowieso erhitzt und gereizt ist, fällt das nicht weiter auf. Ich habe schon an eine Sauna gedacht, da ist es heiß und feucht, und die Haut brennt. Andererseits ist eine Sauna ein enger, geschlossener Raum, da könnte der schwache esterartige Geruch möglicherweise doch auffallen. Man müsste mal überprüfen, wo sich dieser Krüger zum fraglichen Zeitpunkt aufgehalten hat."

„Wo wäre dieser Zeitpunkt denn etwa anzusiedeln?", fragte Stahnke. Ihm schwante etwas.

„Die Latenz ist lang andauernd", sagte Mergner nachdenklich, „will sagen, es dauert eine Weile, bis die tödliche Wirkung eintritt. Darin liegt ja gerade das Teuflische dieses Stoffs, um das Wort Hinterhältigkeit und weitere Moraldiskussionen zu vermeiden. Ich denke, zwischen Vergiftung und Eintritt des Todes liegen etwa zwölf Stunden. Oder mehr."

Zwölf Stunden vorher - also früher Dienstagabend. Stahnke nickte. In seinem Beruf dauerte es gewöhnlich eine Weile von der ersten Ahnung bis zur völligen Gewissheit. Diesmal waren es nur Sekunden. Der Ossiloop. Erhitzte, schwitzende Körper, überraschend heiß brennende Sonne. Das Bedürfnis nach Linderung, nach Kühlung. Die ersehnte Wasserstelle, der nasse Schwamm. Der Schwamm!

„Kramer."

„Ja."

„Zwei Mann nach Brinkum, schnell. Wer hat Bereitschaft?"

„Rieken und van Dieken."

„Im Ernst? Das passt ja endlich mal. Denen brauchen Sie nur zu sagen: Hinter der Stelle, wo letzten Dienstag der Getränkestand war, sollen sie am rechten Streckenrand nach einem Schwamm suchen."

„Aufgepasst!", rief Mergner dazwischen, „Gummihandschuhe nicht vergessen, auf keinen Fall! Das Zeug ist - na ja, gefährlich eben."

„Genau." Stahnke nickte, dabei fiel ihm noch etwas ein: „Sie sollen auch nach weggeworfenen Handschuhen gucken, nach Gummihandschuhen vor allem. Auch nach anderen Kleidungsstücken, die da in der Nähe herumliegen. Und sie sollen sich beeilen. Aber erklären Sie ihnen genau, worum es geht, damit mir keine Dummheiten passieren." Kramer verschwand.

„Krüger hatte im Ziel einen Schwächanfall", sagte Stahnke, als er mit Mergner alleine war. „Kann das schon mit der Vergiftung zu tun gehabt haben?"

„Durchaus. Eine solche erste Reaktion des Körpers wäre typisch. Sie dauert aber nicht lange an, und danach fühlt sich das Opfer wieder ganz fidel. Sagen Sie, was Sie wollen, es ist hinterhältig."

„Der Krankenwagen hat ihn weggebracht", erinnerte sich Stahnke. „Wir müssen mal nachfragen, wohin."

„Auf jeden Fall hat ihm das den Rest gegeben", sagte Mergner.

„Wieso?" Stahnke schmunzelte. „Sie haben ja keine hohe Meinung von den Krankenhäusern hier."

„Unsinn." Mergner wedelte ungeduldig mit der Hand. „Wie ich schon sagte, das Zeug muss eine Weile auf der Haut bleiben, um richtig zu wirken. Ihre These mit dem Schwamm leuchtet ein, aber vor allem deshalb, weil die Flüssigkeit am Körper herunterlaufen und das Trikot benetzen kann. Das ist sowieso vom Schweiß feucht und glitschig, da fällt die leicht ölige Substanz nicht auf. Wenn Krüger nun gleich nach dem Lauf geduscht hätte, und in Holtland standen Duschen zur Verfügung - wer weiß, vielleicht hätte er noch eine Chance gehabt. Spätestens die Krankenwagen-Fahrt im feuchten Trikot hat sein Schicksal besiegelt."

„Das konnte Ihr Kollege natürlich nicht ahnen", sagte Stahnke.

„Welcher Kollege?"

Tja, welcher? „So ein jüngerer Mann, mittelgroß, mittelblonde Haare; er hat Kramer im Ziel versorgt."

Mergner zuckte die Achseln. „Etwas vage, diese Beschreibung. Sagt mir nichts. Keine Ahnung, wer da die Bereitschaft gemacht hat. Meistens regeln die Sportler das ja auch unter sich. Fragen Sie mal die Ossiloop-Organisatoren."

Stahnke seufzte. Die Aufgaben-Liste wurde länger, und sie würde weiter wachsen. Ab jetzt lief die Mordkommission ihr eigenes Rennen. Aber nach einem um fast drei Tage verspäteten Start.

13.

Kunstunterricht, Thema: perspektivisches Zeichnen, erste Stunde. Wir haben hier einen langen Gang mit quadratischem Querschnitt, an seinem Ende ein quadratisches Stück Mauer mit einem quadratischen Fenster darin. Der Boden des Ganges ist mit quadratischen Linoleumfliesen ausgelegt. In den Wänden - nein, die Türen sind rechtekkig, nicht quadratisch, und bilden zusammen mit den eingelassenen Zargen Nischen, bitte beachten Sie das. Und an den Wänden haben wir Bilder, teils rechteckig, teils - genau - quadratisch. So. Alles verjüngt sich nun perspektivisch zum Ende des Ganges hin, sehen Sie, das lässt sich hier besonders schön beobachten. Bitte bestimmen Sie zuerst den Verlauf des Horizontes und den Fluchtpunkt. Und nun viel Erfolg.

Vor dem Fenster am Ende des langen Ganges tauchte ein Mann auf. Woher kam er? Marian hatte keine Tür klappen hören. Dort hinten musste also noch ein Gang abzweigen. Sehen konnte man das nicht gegen das gestaltlose Flimmern des weißen Fensterlichts. Abgesehen von den Milchglaseinsätzen der Türen war dieses Fenster die einzige Lichtquelle des Gangs, dessen Deckenbeleuchtung ausgeschaltet war. Durch die Türen aber drang kaum Helligkeit in den dämmerigen Flur, dafür zeigten gelegentlich hin und her huschende Schatten an, dass drinnen Leben war.

Der Mann bewegte sich gleichmäßig, schien aber auf der Stelle zu treten. Ein dicker Mann mit schmalen Schultern. Schwarze Hose, weißes Hemd. Seine Umrisse flirrten vor dem hellen Hintergrund, die Ahnung eines Schattens taumelte über den Boden, gebohnerte, nicht ganz regelmäßig verlegte Bodenfliesen reflektierten die Gestalt wie ein leicht bewegter, trüber Wasserspiegel.

Marian fühlte sich an eine Szene aus „Laurence von Arabien“ erinnert: Ein Kamelreiter am Horizont, scheinbarer Stillstand trotz deutlicher Bewegungen, trügerisches Hitzeflimmern, lautlos. Ein gleichbleibendes, unveränderlich anmutendes Bild. Und dann, fast plötzlich, fällt das Diffuse ab, wird die Bewegung raumgreifend, dreidimensional, auf einmal ist der Reiter da und füllt das Bild aus.

Marian stellte sich vor, wie der dicke, schmalschultrige Mann, der dort hinten in gleichförmiger Gehbewegung zu verharren schien, fast lautlos, obwohl das Aussehen dieses Gangs doch nach knallenden Hacken geradezu verlangte, mit raumgreifenden Schritten näher kam, dabei wuchs, anschwoll und den Flur vom Boden bis zur Decke, von einer Wand zur anderen ausfüllte. Unwillkürlich schmiegte er sich enger an die Rückenlehne seiner hölzernen Bank.

Eine Tür wurde geöffnet, zugeschlagen. Ein lange nachhallender Laut. Der Mann war verschwunden.

Nein, so hatte er sich das nicht vorgestellt, wirklich nicht. „Wir dürfen leider nicht hinein" - das galt also auch für Duzfreunde des Hauptkommissars. Ein Wunder, dass Stahnke ihn nicht angebunden hatte. Oder die Tür hinter sich abgeschlossen. Seit über einer Stunde wartete er nun schon hier.

Was aber hatte er sich denn vorgestellt? „Meine Herren, darf ich vorstellen, mein neuer Vertrauter, ab sofort läuft alles über ihn, keine Geheimnisse, Sie verstehen, nicht wahr, Herr Kriminaldirektor? Kramer, stehen Sie doch mal auf, machen Sie Platz. Marian, hier, wenn ich bitten darf . . . ?" Nun ja. Früher hatte er sich ja auch ausgemalt, wie es wäre, als Fußball-Nationalspieler der große Held zu sein und dann am Samstagabend im Sportstudio mal der versammelten Fernseh-Nation zu verklikkern, was wirklich von diesem Staat zu halten war, von seiner Amigo-Demokratie und seinem Ausbeutersystem, und keiner hätte sich getraut, ihn zu unterbrechen. Tja, träumen statt trainieren. Darin war er schon immer groß gewesen.

Wieder einmal waren Stimmen zu hören, drangen gedämpft aus dem Büro hinaus auf den Flur. Wurde die Runde in Stahnkes Büro endlich aufgelöst, näherten sich die Sprechenden der Tür, hatte sein Warten ein Ende? Nein, wieder nichts. Nur ein Erregungs-Intervall.

Vor einer Viertelstunde hatten zwei Uniformierte das Büro betreten, einer von ihnen mit einer Plastiktüte in der Hand. Vermutlicher Inhalt: neuer Diskussionsstoff. Aber nicht für ihn.

Ob er mal klopfen sollte? Er sah Kramers Pokerface direkt vor sich: „Den Termin der Pressekonferenz teilen wir Ihnen dann mit. Nein, rufen Sie nicht an, wir rufen Sie an. Ja, in der Redaktion." Dann doch lieber weiter warten. Die Mittagspause war sowieso beinahe um - wieder eine Mahlzeit eingespart, immerhin.

Lautes Hackenknallen schreckte ihn aus seinem dumpfen Brüten. Ein anderer Mann, das hörte man gleich. Und man sah es auch. Wieder ein breiter, aber ein größerer diesmal, mit einem schwarzlockigen Büffelschädel auf den Schultern. Der Lärm seiner Schritte nahm dem Flirren der Silhouette im Fensterlicht, dem Schattentaumel, dem Wellengespiegel jeden Zauber. Zügig kam die Gestalt näher und ragte als Helmut Zimmermann vor ihm auf. Ohne lange zu überlegen, sprang Marian auf die Füße.

Der Rechtsanwalt aber schien anderes im Sinn zu haben als einen Wortwechsel mit einem unbotmäßigen Journalisten, nickte ihm nur flüchtig und vermutlich ungewollt zu, bleckte sogar mit dem Routine-Reflex des Dauerwahlkämpfers kurz die Zähne, packte Stahnkes Bürotür bei der Klinke und ließ sie aufplatzen. Ehe die Tür noch vom Stopper zurückprallen konnte, stand Zimmermann bereits im Zimmer. Und Marian auch.

Stahnke starrte sie beide an. „Was haben Sie denn hier zu suchen?“, schnauzte er.

Mich kann er nicht meinen, dachte Marian, wir duzen uns ja. Vorsichtshalber nahm er hinter Zimmermanns breitem Rücken Deckung.

„Sachdienliche Hinweise“, trompetete Zimmermann. „Wer zur Klärung einer Straftat beitragen kann, der ist auch dazu verpflichtet, als deutscher Staatsbürger, und das bin ich ja nun, wie Sie wissen, auch wenn mancher das nicht wahrhaben will. Und Sie wiederum, Herr Hauptkommissar, sind dienstlich verpflichtet, sachdienliche Hinweise entgegenzunehmen und ihnen nachzugehen. Also sollten Sie mir besser Gehör schenken.“

Einen Moment lang fixierten sich die beiden Männer, stumm und voller verhaltener Aggression, die Köpfe kampfbereit gesenkt wie Büffel und Bulle. Dann drehte Stahnke ab und setzte sich auf den Drehstuhl hinter seinem Schreibtisch. „Was wissen Sie?“, fragte er.

„Wie immer mehr als Sie denken“, gab Zimmermann zurück. Er sah sich um, griff sich einen der alten Besucherstühle, stellte ihn zurecht, rüttelte prüfend an der Rückenlehne und nahm vorsichtig Stahnke gegenüber Platz.

Die anderen blieben stehen. Marian direkt neben der Eingangstür, Kramer an seinem gewohnten Platz im Durchgang, die beiden graubärtigen Uniformierten an der Wand daneben, Dr. Mergner hinter Stahnke am Fenster. Sie schienen einen Kreis um die beiden Kontrahenten zu bilden, als stünden sie auf den Rängen einer Arena.

„Woher?", fragte Stahnke.

„Wie Sie wissen, habe ich Freunde in der Georgstraße", sagte Zimmermann. „Haben Sie heute früh nicht die Zeitung gelesen?"

Ohne eine Antwort abzuwarten, zog er ein zusammengefaltetes Blatt aus seiner schwarzen Mappe und warf es auf den Schreibtisch. Diebische Freude war selbst seinem Nacken anzusehen.

Marian kannte das, was Stahnke da stirnrunzelnd betrachtete. Eine kleine Glückwunschanzeige, einspaltig im abgerundeten Kasten: „Alles Gute zum Geburtstag von Deinen Freunden aus der Georgstraße 29" - die Adresse der Polizei, das wusste fast jeder in Leer. Und daneben ein Foto vom „lieben Helmut". Ein Kollege aus der Lokalredaktion hatte sich des Themas gleich angenommen.

Seit Jahren achtete die Polizeiführung peinlich darauf, den Eindruck allzu großer Nähe zu dem prominenten Rechtsaußen zu vermeiden; dabei war es ein offenes Geheimnis, dass mehrere Beamte neben dem beruflichen auch privaten Umgang mit Zimmermann pflegten und seinen politischen Ansichten nicht eben abgeneigt waren. Womit sich Zimmermann natürlich öffentlich brüstete. Diese Anzeige passte ihm erstklassig ins Konzept, so gut, dass man glauben konnte, er höchstpersönlich hätte sie ins Blatt gesetzt.

Stahnke schien das nicht zu glauben. Er schoss einen scharfen Blick auf die beiden Uniformierten ab, die an der weißgestrichenen Wand standen. Rieken und van Dieken, alle beide so sportverrückt, wie Zimmermann sich gab. Kein Mangel an Berührungspunkten. Die beiden Polizisten senkten die Lider, kurz nur, aber eindeutig. Erwischt. Stahnkes Miene verhieß nichts Gutes.

Zunächst aber wandte er sich wieder Zimmermann zu. Der grinste noch breiter als gewöhnlich: „Vielen Dank auch für die guten Wünsche!"

„Also bitte", sagte Stahnke.

„Mir kam zu Ohren, dass Herr Dr. Wendelin Krüger, gestorben am frühen Vormittag des vergangenen Mittwoch, einem Giftanschlag zum Opfer gefallen sein soll", dozierte Zimmermann. „Richtig?"

Stahnke nickte. Marian stockte der Atem. Also doch! Warum hatte es dann so lange gedauert, das herauszufinden?

„Es soll sich um ein langsam wirkendes Gift gehandelt haben, das der Körper durch die Haut aufgenommen hat. Gut zwölf Stunden vor dem dann plötzlich aufgetretenen Tod. Ja?"

Wieder nickte Stahnke. „Das haben Ihre Freunde Ihnen alles erzählt? Bemerkenswert."

„Aber ich bitte Sie, Herr Hauptkommissar, das tut doch jetzt gar nichts zur Sache." Strahlend blickte sich Zimmermann nach allen Seiten um, als erwarte er Applaus. Die beiden Graubärte aber standen wie versteinert, und die Gesichter der anderen ließen durchaus keine Begeisterung erkennen.

Gut zwölf Stunden vorher, und dann über die Haut? Von solch einem Gift hatte Marian noch nie gehört. Kein Wunder, dass die Diagnose so lange gedauert hatte; dass sie überhaupt gestellt werden konnte, schien schon eher verwunderlich.

Gut zwölf Stunden. Wann war Krüger gestorben? Mittwoch früh, kurz nachdem er sein Büro betreten hatte. Führungskräfte der alten Schule fingen doch bestimmt vor acht Uhr morgens an. Passiert sein musste die Vergiftung demnach am Dienstag so gegen zwanzig Uhr, etwas eher vielleicht, das wäre dann neunzehn Uhr dreißig . . . der Ossiloop. Schlagartig stieg Marian die Hitze in Kopf und Nacken. Um diese Zeit war Krüger auf der Laufstrecke gewesen, irgendwo zwischen Leer und Holtland. Nein, nicht irgendwo, sondern da, wo er auch gelaufen war, in seiner unmittelbaren Nähe! Erst dicht hinter ihm, dann dicht davor. Unglaublich. Da hätte er ja beinahe die Tat mit eigenen Augen sehen müssen.

„So, wie der errechnete Vergiftungs-Zeitpunkt liegt, muss ich im Augenblick der Tat in unmittelbarer Nähe Krügers gewesen sein. Fast hätte ich die Tat mit eigenen Augen gesehen." Marian schreckte aus seinen Gedanken hoch. Hatte er das gerade gesagt? Nein, zum Glück nicht er, sondern Zimmermann. Ach. War der nicht ein ganzes Stück weiter vorne gewesen, weit vor Krüger? Bei Sina?

„Wie Sie vielleicht wissen, nehme ich selber am Ossiloop teil", sagte Zimmermann. „Am Dienstag war es ziemlich warm, ein überraschender Wetterumschwung, da lassen sich Langläufer gerne mit Wasser bespritzen. Wenn man nun die Art der Vergiftung mit dem mutmaßlichen Zeitpunkt in Beziehung setzt, dann liegt ein Zusammenhang ja förmlich auf der Hand. Und wenn man darüber hinaus weiß, dass es auf der ersten Hälfte der Strecke keine Wasserstelle gab und auf den letzten Kilometern zu viele Zuschauer stehen, dann bleibt nur ein wahrscheinlicher Tatort übrig, nämlich die Wasserstelle im Wäldchen bei Brinkum."

Marian wusste es längst. Er wusste auch, dass er die Tat nicht beinahe, sondern tatsächlich gesehen hatte. Der Schwamm. Die sonnenverbrannte Haut in seinem Nacken zog sich schmerzhaft zusammen.

„Nun wollte es der Zufall, dass ich genau an dieser Stelle ein menschliches Rühren verspürte und kurz hinter dem Getränkestand in die Büsche musste."

„Ich weiß", sagte Stahnke.

Ach, dachte Marian.

„Ach", sagte Zimmermann. Als Stahnke aber keine Anstalten machte, seinen überraschenden Einwurf zu erläutern, fuhr er achselzuckend fort: „Und was glauben Sie, wen ich da hinter den Büschen herumlungern sehe, zwischen den Zweigen versteckt, auf der Lauer sozusagen? Israel Levy!"

Wieder drehte er sich nach allen Seiten um, triumphierend diesmal. „Verstehen Sie? Levy! Der vor zwei Wochen noch diesen Brandbrief gegen Krüger geschrieben hat, haben Sie doch sicher gelesen, in der Zeitung. Von wegen bleibender Schuld, der man sich nicht entziehen kann, und lauter so ein Zeug. Na, wenn das keine offene Drohung war, dann weiß ich es nicht!"

Zimmermann beugte sich vor. „Levy ist doch einer von diesen Abzockern, die den Hals nicht voll kriegen können und unserer Wirtschaft auch nach fünfundfünfzig, sechzig Jahren noch auf der Tasche liegen wollen, nur weil sie seinerzeit mal ein bisschen haben arbeiten müssen, wer weiß, vielleicht zum ersten und einzigen Mal in ihrem Leben. Dafür soll das deutsche Volk nun auf ewig bluten. Dieser christliche Judenverein, oder so, diese Gesellschaft für Christlich-Jüdische Zusammenarbeit in Ostfriesland, die unterstützt diese Typen auch noch dabei. Na, und der Dr. Krüger war so mutig und hat da klare Grenzen gezogen. Mit ihm nicht, hat er gesagt, und in diesen sogenannten Zwangsarbeiter-Fond zahlt seine Firma auch nicht ein. Das hat er jetzt ja wohl mit seinem Leben bezahlen müssen."

Marian war sprachlos. Israel Levy war in der Stadt, war in ganz Ostfriesland bekannt wie ein bunter Hund. Achtzig Jahre alt musste er sein, aber das sah man ihm nicht an, sein Gesicht war noch glatt, seine Haltung aufrecht, nur die weißen Haare verrieten, dass er keine Sechzig mehr war. Aber seine Haare, hatte Levy einmal erzählt, seien schon seit seinem vierundzwanzigsten Geburtstag weiß. Seit dem Tag seiner Ankunft in Auschwitz.

„Israel Levy ist nicht nur ein Lügner, er ist auch unzurechnungsfähig", sagte Zimmermann, „das ist aktenkundig. Und jähzornig ist er auch, das weiß ich aus eigener Erfahrung."

„Wer Sie mal anschreit, muss deswegen nicht gleich jähzornig sein", unterbrach Stahnke. „Wann genau haben Sie Levy gesehen, wo genau, und was hat er getan?"

„Als ich ankam, stand er nur im Gebüsch und guckte", sagte Zimmermann. „Ich bin dann ein paar Büsche weiter gegangen, weg von der Strecke, klar. Dann war ich ein Weilchen beschäftigt, so drei, vier Minuten. Als ich zurück kam, hat sich Levy gerade entfernt, hinter dem Getränkestand entlang entgegen der Laufrichtung des Feldes. Ich bin dann wieder auf die Strekke und habe kurz darauf Dr. Krüger überholt. Der muss also in der Zwischenzeit bei Levy vorbeigekommen sein. Da wäre ja Zeit genug gewesen."

„Wofür?", fragte Stahnke.

„Na, für den Schwamm", sagte Zimmermann und fasste sich in den eigenen Nacken.

„Welchen Schwamm?", fragte Stahnke.

„Ja also, um das Gift an seinen Körper . . . seine Haut . . ." Zimmermann sah irritiert aus. „War es denn kein Schwamm?"

„Man hätte Herrn Krüger das Zeug ja auch übers Hemd gießen können", sagte Stahnke mit ruhiger Stimme. „Der nasse Stoff hätte die Substanz lange genug in Kontakt mit der Haut gehalten, um gründlich eindringen zu können."

„Möglich", sagte Zimmermann. „Also kein Schwamm."

„Doch", sagte Stahnke, „es war ein Schwamm."

„Ja, aber . . ." Zimmermann fehlten die Worte. Das immerhin war ein seltener Genuss, dachte Marian. Aber verwirrt war auch er.

„Schön", sagte Stahnke und klatschte beide Handflächen auf die Schreibtischplatte, „fürs erste genügt das, ein genaues Protokoll nehmen wir später auf, vielen Dank, Herr Zimmermann. Immerhin wissen wir jetzt, wo Sie zur Tatzeit waren."

Zimmermann schnappte nach Luft. „Ich? Ich? Sind Sie - und was ist mit Levy?"

„Das, Herr Zimmermann", sagte Stahnke, während er sich erhob, „ist nun eindeutig nicht Ihre Sache."

Auch Zimmermann stand auf. „Sie können sicher sein, dass ich Ihre Arbeit ganz genau verfolgen werde", zischte er.

„Danke", erwiderte Stahnke. „Gleichfalls."

Zimmermann griff nach der Klinke, aber Marian hatte die Tür bereits geöffnet und hielt sie ihm auf. Wütend stürmte der Rechtsanwalt an ihm vorbei.

14.

Ich habe es gesehen", sagte Marian, als auch Kramer, Mergner und die beiden Polizisten gegangen waren und er mit Stahnke allein im Zimmer war.

„Ich auch", sagte Stahnke.

„Du? Warst du denn auch da?"

„Allerdings. Hast du mich etwa nicht bemerkt?"

Marian runzelte die Stirn. „Nicht bewusst", sagte er zögernd.

„Nicht? Dann frage ich mich, was du überhaupt gesehen hast."

„Den Mord", sagte Marian, ohne auf Stahnkes Frotzelei einzugehen. „Oder vielmehr den Mordanschlag. Ich hatte mir gerade die Brille wieder aufgesetzt." Er dachte an den nassen Schwamm, mit dem er sich das erhitzte und verschwitzte Gesicht abgewischt hatte, und schauderte. Dann fiel ihm noch etwas ein: „Und zwei Polizisten habe ich auch gesehen."

Stahnke, der gerade seine dicken Hände in ein Paar Gummihandschuhe zwängte, blickte auf. „Polizisten?"

„Ja. Uniformierte, zwei, beide mit grauen Bärten. Vielleicht die von gerade eben. Standen da an der Strecke. Die müssten es eigentlich auch gesehen haben." Er grinste Stahnke an: „Hast du die beiden Kollegen etwa nicht bemerkt? Da frage ich mich doch . . ."

„Rieken und van Dieken", murmelte Stahnke. „Mal reden sie wie die Wasserfälle, dann kriegen sie das Maul nicht auf."

Mit einem Ruck öffnete er die Plastiktüte, die die beiden aus Brinkum mitgebracht hatten, und griff vorsichtig hinein. Marian spähte ihm über die Schulter.

Als erstes holte Stahnke eine Sonnenmütze hervor, ein lappiges Ding aus rotem, schon leicht verschossenem Stoff, mit einem breiten Schirm und einem verstellbaren Plastikverschluss im Nacken. Solche Dinger wurden zu Tausenden als Werbegeschenke verteilt. Richtig, da vorne war ein Werbeaufdruck drauf, schon reichlich abgeschabt. Marian kniff die Augen zusammen.

„Optotrans", las Stahnke vor. „Das hat doch was."

Marian schnappte nach Luft. „Glaubst du etwa . . ."

„Gar nichts glaube ich", sagte Stahnke. „Ich gucke." Wieder griff er in die Tüte.

Etwas Gelbliches, glibberig Aussehendes schlenkerte zwischen seinen Fingern. „Haben die beiden etwa die gebrauchten Kondome aus dem Gebüsch gesammelt?", fragte Marian. Stahnke warf einen strafenden Blick über seine Schulter. Natürlich waren es Gummihandschuhe, hauchdünne, wie sie in jedem Auto-Verbandskasten zu finden waren. Solche, wie er gerade selber trug.

„Na klar", sagte Marian. „Darum sahen seine Hände so merkwürdig aus. Ich hatte gedacht, sie wären vom vielen Wasser verquollen."

Das nächste Teil, das der Hauptkommissar aus dem Plastikbeutel hervorholte, war zugleich dessen Hauptinhalt. „Eine Trainingsjacke", sagte Marian. Stahnke schüttelte den Kopf. „Nein, eine Maurerjacke." Er prüfte den Stoff eines der langen, dunkelblauen Ärmel: „Fest gewebter Stoff, nicht so saugfähig wie dieses Joggingzeugs. Wenn er da einen Tropfen von dem Gift draufbekommt, kann er ihn abwischen, ehe die Flüssigkeit bis zur Haut durchsickert. Der hat sich das gut überlegt. Offenbar hängt er am Leben."

„Oder sie", warf Marian ein. Mehr gewohnheitsmäßig. Stets korrekt.

Stahnke breitete die Jacke auf der Tischplatte aus und schaute auf das Etikett im Kragen: „Größe XXL. Aber das heißt nichts, vielleicht war's ja Tamara Press."

„Wer soll das denn sein, die Russen-Mafia?"

„Ach nee, ich denke, du warst mal Sportreporter. Erinnerst du dich nicht mehr an diese Kugelstoßerinnen aus der Blütezeit des Hormon- und Spritzensports? Die stießen damals weiter als die Männer."

„Mag sein. Frauen haben ja auch die leichteren Kugeln."

Stahnke grinste. „Klugscheißer. Aber mal im Ernst: Was hatte unser Täter denn für eine Statur? Groß oder eher klein? Kräftig oder schmal? Hat ihm diese Jacke gepasst, oder ist sie ihm um die Knochen geschlottert?"

Marian schloss die Augen, versuchte sich das Bild aus der Erinnerung auf die Innenseiten seiner Lider zu projizieren. Vom Gesicht war nichts zu erkennen gewesen, wegen des Mützenschirms. Und die Figur?

„Krüger war ziemlich groß", sagte er. „Der Mörder schien mir etwas kleiner als er gewesen zu sein. Aber nicht bedeutend kleiner, sonst wüsste ich das. Vielleicht stand er auch etwas gebückt, dann könnte er auch fast genauso groß sein wie Krüger."

„Und was heißt das nun?", fragte Stahnke. Marian zuckte die Achseln. „Dachte ich mir", sagte Stahnke. Er ärgerte sich weniger über Marian, der sich auf nichts festlegen konnte oder wollte, als über sich selbst, denn ihm ging es genauso. Vielleicht hatten ja wenigstens Rieken und van Dieken mehr gesehen.

Er schüttelte und knautschte den Plastikbeutel: leer. „Wo ist der Schwamm?“, fragte Marian. „Nicht gefunden?“

„Der ist schon im Labor“, sagte Stahnke, während er die Sachen wieder in den Beutel stopfte. „Und da kommt dieser Kram hier jetzt auch schnellstens hin. Mach's gut, mein Lieber, und viel Glück heute Abend. Ich werde diesmal wohl nicht kommen. Zu viel zu tun. Kannst du dir ja denken.“

Marian nickte. „Bei mir wird es auch verdammt eng werden. Hoffentlich werde ich rechtzeitig mit dem Schreiben fertig.“ Sie verließen das Büro, verabschiedeten sich auf dem Gang und gingen in entgegengesetzten Richtungen davon.

Da fiel Marian etwas ein, und er machte auf dem Absatz kehrt. „Du wolltest mir noch deinen Vornamen . . .“

Aber Stahnke war schon verschwunden.

15.

Mit einem Ruck zog sich Sina das T-Shirt über den Kopf und warf es auf den Handtuchständer, hob den rechten Arm und schnüffelte an ihrer Achselhöhle. Ein leichter Schweißgeruch war unverkennbar, wie so oft nach einem Tag am Schreibtisch. Ob sie vor dem Lauf noch duschen sollte? Manche Läufer taten das, vermutlich, damit sich Sportschweiß und Büroschweiß nicht vermengten. Ach was. Geduscht wurde nachher, bis dahin musste ein bisschen Deo reichen.

Sie wand sich aus ihrer Jeans, pellte erst das rechte, dann das linke Bein mühsam aus den engen Röhren; die Hose war gerade erst gewaschen, der Stoff bretthart. Eigentlich war es doch wieder warm genug für Röcke, kurze Röcke, seit Tagen schon, warum also trug sie keinen? Gewohnheitstier.

Beim Aufrichten fiel ihr Blick in den Spiegel, und sie musste lachen. Heute früh hatte sie sich nicht gekämmt - wozu auch angesichts eines Stapels sprachwissenschaftlicher Wälzer, die sie durcharbeiten konnte und musste, ohne zwischendurch das Haus zu verlassen - , sondern ihren Haarschopf nur mit einem Band am Hinterkopf gebändigt, ohne sich weiter um den Erfolg ihres Bemühens zu kümmern. Das Resultat sah weniger nach einem Pferdeschwanz aus als nach einer Palme, die vom darüber gezogenen T-Shirt heftig zerzaust worden war wie von einem tropischen Wirbelsturm.

Sina griff nach ihrer Bürste, hielt aber inne und musterte ihren Körper. Wirklich schlank war sie nicht, aber das war auch ganz gut so; dass ihre Haut so straff und elastisch war, lag sicher nicht zuletzt an der Polsterung durch ein paar nette kleine Fettzellen. Für deren günstige Verteilung sie ihrem genetischen Bauplan dankbar war. Niemand käme auf den Gedanken, sie auch nur mollig zu nennen, nicht einmal sie selbst, sie war einfach nur nicht mager, ihr Bauch nicht eben, ihr Po nicht platt und der Schwung ihrer Hüften alles andere als knabenhaft. Marian mochte das. Und da war er eindeutig nicht der einzige. Vor allem auf ältere Männer schien sie mächtig zu wirken. Sie dachte an Zimmermanns Annäherungsversuche und musste lachen.

Sina kreuzte ihre flachen Hände auf ihrem Bauch, streckte die Arme, bis ihre Finger den Schlüpfer erreicht hatten, und spannte die Oberarmmuskeln an. Nichts betonte ihre Brüste stärker als diese Kalenderpose. Sie bog sich leicht in der Taille, drehte sich prüfend in den Hüften, beugte sich ein wenig vor. Dann drehte sie ihren Kopf ruckartig nach rechts: Gott sei Dank, die Badezimmergardine war zugezogen. Es reichte ja völlig, dass sie sich selbst bei solchen Sperenzchen ertappte. Kurz entschlossen streifte sie auch den Schlüpfer ab und ging doch noch unter die Dusche.

Früher hatte sie oft zusammen mit Marian geduscht. Marian war, wie er es nannte, sehr haptisch orientiert, ein Grabbler also, und ließ selten eine Gelegenheit aus, sie zu berühren, zu streicheln, an ihr herumzukneten, und das konnte er sehr gut. In diesem Punkt stimmten ihre Interessen überein. Er hatte allerdings auch schon versucht, es unter der Dusche mit ihr zu treiben, dieses Spielkalb, was sie ihm freundlich, aber energisch ausgeredet hatte. Ihre Vernunft war eben nicht so leicht auszuknipsen wie seine. Sie musste sich beim Sex entspannen, sich sicher und gut aufgehoben fühlen, um sich ganz auf das Wesentliche konzentrieren zu können und ihr Vergnügen zu haben. Und das erwartete sie vom Sex, keine experimentellen Verrenkungen oder Knochenbrüche.

Sie spülte sich den Seifenschaum ab und stand dann bewegungslos da, ließ das warme Wasser noch ein Weilchen auf ihre glänzende Haut prasseln. Ein Spielkalb - ja, das war er wirklich. Ein Kindskopf. Alles andere als dumm und in seinem Beruf durchaus bewandert, in vielen Dingen aber unglaublich unreif. Ein Persönlichkeitsprofil wie ein Querschnitt durch die Rocky Mountains. Und daran hatte sich in den Jahren, die sie nun schon zusammen waren, praktisch nichts geändert. Das ärgerte sie in letzter Zeit besonders.

Sina drehte das Wasser ab. Was du beurteilst, das liebst du nicht, dachte sie. Von wem? Offenbar von Bedeutung.

Nein, der Satz hieß anders: Wenn du zu vergleichen beginnst, hast du aufgehört zu lieben. Verglich sie Marian mit anderen Männern? Eigentlich nicht, und wenn, dann schnitt er so schlecht auch wieder nicht ab. Aber die andere Hälfte dieses Lehrsatzes hallte in ihr wider. Liebe ist nicht ewig, überlegte sie, Liebe ist ein Verbrauchsgut, ein Vorrat, der ständig ergänzt werden muss, wie Wasser und Brot.

Und wenn er nicht ständig ergänzt wurde? Dann konnte man sich das noch eine Weile einbilden, oder man glaubte aus Gewohnheit daran oder aus Angst vor Veränderung. So konnte es vielleicht wirklich passieren, dass etwas nach und nach dahin schwand, ganz langsam, und man doch ganz plötzlich bemerkte, dass es weg war, auf einen Schlag. Und wie ein Schlag. Sie fürchtete sich davor, und sie wusste auch, dass das Vorhandensein dieser Angst schon Gewissheit bedeuten konnte.

Sie beurteilte Marian, sie kritisierte ihn. Manchmal schämte sie sich sogar für ihn. Verglich sie ihn auch?

Ja. Auf einmal wusste sie auch, mit wem. Mit sich selbst. Denn sie war nicht mehr dieselbe wie damals, als sie sich kennen gelernt hatten. Und er?

Er hielt diesem Vergleich nicht mehr stand.

Nachdenklich trocknete Sina sich ab.

Er war nach dem Studium Journalist geworden, sie hatte ihren Job als Redakteurin aufgegeben, um zu studieren. Germanistik, Sprach- und Literaturwissenschaft, vorgesehener Abschluss Magister, also kein festes Berufsziel. Das hatte sie hinter sich. Aber wo wollte sie hin? Sicher nicht dorthin, wo Marian herkam. Sie ging nicht seinen Weg in anderer Richtung, wie er einmal gewitzelt hatte, ziemlich von oben herab, wie es ihr heute vorkam. Sie ging einfach weiter von dem Punkt aus, an dem sie sich einmal getroffen und geliebt und lange verharrt hatten.

Wirres Zeug, dachte sie und schüttelte den Kopf. Wer weiß, wohin das führt. Aber es führt weg von hier.

Sie würde mit ihm reden, jetzt, da sie es wusste. Und dann würde sie sich eine neue Bude suchen müssen. Warum nicht. Vielleicht kein schlechter Schritt, und es wurde Zeit dafür.

Zeit! Sie schaute erst auf ihr linkes, dann auf ihr rechtes Handgelenk und stellte fest, dass sie immer noch nackt vor dem Badezimmerspiegel stand. Ihre Armbanduhr fand sie im Zahnputzbecher: schon nach sechs Uhr abends. Zum Donnerwetter, wo blieb der Kerl? Es wurde eng.

Sie lief ins Schlafzimmer, kramte in dem gehäuft vollen Wäschekorb, der vor dem Schrank stand, fand die frisch gewaschene, aber noch ungebügelte Radlerhose und schlüpfte hinein. So wie sie war, ohne Slip. Einmal, ein unvergessliches Mal war ihr beim Joggen die Unterhose zwischen die Pobacken gerutscht, hatte mit jedem Schritt immer schrecklicher gescheuert und gezwickt, während um sie herum jede Menge Leute, aber keinerlei Deckungsmöglichkeiten gewesen waren. Seitdem verzichtete sie beim Laufen auf Schlüpfer. Ich hätte damals trotz allem anhalten und mir das Ding ausziehen sollen, dachte sie. Heute würde ich es tun.

Sie zog sich einen Bustier über und spähte nach einem geeigneten T-Shirt. Das da! Das hatte sie in Groningen gekauft. Er war zwar leider nur grau, dafür aber war die Aufschrift umwerfend: „I'm not deaf, I'm just ignoring you." Sie zog es über den Kopf, lief zurück ins Bad, kämmte sich flüchtig und bändigte ihren Schopf mit einem Gummiband, holte ihre Laufschuhe und zog sie an.

Und nun? Kurz vor halb sieben. Wenn sie es rechtzeitig zum Start der zweiten Etappe noch schaffen wollte, dann musste sie jetzt los. Und immer noch kein Marian in Sicht.

„Okay", sagte sie laut, während sie nach ihren Autoschlüsseln griff. „Jetzt reicht es. Ich habe lange genug auf dich gewartet."

Dumpf dröhnend schlug die Wohnungstür hinter ihr zu.

16.

„Da ist auch noch Post für Sie", sagte Kramer.

„Später." Ungeduldig winkte Stahnke ab. Dafür war jetzt nicht der richtige Augenblick. Er versuchte gerade, die Atmosphäre dieser Wohnung, dieses Raumes auf sich wirken zu lassen. Was schwierig war, denn das, was man allgemein unter Atmosphäre verstand, hatte diese Wohnung nicht. Und dieser Raum schon gar nicht.

Dafür war er groß, riesengroß, noch größer als das Chefzimmer der Optotrans, in dem sie Krügers Leiche gefunden hatten. Offenbar hatte sich dieser Mann seine Behausungen und Büros nach der Größe des zentralen Zimmers ausgesucht. Dieses hier wurde in seiner Ausdehnung vermutlich nur von den Lagerböden alter Hafenspeicher übertroffen. Ein Ansatz? Immerhin war Krüger als Im- und Export-Kaufmann lange Jahre in solchen Speichern tätig gewesen, ehe er die Branche gewechselt hatte, reichlich spät und dafür gründlich.

Wie wurde ein betagter Kaffeehändler so plötzlich Geschäftsführer der Tochterfirma eines Großkonzerns wie Opto? Mit wessen Hilfe? Und, womöglich, an wessen Stelle?

Nun ja, immerhin befasste sich die Optotrans mit der logistischen Seite des Konzerns, und vom Transportwesen verstand Krüger schließlich etwas. Zudem war bei den wirklich hohen Posten ein höheres Alter nicht unbedingt ein Hinderungsgrund, dafür gab es nun Beispiele genug, nicht nur in der Politik. Körperliche und geistige Fitness natürlich vorausgesetzt, aber fit war Krüger ja gewesen, das hatte er selbst gesehen. Fit bis zuletzt.

Seit gut sechzehn Jahren war Krüger Witwer gewesen. Vielleicht ähnelte dieses Wohnzimmer deswegen so sehr seinem Büro in der Firma. Das lag sicher nicht nur an dem großen, kantigen Schreibtisch aus poliertem Mahagoniholz, der leicht schräg vor der vollkommen verglasten Schmalseite des Raumes stand. Sofern von Schmalseite überhaupt die Rede sein konnte.

Auch hier dominierten die Gemälde an den Wänden, wenn auch kein übergroßes vom Opto-Stammwerk dabei war, auch hier gab es eine Art Porträt-Galerie in der Nähe des Schreibtisches. Ein Bücherregal war ebenfalls vorhanden, anders als im Büro, aber es wirkte halbherzig, unterdimensioniert, dem Ambiente nicht angemessen. Richtig, das war es: Ambiente statt Atmosphäre. Krüger hatte hier gewohnt, aber es sah nicht so aus, als hätte er hier auch gelebt.

Stahnke ging um den Schreibtisch herum und sah sich die Porträt-Galerie genauer an. Zumindest einige der Bilder erinnerten ihn stark an die in der Optotrans-Zentrale. Konnte es sein, dass das Drucke waren, die von der Konzernleitung der Einfachheit halber gleich an alle leitenden Mitarbeiter verteilt wurden? Und an die Sub-Chefs gleich doppelt? Oder handelte es sich hier um das Versehen einer Sekretärin, die sich versehentlich der Weihnachtsgeschenkeliste des vergangenen Jahres bedient hatte? So etwas kam ja nicht nur bei Neujahrsansprachen vor. Wahrscheinlich hatte die Ärmste jetzt eine Stammnummer beim Arbeitsamt. Stahnke wandte sich ab.

Und drehte sich auf dem Absatz zurück. Der da, dieser Mann auf dem Bild ganz rechts, den kannte er. Den hatte er nicht nur auf einem Bild in Krügers Büro gesehen, sondern noch irgendwo anders. Kürzlich erst. Aber wo?

Er musterte das Gemälde. Ein würdevolles Gesicht. Hohe Stirn, schmale Wangen, ein breiter grauer Schnurrbart über einem spitzen Kinn.

„Kramer", sagte Stahnke, „gucken Sie mal."

„Borkum", sagte Kramer. „Unsere Wasserleiche."

Sie bückten sich gleichzeitig, denn auf dem unteren Rand des Bilderrahmens stand etwas, eingraviert in ein schmales Messingband. „Alfred von Böden", las Kramer vor, „Optotrans-Geschäftsführer. Also einer von Krügers Vorgängern."

„Sein direkter, würde ich sagen", ergänzte Stahnke. „Und der treibt tot vor Borkum."

„Kann Zufall sein", sagte Kramer. Aber wie er es sagte, ließ deutlich erkennen, dass er alles andere für wahrscheinlicher hielt.

„Vielleicht killt da einer Optotrans-Manager", sagte Stahnke. Aber von Böden war ein ehemaliger. Also alte Rechnungen?

„Optotrans oder Opto", sagte Kramer. Richtig, die Optotrans war ja nur ein Teil dieses Auto-Imperiums. Ein gewaltiges Recherche-Objekt, dieser Konzern mit seinen Ablegern in Übersee, seinen vielen Tausend Beschäftigten und seiner langen Geschichte. Oder nein, so lang war diese Geschichte wieder nicht, wenn auch wildbewegt. Sie reichte genau bis ins Dritte

Reich zurück. Auch so eine Gründer-Zeit. Hinter jedem großen Vermögen stecke ein Verbrechen, hieß es doch. Hinter Großvermögen, deren Grundlage in diesen Jahren gelegt worden war, steckten oft ganz besonders große Verbrechen.

Stahnke rief sich zur Ordnung. Er entfernte sich gedanklich zu sehr vom konkreten Fall, von den Menschen, um die es hier ging. Ein Kardinalfehler. „Wie ist das wohl zugegangen damals, als der Krüger den von Böden abgelöst hat", sagte er. „Ob da beim Abgelösten was zurückgeblieben ist?"

„Von Böden ist vor Krüger gestorben", sagte Kramer. Klar, das wusste Stahnke auch. Aber bewies das etwas?

„Gesetzt den Fall, Krüger hat von Böden mit unsauberen Mitteln von seinem Posten verdrängt", sagte Stahnke. „Von Böden bekommt nachträglich etwas gegen Krüger in die Hand und setzt ihn unter Druck. Krüger schlägt zurück und schmeißt von Böden von der Fähre. Oder lässt schmeißen, vermutlich. Tja, und dann kommt von Bödens Rächer." Stahnke blickte Kramer auffordernd an. Kramer sagte nichts.

„Krüger bedient sich vermutlich einer Person seines Vertrauens", spann Stahnke den Faden weiter. „Am besten eines Verwandten. Ein Sohn vielleicht. Hatte er Kinder?"

„Ja, einen Sohn", sagte Kramer. „Aber . . ."

„Richtig, jetzt fällt es mir wieder ein. Die Sache mit den verwüsteten Lagern." Stahnke schlug sich die flache Hand an die Stirn, eine Geste, die er schon im nächsten Augenblick bereute, weil er sie eigentlich albern fand. Schnell steckte er die Hände in die Taschen.

Klar, die Speicher-Sache. Warum hatte er nicht gleich beim Anblick dieses weitläufigen Zimmers daran gedacht? Mehrere von Krügers Lagern waren damals verwüstet worden, Nüsse und Kaffee überwiegend. Mit viel Wasser und dem Schaum aus diversen Feuerlöschern hatte man die Ware ungenießbar gemacht. Wobei in anonymen Briefen behauptet wurde, ungenießbar seien die Sachen schon vorher gewesen, verdorben durch falsche Lagerung. Und von Krüger trotzdem für den Handel vorgesehen, ohne Rücksicht auf die Gesundheit der Verbraucher. Stahnke hatte auf Versicherungsbetrug getippt, Krüger hatte alles beschuldigt, was irgendwie mit Umweltschutz und den Grünen in Verbindung zu bringen war. Stahnke hatte das ganz normal, wenn auch nicht unbedingt überzeugend gefunden. Bis Krüger die Katze aus dem Sack gelassen hatte.

„Seinen Sohn", murmelte Stahnke. „Seinen eigenen Sohn."

„Ja", sagte Kramer. „Aber inzwischen . . ."

„Wissen Sie noch, wie er ihn damals beschuldigt hat?", fragte Stahnke, ohne Kramer anzusehen. „Er sei ideologisch verblendet, habe sich gegen seinen Vater versündigt. Sich zum Werkzeug von Wirrköpfen machen lassen. Lauter so'n Zeug. Dabei hatte sein Sohn ein astreines Alibi, wir haben es ja überprüft damals. Das musste ihm doch selber klar gewesen sein, dass er falsch liegt, dass er seinem Sohn Unrecht tut. Aber nein, er lässt nicht locker, bezeichnet ihn als Terroristen, als Kriminellen mit genetisch bedingter Veranlagung! Ich habe Krüger damals kaum wiedererkannt."

Er sah den Mann vor sich, lang und hager in seinem grauen Anzug, aber diesmal nicht bolzengerade und distinguiert wie sonst, sondern mit eingeknicktem Rumpf, verkrallten Fingern und verzerrten Zügen. Der Mann war von einem eigenartigen Hass auf seinen eigenen Sohn beseelt gewesen. Seinen leiblichen Sohn. Ob der tatsächlich genetisch etwas mitbekommen hatte von seinem Vater? Dann wäre es vielleicht denkbar . . . Eine Idee formte sich in Stahnkes Kopf, ein Vorgang setzte ein, den er „die mentale Bewältigung eines Falles" nannte.

Und der jählings unterbrochen wurde durch Kramers Zeigefinger, der sich in seinen linken Oberarm bohrte.

„Was?"

„Er ist tot", sagte Kramer.

„Natürlich ist er tot", schnauzte Stahnke.

Kramer schüttelte milde sein Haupt. „Ich meine nicht Wendelin Krüger. Ich meine den Sohn. Krüger junior. Der ist ebenfalls tot."

Stahnke starrte ihn an, und es war ihm, als tauche er aus warmem, stillem Wasser durch eine glatte, dem Druck seines Kopfes wie eine dünne Haut weichende Oberfläche hinauf in einen eisigen Wind. „Tot?", fragte er heiser. „Seit wann?"

„Seit November letzten Jahres", sagte Kramer. „Im Urlaub ist es passiert. Er war in Österreich, in den Bergen."

„Skiunfall?"

Kramer schüttelte den Kopf. „Nein. Er wollte zwar Ski fahren gehen, aber dann hat die Seilbahn, in der er saß, in einem

Tunnel angefangen zu brennen. Über hundertfünfzig Leute sind damals umgekommen."

Stahnke nickte langsam. Ja, er erinnerte sich, es hatte groß genug in der Zeitung gestanden, das Fernsehen hatte eine Woche lang berichtet. Aber ein Zusammenhang?

„Sie haben also schon recherchiert", sagte er.

Kramer nickte. „Wäre ja naheliegend gewesen. Der Konflikt mit seinem Vater ist schließlich nie beigelegt worden."

Plötzlich fiel ihm der Name wieder ein. Paul, ein merkwürdig schmuckloser Name, wenn man einen Vater hatte, der Wendelin hieß. Paul Krüger. Und Landwirt war er gewesen, studierter Agronom, Öko-Landwirt. Eine deutlichere Absage an die radikalkapitalistischen Ideale seines Vaters konnte es kaum geben.

„Aber er ist tot", sagte Kramer. „Und der Seilbahn-Brand war eindeutig nicht auf Sabotage zurückzuführen."

„Respekt", sagte Stahnke. „Sie wissen Ihre Zeit zu nutzen." Er schluckte und fügte dann hinzu: „Und Ihren Verstand." In Anbetracht ihres eher distanzierten Verhältnisses eine geradezu aufdringliche Vertraulichkeit.

Kramer sagte nichts. Typisch, dachte Stahnke.

Er fühlte sich ausgebrannt. Hoffentlich nur eine momentane Anwandlung, jedenfalls kein Wunder, nachdem ihm soeben die ersten zarten Ansätze einer Motivlage brutal zertrampelt worden waren. Jetzt standen sie wieder bei Null. Wer wollte Krüger übel, wer wollte ihm ans Leder, an den Chefsessel, ans Portemonnaie? Wütend ballte Stahnke die Fäuste in den Taschen seines Trenchcoats.

Es raschelte.

Richtig, der Brief. Dieses merkwürdige Gedicht. Er holte den zerknüllten Zettel hervor.

„Ach ja", sagte Kramer. „Hier, der Brief. An Sie persönlich."

Stahnke fingerte den Briefbogen aus dem bereits aufgeschlitzten Umschlag und hielt ihn neben den zerknitterten. Sie sahen vollkommen gleich aus, normal groß und weiß mit einem leichten Stich ins Beige, und sie waren beide fast leer. Bis auf drei getippte Zeilen knapp unterhalb des oberen Randes. Drei Zeilen und eine Überschrift, die aus einem Wort bestand: „Feuer". Stahnke las halblaut:

„Der Flug durchs Helle
ein Moment der Erhöhung
der Weg endet hier."

Er sah Kramer an: „Irgend eine Idee, was das heißen soll?" Kramer zuckte die Achseln und erwiderte seinen Blick nicht. Offenbar vermutete er etwas Privates, und es war ihm etwas peinlich. War es das? Er selbst hatte es bei dem ersten Brief ja auch vermutet.

Stahnke glättete den ersten Briefbogen, so gut es eben ging. „Wasser" stand da als Überschrift. Er las:

„Brennende Nässe
unter kühlem Blätterdach
Ende im Frühling."

Frühling, das war jetzt. Ende? Krüger war tot. Brennende Nässe?

„Das Gift", stieß Stahnke hervor. „Dieses. . . dieses. . ."

„Dimethylsulfat", sagte Kramer. „Wie Wasser, und es kann töten. Brennt sich quasi durch die Haut. Unterm kühlen Blätterdach, wo niemand damit rechnet."

„Hinterhältig", sagte Stahnke. Ihm fiel die Diskussion mit Mergner wieder ein, und er konnte ein Grinsen nicht zurückhalten, ein Grinsen, das nicht verbergen konnte, wie seine Züge sich in Panik zu verzerren begannen. „Wir sind auf dem falschen Dampfer, Kramer", sagte er. „Diese Motivsuche ist Quatsch. Unser Mann ist ein Irrer. Wir haben es hier mit einem Serienkiller zu tun."

„Dann war Krüger also ein Zufallsopfer", sagte Kramer. „In Wirklichkeit will er - Läufer töten?"

„Sieht so aus", sagte Stahnke. „Vor der ersten Etappe kam ein Gedicht, und es gab einen Mord. Nur sehe ich jetzt erst den Zusammenhang. Hier ist das zweite Gedicht. Wann beginnt die zweite Etappe?"

Kramer sah auf die Uhr. „Jetzt", sagte er.

Ein Wort wie ein Startschuss. Sie rannten los.

17.

Der Startschuss fiel exakt in dem Moment, als Marian seine Autotür zuschlug, und das Krachen der Starterpistole vermengte sich mit dem Knall, in dessen Erzeugung er einen beträchtlichen Teil seines Ärgers investiert hatte. Nicht allen, nein, das hätte keine Autotür der Welt ausgehalten. Gerade soviel wie ein Ventilpfeifen, das eine Dampfkessel-Detonation verhindert.

„Sie sind zu spät, junger Mann“, sagte die Frau, die gerade vorbeischlenderte, offenbar auf dem Rückweg vom Start, denn der war ja vorbei, nichts mehr zu gucken. Sie war dick, trug ein hellgelbes Kleid mit Gürtel und erinnerte mit ihrem herausfordernden Lächeln an eine Petze, fest davon überzeugt, für ihre gemeldete Beobachtung eine Belohnung verdient zu haben. Marian musste an sich halten.

Dann rannte er los, zwischen Unmengen parkender Autos hindurch, in der linken Hand seine Sporttasche, während er mit der rechten sein Oberhemd aufzuknöpfen begann. Die lange Hose hatte er sich schon unterwegs ausgezogen, während der Zwangspausen vor roten Ampeln, hatte sich unter Verrenkungen herausgewunden und die skeptischen Blicke der Passanten ignoriert, hatte sich die Sporthose übergestreift. Seine Laufschuhe trug er sowieso und unter dem Oberhemd sein Läufer-T-Shirt. Er war hergekommen, um zu laufen, er wollte laufen, und er würde laufen.

Da war der Holtlander Sportplatz, da musste der Startraum sein. Da war er tatsächlich. Und da waren die Läufer. Unendliche Erleichterung durchströmte ihn, einen Augenblick lang glaubte er zu träumen, aber es war tatsächlich so: Ein großer Teil des Läufer-Feldes war noch nicht einmal auf der Strecke. Klar, die Spitze war längst außer Sicht, und alle anderen, die vorne mit dabei sein wollten, drängten sich dort, wo es vom breiten Sportplatz auf die schmale Strecke ging. Die anderen aber, die vielen anderen, die hier waren, um gemeinsam ihr eigenes Rennen zu laufen, ließen es langsam angehen, hatten sich zum großen Teil gerade erst in Bewegung gesetzt, strebten gemächlich dem schmalen Ende des Trichters zu. Dort würden sie schon früh genug ankommen. Der Weg war noch lang.

Marian ließ seine Sporttasche auf den Boden fallen, fragte sich kurz, wozu er sie überhaupt aus dem Auto geholt und hierher mitgenommen hatte, zog dann sein Oberhemd aus, stopfte es in die Tasche hinein und lief los. Mochte der Kuckuck wissen, wann und wie er seinen Kram wiederbekommen würde und ob überhaupt. Das war jetzt nicht wichtig. Jetzt wollte er laufen.

Warmgemacht hatte er sich nicht, rechtzeitig genügend getrunken auch nicht, etwas gegessen hatte er zuletzt beim Frühstück, und er stank nach Büroschweiß. Trotzdem fühlte er sich stärker, besser, zuversichtlicher als vor drei Tagen. Die erste Etappe war seine erste überhaupt gewesen, da hatte er alles gewollt und nichts gewusst. Die zweite jetzt war seine zweite. Das war ein gewaltiger Unterschied. Gleichgültig, wie er es am Dienstag geschafft hatte, er hatte es geschafft, und er würde es wieder schaffen.

Obwohl er innerlich aufgewühlt war von diesem Tag, von dieser Entdeckung, dieser sensationellen Mord-Nachricht, dieser Parforce-Jagd am Computer in der Redaktion und zuletzt dieser Hetze zum Start nach Holtland, lief er ruhig, mit einer mäßigen Schrittlänge und einer Frequenz, die sich von selbst einzustellen schien, mit kontrollierter Atmung und lockeren Armen. Natürlich hatte er weder an einen dünnen Schal gedacht noch an eine Sonnenmütze, aber das kümmerte ihn jetzt nicht. Er hatte den Start geschafft und damit sein erstes Ziel schon erreicht. Alles andere würde sich finden.

Überrascht stellte er fest, dass er anfing, andere Läufer zu überholen. Ältere zumeist, Leute mit gebeugten Nacken und eingeknickten Knien, Frauen mit Beinkleidern, die an dunkle Strumpfhosen erinnerte, und Männer mit weißen Brusthaaren. Keine Senioren-Protze wie dieser Krüger. Marian zog an ihnen vorbei und bemühte sich, nicht allzu überlegen zu gukken.

Ob Krüger sich auch darum bemüht hatte?

Jetzt hatte er eine kleine Gruppe gelber T-Shirts im Blick, die nicht weiter näher kamen, und hängte sich mit den Augen an. Gleichmäßig strömte sein Atem, gleichmäßig tappten seine Füße, gleichmäßig pendelten seine Arme. Zum erstenmal überhaupt verstand er, warum manche Leute das Laufen für erholsam hielten. Nach einem solchen Tag, wie er ihn hinter sich hatte, konnte man das wirklich denken.

Sina. Die war natürlich nirgends zu entdecken. Hatte wieder nicht auf ihn gewartet. Gut, es war spät geworden, ziemlich spät, fast schon zu spät. Trotzdem war er noch zu Hause vorbeigefahren, für den Fall dass. Ihr Auto war natürlich weg gewesen, keine allzu große Enttäuschung, aber eben doch wieder eine. So war er gleich durchgestartet. Zum Glück.

Hätte sie wirklich riskieren sollen, die Etappe zu verpassen? Wie sollte sie denn wissen, dass er noch kommen würde? Schließlich hatte er selbst sich neulich erst Anrufe in der Redaktion verbeten. Doch, dachte er trotzig, doch. Früher hätte sie gewartet, ganz egal wie lange. Früher war Sina ein echter Kumpel. In letzter Zeit aber hatte er schon häufiger nicht Sina, sondern nur einen Zettel vorgefunden. Okay, er war oft unpünktlich und verschätzte sich schon mal in seinem Arbeitstempo - „Klar, halb sieben schaffe ich locker", und Pustekuchen - aber war das ein Grund, einfach loszufahren?

Marian war im Grunde ein ehrlicher Mensch. Ja, dachte er deshalb, natürlich ist das ein Grund. Dieser Gedanke ärgerte ihn, aber es war so. Jeder normale Mensch verhielt sich so. Toleranzen sind eben begrenzt. Wer einfach nur so endlos wartet, ist entweder kadavergehorsam oder ein Speichellecker. Oder verliebt. Jeder andere sagt irgendwann danke, das reicht, und geht.

Marian spürte, wie ihm die Hitze in den Kopf stieg. Normal, dachte er. Wir lieben uns doch, das ist unsere Normalität. Der Schweiß strömte wieder, und der Atem ging keuchend, aus war es mit der Lockerheit. Liebe normal. Gleich neben den Säulen für Liebe super und Liebe superplus bleifrei. Zweitakter-Liebesgemisch separat. Verdammt, Marian, dachte er, bist du eigentlich bescheuert? Was soll das werden?

Was war das bloß geworden?

Er drückte den Gedanken weg, boxte ihn zurück mit seinen ausschwingenden Armen. Ich muss meinen Rhythmus wiederfinden, dachte er, sonst hänge ich nachher wieder in den Seilen. Am besten etwas Tempo rausnehmen. Er verkürzte seine Schritte und zwang seinen Atem in einen ruhigeren, regelmäßigeren Takt. Die gelben Hemden zogen langsam davon.

Blaue Blitze zuckten durch sein Blickfeld. Sauerstoffmangel? Hatte er seine Atemfrequenz zu stark gedrückt? Er schaute sich um. Nein, Blaulicht. Der Ostfriesland-Wanderweg, die ehemalige Kleinbahntrasse, über die der Ossiloop-Kurs führte, verlief hier ein Stückchen weit neben einer Kreisstraße. Gleich würde er sie kreuzen. Vermutlich ein Krankenwagen. Marian bereitete sich darauf vor, notfalls auf der Stelle laufen und den Rettungswagen vorbei lassen zu müssen.

Aber das Blaulicht bewegte sich merkwürdig langsam, und es war auch keine Sirene zu hören. Der Wagen blieb sogar stehen. War da vorne etwa jemand umgekippt? Jetzt schon?

Nein, kein Krankenwagen, jetzt konnte er es sehen, es war ein grünweißer Polizei-Bulli. Direkt dahinter hielt ein Audi an. Türen wurden aufgerissen und zugeschlagen. Hoffentlich kein Verkehrsunfall.

Ein eisenbeschlagener Rammbock traf seine Brust und sein Gesicht gleichzeitig, nahm ihm die Luft, riss ihn von den Beinen, peitschte seine Haut wie ein Sandstrahlgebläse, wischte ihm das Licht aus den Augen. Rücklings auf dem Boden liegend fand er sich wieder, ohne Erinnerung an den Sturz, ohne Kontrolle über seine Gliedmaßen, den Kopf angefüllt von einem Getöse, das nur vom Bersten einer gigantischen Steinplatte unter einem Titanen-Hammer herrühren konnte. Seine Augen brannten, waren voller Dreck und Schweiß, klebrigem Schweiß, klebrig-rotem Schweiß. Blut, diesmal war es Blut. Verdammt.

Stimmen, Rufe durch das Tosen, Schreie. Weinen. Ein alter Mann mit weißem Haar kam herangetaumelt, die rechte Hand um seinen linken Oberarm gekrallt. Blut sickerte zwischen den Fingern hervor. Er schaute auf ihn herab, sah ihm kurz in die Augen. „Liegen bleiben, mien Jung“, murmelte er. „Hast was abgekriegt. Wird aber wieder. Tööf man, Jung.“ Er ging weiter, heraus aus Marians unverrückbarem Blickfeld, kam zurück, ging Richtung Straße, immer noch die Finger um seinen Arm gepresst. Sein Jackenärmel war hinten rot.

Jacke, dachte Marian. Wieso trägt der eine Jacke?

Seine Arme begannen zu zittern, erinnerten ihn an ihre Existenz. Er versuchte den rechten Arm zu heben - es ging, Gott sei Dank. Seine Hand schlackerte unkontrollierbar, und als er sie zum Gesicht führen wollte, verpasste er sich selbst eine Ohrfeige. Auch gut, dachte er und stemmte seinen Oberkörper mit den Ellbogen hoch. Da kam der Schmerz.

Wieder näherte sich ein Mann, er sah ihn nur undeutlich, genau wie vor ein paar Stunden den Mann im Gang, von grellem Licht umstrahlt, in den Konturen flirrend und in die Breite gezerrt. Oder war er so breit?

Stahnke. Das war Stahnke. Und die kleinere Gestalt neben ihm musste Sina sein. Sina. Er zwang sich, sie nicht anzusehen, und starrte in Stahnkes Gesicht, das über ihm hing wie ein runder, bizarrer Planet.

Mühsam bewegte er die Lippen: „Wie heißt du?"

Der Planet veränderte sich, zog sich in die Länge, bekam einen tiefen Krater und drehte sich weg. Eine Stimme sagte: „Den hat's ganz schön erwischt."

Wieder ging das Licht aus.

18.

„Ich heiße überhaupt nicht Israel“, sagte der alte Mann.

„Nicht?“, fragte Marian erstaunt. „Und warum nennen Sie sich so?“

Der alte Mann zuckte die Achseln, verzog sein Gesicht vor Schmerz und griff sich an den linken Oberarm, der in einem dicken weißen Verband steckte. „Ach“, sagte er dann, „genau weiß ich es auch nicht. Damals unter Adolf, da hieß es irgendwann, alle Juden müssten einen zusätzlichen Vornamen führen, die Frauen Sarah, die Männer Israel. Damit man uns gleich erkennen kann, weißt du. Als ob der gelbe Stern noch nicht gereicht hätte. Natürlich war ich fuchsteufelswütend, hab' mich ja über alles so aufgeregt, schon immer, auch heute noch, dabei hatten wir damals wirklich andere Sorgen, da gingen ja schlimmere Dinge vor als diese blöde kleine Schikane. Die kann doch nur so einem armseligen Dummling zwischen zwei Sesselpupsen eingefallen sein. Na, jedenfalls habe ich mich von da an immer nur Israel genannt, und wenn sich einer gewundert hat, der mich kannte, hab' ich nur gesagt: Bitte, steht doch in meinem Pass.“

Fasziniert blickte Marian in Levys Gesicht. Die Falten, die ein aufmüpfiges Lächeln gerade um Mund und Augen herum kerbte, machten erst so richtig deutlich, wie glatt die Haut dieses Mannes noch war. Achtzig Jahre, die sah man ihm wirklich nicht an. Das weiße Haar war voll, der Haaransatz kaum zurückgewichen, und die Brauen unter der breiten Stirn waren fast schwarz, ebenso wie die Augen. Die Nase war kräftig, ihr Rücken ungewöhnlich dick, leicht nach links geknickt und rot geädert, wie bei einem ehemaligen Boxer. Der dünnlippige Mund wirkte schmal zwischen dieser Nase und einem ausgeprägten, leicht gerundeten Kinn. Der Prototyp des ostfriesischen Bauern, dachte Marian. Aber eines Bauern, der die Welt kennt.

„Und wie heißen Sie wirklich mit Vornamen?“

Levy lachte: „Hab' ich vergessen.“

Das gibt's doch nicht, dachte Marian. Irgendwie kriege ich keine Vornamen mehr raus. Das grenzt ja an Berufsunfähigkeit. Er nahm sich vor, ins nächstbeste Telefonbuch zu gucken. Unter L wie Levy und unter St wie Stahnke.

Vorsichtig betastete er seinen Turban. Der Kopfschmerz hatte nachgelassen, und er hatte auch ganz gut geschlafen letzte

Nacht. Wenn er das richtig mitbekommen hatte, dann war es nur eine Platzwunde oben an der Stirn, verursacht von einem Erdklumpen, dazu eine leichte Gehirnerschütterung. Sie hatten die Wunde gesäubert, mit drei Stichen genäht und ihn dann schlafen geschickt.

Erst kurz vor neun Uhr war er wieder aufgewacht, einigermaßen erholt. In einem Zweibettzimmer, das mit Möbeln aus rotbraunem Holz erstaunlich schön eingerichtet war und an dessen Längswand, von den Betten aus genau in Blickrichtung, ein großes Kruzifix mit einem detailliert gearbeiteten Jesus prangte. Und im Nachbarbett zu seiner Linken lag der Jude Levy.

Mit zwei Juden in einem Zimmer, dachte Marian, in einem katholischen Krankenhaus mitten im evangelischen Ostfriesland. So kann's kommen.

Ruckartig ging die Tür auf, und ein Schwarm Weißgekleideter flatterte ins Zimmer. „Ah, die Herren Glückspilze", krähte der Leitvogel gut gelaunt. „Alles wohlauf, alles munter?" Er griff nach den Krankenblättern, die ihm der Assistent, der an seinem rechten Ellbogen zu kleben schien, eilfertig reichte, um sich die Antwort selbst zu geben.

„Was haben Sie denn für eine Vorstellung von Glück?", maulte Marian.

Der Arzt, offensichtlich der Chef- oder mindestens ein Oberarzt, blickte hoch und hob die Brauen. „Nun, da kennen wir verschiedene Definitionen", sagte er, eher karikierend als dozierend. „Die einfachste ist die negative, nämlich die Abwesenheit von Unglück. Und die trifft auf Sie beide zu, meine Herren. Dafür, dass Sie beide fast auf der Bombe draufgestanden haben, wie mir berichtet wurde, ist Ihnen erstaunlich wenig Unglück widerfahren. Und das ist doch wohl Glück, wenn ich mich nicht irre."

Er kicherte albern wie Ralf Wolter als Sam Hawkins. Seine Corona starrte ihn indigniert an, muckste sich aber nicht.

Im Gegensatz zu Levy. „Meines Wissens nennt man sowas Mine", widersprach er. „Landmine. Und soviel Glück war's auch wieder nicht, denn Landminen wirken nur in kleinem Umkreis. Ich stand mindestens zehn, zwölf Meter weit weg, da ist es schon eher großes Pech, dass ich überhaupt was abgekriegt habe. Aber der junge Mann da" - er wies mit dem Daumen auf Marian -

„der hätte nur zwei Schritte schneller laufen müssen, dann hätte er diese Welt ein für allemal verlassen, und zwar aufwärts." Wieder lachte Levy, anscheinend völlig unbekümmert. „Also nur ein Pilz, Herr Doktor."

Der Arzt schien über Humor zu verfügen, vermutlich war er in der Position, ihn sich leisten zu können. „Herr Levy, da befinden Sie sich in einem mehrfachen Irrtum. Zunächst einmal über die Natur des Sprengkörpers. Eine Landmine war es nämlich eben nicht, was ein zusätzliches Glück war, denn eine Landmine wird bekanntlich durch Druck ausgelöst und wäre ganz bestimmt im Hauptfeld hochgegangen statt bei den Nachzüglern. Da ist uns ein beachtliches Blutbad erspart geblieben. Nein, es war mehr so eine Bastlerarbeit, wenn ich den Hauptkommissar recht verstanden habe. Ein selbstgefertigter Sprengkörper in einer Metallkassette. Und so etwas nennt man doch gemeinhin eine Bombe, nicht wahr?"

Levy hatte Einwände, aber Marian hörte nicht hin. Ein bisschen schneller nur hätte er sein müssen, ein bisschen nur. Er war ein bisschen schneller gewesen. Bis er die Gelben ziehen lassen musste und eine Lücke entstanden war. Weil er seinen Rhythmus verloren hatte. Beim Gedanken an Sina. An Sina, die nicht auf ihn warten wollte. In seinem Kopf begann es zu singen, fein und scharf wie der Ton einer Metallsäge. Er war nicht schnell genug für Sina. Nicht genug. Sie lief davon. Sie war fort. Nicht mehr da. Ein Gedanke, der ihn seinen Rhythmus kostete. Ein rettender Gedanke?

„Alles in Ordnung, junger Mann?" Marian öffnete die Augen, blinzelte und nickte. „Ja, sicher." Seine Stimme klang krächzend und ein wenig kippelig.

Der Arzt notierte etwas und gab die Papiere seinem Assistenten zurück, ohne hinzusehen. „Sie brauchen vor allem erst einmal Ruhe. Wir behalten Sie übers Wochenende hier, und dann wollen wir mal sehen." Ein aufmunternder Blick, ein Kopfnikken, ein kurzes Rauschen flatternder Kittel, ein Türklappen. Marian schloss die Augen wieder.

19.

„Das Bomben-Einmaleins“, sagte Kramer.

„Bitte?“ Stahnke schob das Rollbrett mit der Tastatur unter die Platte des Computertisches, beinahe froh über die Unterbrechung. Das Schreiben von Berichten hatte für ihn durch die Einführung von rechnergestützten Textverarbeitungssystemen an Schrecken noch gewonnen.

„Ich habe den Bauplan der Bombe gefunden“, sagte Kramer.

„Ach.“ Stahnke drehte sich mitsamt seinem Bürostuhl ganz zu seinem Kollegen um, rollte vor, bis seine Knie wieder unter seinem altvertrauten Schreibtisch steckten, und stützte die Unterarme auf die Platte. „Bei wem denn?“

„Bei einem australischen Neonazi.“

„Ach.“ Stahnke wiederholte sich. „Sind die jetzt auch schon bei uns einmarschiert?“

„Internet.“ Kramer legte ein paar Ausdrucke auf Stahnkes Schreibtisch. Eine Art Rezept mit Skizze und Einkaufsliste. Garniert mit Hakenkreuz und anderen Runen. „Eine von diesen Nazi-Seiten, die Auschwitz und die deutschen Judenmorde leugnen und gleichzeitig Anleitungen geben, wie man am besten Juden ermordet. Hier war die Übereinstimmung am größten. Beinahe identisch.“

Stahnke überflog die Blätter und schloss dabei den Mund mit einiger Verspätung. Klar, Kramer war ja fit, was das Internet anging. Keinen Lehrgang ausgelassen, als erster in der Georgstraße überhaupt online gegangen, und die Kollegen hatten gewitzelt, ob sie ihm zum Geburtstag vielleicht einen Surfanzug schenken sollten. Wurde dann aber doch wieder eine Dose englische Toffees, wie jedes Jahr. Kramer konnte ungeahnte Mengen dieser klebrigen Brocken vertilgen, ohne ein Gramm zuzunehmen. Wie war es bloß möglich.

„Identisch? Ist das sicher?“

Kramer nickte. „Die Angaben für Konstruktion, Sprengstoff und andere Chemikalien entsprechen genau dem Laborbefund. Die Sprengwirkung weicht zwar ein wenig von den Erläuterungen ab, die da auf der Website stehen; das muss aber mit dem Behälter zusammenhängen. Der Täter hat nämlich eine alte Geldkassette benutzt. Bei der Explosion ist der Deckel abgeflogen, am Schloss rausgebrochen, weil das die schwächste Stelle war, daher ist einiges von dem Explosionsdruck verpufft.“

„Ziemlich amateurhaft", sagte Stahnke.

„Ja", sagte Kramer. „Diese Website ist ja auch für Amateur-Killer gedacht."

Also praktisch für alle, überlegte Stahnke. Wer war schon Profi-Mörder? So einer war ihm noch nicht begegnet. Wiederholungstäter ja, aber kein Profi. „Wenn der Behälter nun dicht gehalten und die Dämmung der Sprengladung vorschriftsmäßig funktioniert hätte", sagte er, „dann hätten wir jetzt also vermutlich doch einen zweiten Toten."

Diesmal wiegte Kramer den Kopf hin und her. „Gut möglich, aber nicht sicher. Es gab fünf leicht bis mittelschwer Verletzte, nämlich Marian Godehau, Israel Levy und die drei Läufer aus der Mannschaft der Post. Bei entsprechend höherer Sprengwirkung hätte der eine oder andere schwer oder eben auch tödlich verletzt werden können. Vielleicht aber auch nicht." Kramer rieb sich das Kinn mit Daumen und Zeigefinger der rechten Hand: „Ich glaube, der Täter hat noch einen zweiten Fehler gemacht."

„Und zwar?"

„Er hat den Zündmechanismus falsch eingeschätzt." Kramer begann zu gestikulieren, ganz sparsam, nur mit den Fingern: „Die Ladung wurde per Funk ausgelöst, und Funk ist praktisch verzögerungsfrei. Darauf muss sich der Täter eingestellt haben. Er hat die Bombe an einer unbefestigten Stelle des Wanderwegs vergraben, nicht zu tief, hat sich einen Punkt gesucht, von wo aus er die Strecke einsehen konnte, ohne selbst gesehen zu werden, vermutlich mit dem Fernglas, und hat auf den Auslöser gedrückt, sobald sein Opfer über der Bombe war."

„Und der Auslöser hat mit Verzögerung funktioniert?", fragte Stahnke.

„Nein, der nicht, jedenfalls nicht alleine, vermute ich. Die Verzögerung lag im Zündungsprozess. Eine Säure-Initialzündung. Durch den Funkimpuls wird eine Mechanik aktiviert, die eine Säureampulle zerdrückt. Die Säure fließt aus und bringt eine kleine Zündladung zur Explosion, und das wiederum zündet die Hauptladung."

„Klingt kompliziert", warf Stahnke ein.

„Ist aber nicht unüblich. Bestimmte Seeminen zum Beispiel funktionieren ganz ähnlich. Und bei jeder Revolverpatrone gibt es ebenfalls eine Vorzündung - aber das wissen Sie ja", brach

Kramer eilig ab, nachdem er registriert hatte, dass Stahnkes Augenbrauen drohend aufeinander zu krochen wie zwei borstige Raupen. „Jedenfalls folgen bei diesem Bomben-Modell auf den Zündimpuls mehrere Vorgänge, die mit relativ einfachen Mitteln bewerkstelligt werden. Das kostet Zeit. Nicht viel, höchstens ein oder zwei Zehntelsekunden. Aber die muss man eben einkalkulieren, wenn man das Knöpfchen drückt. Unser Täter hat das nicht gemacht, und darum ging der Bumms ins Leere." Kramer räusperte sich: „Sozusagen."

„Ein Amateur eben", knurrte Stahnke. „Wenn er sich noch etwas dämlicher angestellt hätte, wäre Marian Godehau jetzt tot."

„Und wenn er vorher geprobt hätte", ergänzte Kramer, „dann hätte es vermutlich die drei Postler erwischt."

„Wo soll man so etwas schon proben?", fragte Stahnke. „Beim Silvesterlauf rund um den Emder Hafen vielleicht, weil's zu Silvester nicht weiter auffällt, wenn es knallt?"

Kramer ging nicht darauf ein. „Es deutet also alles darauf hin, dass das eigentliche Ziel des Anschlags die drei Läufer aus dem Post-Team waren. Oder einer von diesen dreien."

Er zog einen dünnen Hefter hervor, den er die ganze Zeit mit dem linken Ellbogen an den Körper gedrückt gehalten hatte. „Zwei von ihnen sind recht unbeschriebene Blätter, relativ junge Leute, Mann und Frau, Innendienstler, ohne viel Lauferfahrung, darum lagen sie auch relativ weit hinten. Der dritte aber ist Rewert Hinrichs."

„Der Obermotz?" Hinrichs war Stahnke nicht unbekannt. Keine so schillernde Figur wie Krüger, aber in letzter Zeit, vor allem während des Börsengangs der Post, fast so oft in sämtlichen Medien präsent wie dieser. „Der ist doch der oberste Briefträger in ganz Weser-Ems, oder?"

„So ähnlich", bestätigte Kramer.

Stahnke lehnte sich zurück, so dass die Lehne seines Bürostuhl bedenklich zu knacken begann. „Also ebenfalls ein Manager. Knapp sechzig Jahre alt, oder?" Er verschränkte die Hände hinter seinem Kopf. Die Haarstoppeln fühlten sich weich an, er musste mal wieder zum Friseur. „Was hätten wir denn dann - einen wahnsinnigen Serienkiller, der auf Manager aus ist?"

„Oder auf alte Männer", schlug Kramer vor. Stahnke schnaubte: „Eine merkwürdige Vorliebe. Da würde ich auf unseren Finanzminister tippen, von wegen Renten retten und so."

Kramer war gegen Stahnkes Witze ebenso resistent wie gegen seine schlechte Laune. „Wahrscheinlicher ist, dass der Täter den Lauf selber im Visier hat."

„Eine sportfeindlicher Fanatiker?"

„Nicht unbedingt. Vielmehr einer, der die große Bühne sucht, wo er auf jeden Fall Aufmerksamkeit erregt. Beachtet werden zu wollen ist in solchen Fällen ein starkes Motiv. Vermutlich ist es Zufall, dass er sich eine Sportveranstaltung ausgesucht hat und keine Theateraufführung."

„Oder ein Volksmusik-Konzert", sagte Stahnke versonnen. Seine Augen glitzerten.

„Oder das. Möglicherweise hat unseren Mann am Ossiloop aber noch etwas anderes gereizt."

„Nämlich?"

„Dass der sechs Etappen hat. Sechs Etappen, das sind sechs Auftritts-Möglichkeiten für ihn."

Sie schwiegen einen Moment, beeindruckt von dieser Vorstellung. Sechsmal formieren sich an die tausend Läufer zu einem Zug, sechsmal durchmessen sie einen Abschnitt der Strecke, die Ostfriesland diagonal von einem Ende zum anderen durchschneidet. Eine bunte, eine engagierte, eine fröhliche Menschenkette. Konnte es sein, dass ein Irrer sich vorgenommen hatte, sechsmal einen Menschen aus diesem Zug herauszupicken, zu töten, zu ermorden? In Stahnkes Vorstellung wurde aus dem sportlichen Lauf eine panische Flucht, ein Wettlauf mit dem Tod, wurde aus dem Läufer-Zug ein Flüchtlings-Treck. Und jedes Mal blieb einer zurück.

„Ein Etappenmörder", murmelte Stahnke. Manches deutete darauf hin. Zum Beispiel die Briefe, die er bekommen hatte, die Gedichte. Zwei hatte er bekommen, das deutete an, dass weitere folgen würden. Sicher war das nicht, aber was war schon sicher.

„Die Gedichte gingen an mich persönlich", sagte Stahnke. „Vielleicht steckt ja auch eine persönliche Rechnung dahinter."

„Das dürfen wir auf keinen Fall aus dem Blick verlieren", bestätigte Kramer. „Ebenso wie die Manager-These. Ebenfalls nicht ausgeschlossen."

Stahnke riss seine Hände hinter dem Kopf hervor und hieb beide Handflächen auf den Tisch, so heftig, dass selbst der stoische Kramer zusammenzuckte. „Im Moment ist praktisch gar nichts ausgeschlossen", sagte der Hauptkommissar. „Keine Ahnung, wo wir anfangen sollen. Was haben wir denn überhaupt in der Hand? Den Sprengkörper. Eine Geldkassette. Was ist mit der Herkunft? Hersteller, Schlossnummer?"

„Beides identifiziert", nickte Kramer. „Wird recherchiert."

„Was ist mit dem Funkauslöser", fuhr Stahnke fort. „Vielleicht hat der Täter ihn weggeworfen. Von wo aus hat er operiert? Was wissen wir über seinen Standort?"

„Rings um den Tatort ist viel freies Feld", sagte Kramer, „da gibt es viele Möglichkeiten, wir überprüfen das noch. Meine Vermutung geht dahin, dass der Täter in einem Auto saß und nach der Zündung sofort weggefahren ist. In dem Fall hat er den Funkauslöser natürlich mitgenommen und möglicherweise anderswo verschwinden lassen. Geeignete Kanäle gibt es hier ja genug."

„Auf jeden Fall weiter stochern", sagte Stahnke. Sein Blick fiel auf die Papiere auf seinem Schreibtisch. „Was ist damit? Der Bomben-Bauplan kommt von einer Neonazi-Website, sagten Sie. Haben Sie in diese Richtung schon mal spekuliert?"

Kramer hob die Achseln. „Neonazi-Terror in diesem Stil hatten wir hier noch nicht. Sie kennen die Szene ja selbst, es gibt sie, es sind auch nicht so wenige, wie manche glauben machen wollen, aber so etwas traue ich denen doch nicht zu."

„Wohl wahr." Stahnke musste an Jan-Habbo Janssen denken, der mal in Rhauderfehn, ein paar Kilometer südlich von Leer, einer jungen Journalistin in die Arme gelaufen war. Das Umfrage-Thema war irgendwas mit Stadtplanung, was halt so gefragt wurde bei solchen Umfragen, und einen Satz aus Jan-Habbos für die Nachwelt dokumentierten Antwort hatte Stahnke noch gut in Erinnerung: „Unmöglich, wie kann man nur hier mitten im Ort einen Kanal bauen." Kaum zu fassen. Hatte vermutlich in der Schule gefehlt, als die Entstehung der Fehnorte dran gewesen war, und davon, dass die Erde keine Scheibe war, hatte er bestimmt auch noch nichts gehört. Und so einer durfte bei jeder Wahl mitstimmen. Das müsste man eigentlich irgendwie verhindern, überlegte Stahnke. Von wegen Demokratieverständnis. Wenn der und seinesgleichen mal wieder dran sind, ist es aus mit Verständnis und Demokratie. Gegen Diktatur-Fans müsste man mal etwas diktatorischer vorgehen, das war man sich als Demokrat eigentlich schuldig. Auch wenn in dieser Argumentation garantiert ein Knoten war.

Er wollte das ja gar nicht wirklich, dachte Stahnke, er wollte das nur mal denken. Mit ansteigendem Lebensalter fand er immer mehr Gefallen an simplen Lösungen, das war ihm schon aufgefallen. Schade, dass die Welt so einfach nicht war. Gut, dass sie nicht so simpel war, dass sie zu solchen Lösungen gepasst hätte.

„Wie weit sind wir eigentlich mit dieser Janssen-Geschichte?“, fragte er. „Der Karate-Überfall. Können wir uns denn bald mal vor den Haftrichter wagen?“

Kramer nickte. „Die Zeugenvernehmung ist wiederholt worden, die Identifizierung ist eindeutig und aktenkundig. Haftbefehl ist beantragt.“

„Wenigstens etwas. Dann . . .“ Ein neuer Gedanke schnitt Stahnke das Wort ab. Passten nicht zwei dieser Fäden, die da völlig verworren und zu einem Knoten verzottelt vor ihm herumlagen, vielleicht doch zusammen? Eine Bomben-Bauanleitung aus dem rechtsradikalen Lager. Ein mögliches Täterprofil, das auf Geltungssucht und Sensationsgier basierte. Denkbar? Denkbar war alles, das war ja das Schöne an diesem Zellenklumpen, der den menschlichen Geist beherbergte wie ein Lumpengewand das Aschenputtel.

Aber der Mann war doch das Rennen mitgelaufen. Wie konnte er da . . . Bei der ersten Etappe hatte er im Gebüsch gesteckt, da wäre ihm die Tat durchaus möglich gewesen. Aber bei der zweiten? Weit voraus war er gewesen, hatte die Explosion überhaupt nicht wahrgenommen, ebenso wie der größte Teil des Feldes, der das Rennen zu Ende gelaufen war, ohne auch nur zu ahnen, was sich da hinten abgespielt hatte. Konnte er den Fernzünder in einem Rucksack bei sich getragen haben? Dann hätte er blindlings zünden müssen. Möglich. Wahrscheinlicher aber war . . .

Ein Helfer. Noch so ein Faden, der da offensichtlich und bisher unbeachtet herumlag. Klar, der Mann hatte Helfer. Willige, ohne störende Skrupel. Frei herumlaufende, verdammt. Und die Adressen der einschlägigen Websites hatte der auch.

Kramer räusperte sich. „Chef?“

„Ja“, sagte Stahnke und erhob sich. „Wir ermitteln in alle Richtungen.“

20.

Es dämmerte schon, als Marian erwachte. Der Fernseher lief ohne Ton, auf seinem Nachttisch stand das Tablett mit dem Abendessen, und Levy lief bereits wieder munter im Zimmer umher, vollständig bekleidet, den linken Arm in einer Schlinge. „Moin, mien Jung", sagte er aufgeräumt, als er bemerkte, dass Marians Augen wieder offen waren. „Zeit zum Futtern, damit du wieder zu Kräften kommst. Heute Mittag haben wir dich durchschlafen lassen, das musst du jetzt wieder aufholen." Seine rechte Hand beschrieb kleine Kreise in Mundhöhe, eine symbolische, schaufelnde Geste für Essenfassen, die Marian noch aus seiner Bundeswehrzeit kannte. „Spachteln" hatten sie damals dazu gesagt. Und zumindest der Kartoffelbrei hatte auch sehr stark an Spachtelmasse erinnert.

„Haben Sie den Laden hier jetzt übernommen?", fragte Marian, noch etwas verschlafen und ein wenig verärgert über die väterliche Bevormundung, die ihm da zuteil werden sollte. Vorsichtig stemmte er seinen Oberkörper hoch. Der Kopf schmerzte nicht mehr.

Levy lachte, laut und ungehemmt und kein bisschen beleidigt. „Jeder muss sich um seinen Kram selber kümmern", sagte er. „Und um den Kram von den Leuten rechts und links neben sich auch, damit die sich dann auch kümmern, wenn's mal anders herum läuft. Aber verlassen kannst du dich auf nichts und niemanden, schon gar nicht auf Ärzte, die sich von Berufs wegen um dich kümmern sollen, sondern nur auf dich selbst. Das habe ich gelernt in meinem Leben, das ist so, das kannst du mir glauben. Iss oder lass es sein, ganz wie du willst. Aber besser ist, du tust es, damit du schnell wieder auf die Beine kommst. Es gibt einiges zu tun für dich da draußen, das weißt du ja selber."

Marians Magen knurrte vernehmlich. Diesmal lachten sie beide. „Zwei zu eins", sagte Marian. „Also bitte. Ich gebe mich geschlagen."

Er beugte sich über sein Tablett, musterte abschätzig die Brotschnitten, die sich an den Rändern bereits aufwölbten, die fettigen Wurstscheiben und den Käse, der garantiert nicht kalorienreduziert war, und entschied sich dann, all das für diesmal einfach zu ignorieren. Er hatte nämlich wirklich einen Bärenhunger. Und einen trockenen Mund. Als erstes trank er den nur noch lauwarmen Tee. Er schmeckte süß, aber auch das war jetzt egal. Fast schon gierig belegte er eine Scheibe Brot mit reichlich Wurst, klappte sie zusammen und biss ab.

„Wie meinten Sie das gerade", fragte er kauend, „es gebe was zu tun für mich da draußen? Die Zeitung wird ja wohl ein paar Tage ohne mich klar kommen."

„Unsinn." Levy winkte ab, wieder mit rechts, den linken Arm weiterhin in Schonhaltung. Die Hemdsärmel hatte er hochgekrempelt, und Marian konnte seine Tätowierung sehen. Die Ziffern sahen verwaschen aus, verschwommen, unter der Hautoberfläche verlaufen wie Luftblasen unterm Eis. Viel Mühe hatte sich der KZ-Tätowierer anscheinend nicht gegeben. Seine Arbeit war ja auch nicht für die Ewigkeit gedacht. Ewig leben würde Levy auch sicher nicht, aber er lebte doch schon sehr viel länger als von seinen Schindern vorbestimmt, und Zeit seines Lebens trug er diese schlampig eintätowierte Nummer als deutlich sichtbares Zeichen der Schande dieses kleinen, willigen, stümpernden Helfers. Und seines eigenen Triumphes über ihn.

„Ich weiß doch, dass du so etwas wie ein Vertrauter von diesem Kriminalen bist", fuhr Levy fort, „von diesem Hauptkommissar, der jetzt auch die Mordanschläge bearbeitet. Netter Bursche übrigens, etwas mürrisch zwar und manchmal sehr in sich gekehrt, aber das mag ich eigentlich. Der ist wenigstens ehrlich. Ich fürchte nur, diesmal ist er dabei, sich zu verrennen. Deswegen könnte es nicht schaden, wenn du dich da mal ein bisschen einschalten würdest."

„Ich fürchte, Sie überschätzen da etwas", sagte Marian und dachte an die Holzbank im Flur des Polizeigebäudes. „Wir kennen uns zwar ganz gut, aber Dienstgeheimnisse vertraut Herr Stahnke mir ganz gewiss nicht an." Bis jetzt noch nicht einmal seinen Vornamen, fügte er in Gedanken hinzu. „Und wie kommen Sie überhaupt darauf, dass er sich verrennt? Woher wollen Sie das wissen?"

„Das hat mir die junge Dame erzählt, die heute Mittag hier war", sagte Levy und zwinkerte Marian zu: „Hübsches Mädchen, alles was recht ist. Da möchte man direkt noch mal dreißig Jahre jünger sein."

Marian verschluckte sich: „Sina war hier? Warum hat sie mich denn nicht geweckt?" Er hustete, bis ihm Tränen in die Augen stiegen.

„Ein bisschen hat sie's ja versucht, aber du warst zu weit weggesegelt ins Land der tiefen Träume", sagte der Alte. „Sie kommt ja wieder, keine Bange."

Ich wünschte, ich könnte da auch so sicher sein, dachte Marian. „Wie meinen Sie das, dreißig Jahre jünger", fragte er. „Ich denke, Sie sind achtzig?"

Wieder lachte Levy laut auf, mit weit geöffnetem Mund, den Kopf in den Nacken geworfen. „Fünfzigjährige kommen gut an bei jungen Frauen, wusstest du das nicht?", fragte er. „Erfahrung gibt uns Männern doch erst das gewisse Etwas." Er besah sich Marians Gesichtsausdruck etwas genauer und wurde ernster: „Findest du nicht witzig, was? Na, konnte ich ja nicht ahnen. Aber keine Sorge", jetzt grinste er wieder, „ich bin schon einundachtzigeinhalb, da besteht also keine Gefahr."

„Man sieht es Ihnen nicht an", sagte Marian, um überhaupt etwas zu sagen.

„Ich weiß. Die Ärzte hier halten mich für ein biologisches Phänomen. Zäh wie Leder, ha! das sind mir vielleicht 'n paar Windhunde. Bin nicht unbedingt stolz auf meine Veranlagung, weil's ja auch nicht mein Verdienst ist, aber ich bin froh drüber, das kannst du mir glauben. Sonst wäre ich längst nicht mehr am Leben. Und das Leben, weißt du, das ist was, da ist man immer froh drüber, ganz egal, wie beschissen es ist. Gegen das Leben ist der beste Tod nichts wert."

„Waren Sie . . ." Marian brach ab, wusste nicht, was er eigentlich fragen wollte. Israel Levy Leidensgeschichte war bekannt, und auch er hatte schon viel über diesen Mann gelesen, der von 1934 bis 1945, abgesehen von kurzen Unterbrechungen um das olympische Scheinheiligkeitsjahr 1936 herum, in Nazi-Haft gesessen hatte, erst im Moorlager Esterwegen, später in anderen Arbeitslagern, unter anderem auf einer der ostfriesischen Inseln, während des Krieges dann in Buchenwald und Bergen-Belsen und ganz zuletzt sogar in Auschwitz, dem Vernichtungslager, dessen Name den ganzen Wahnsinn der von deutschen Hirnen erdachten industriellen Menschenvernichtung in sich aufgesogen hatte. Auschwitz, das Lager, wo es Menschenasche vom Himmel schneite, wo die Überreste Ermordeter einen ganzen See weiß färbten, einen See, den man dann den Silbersee nannte, weil im Angesicht solcher Dimensionen des Verbrechens und des Leidens andere Worte fehlten. Dein aschenes Haar, Sulamith.

Levy hatte selbst Auschwitz überlebt. Sollte er ihn fragen, wie das geschehen konnte? Eine fast zwangläufige Frage, aber auch eine unmögliche, weil niemand sie stellen konnte, ohne dass ein Vorwurf mitschwang: „Millionen wurden ermordet, und ausgerechnet Sie . . ." Zweierlei musste Levy gerettet haben: Sein starker Körper und die Statistik. Seine Körperkraft machte ihn zum nützlichen Arbeiter, brauchbar als Rädchen der Vernichtungs-Maschinerie, an welchem Platz auch immer, unverschuldet, unverzichtbar. Und die Statistik besagte, dass nichts auf Dauer hundertprozentig ist, nicht sein kann, dass es Restlosigkeit nicht gibt. Gerade Auschwitz war der beste, der brutalste Beweis für die Aussichtslosigkeit der Nazi-Pläne. Totalität ist unmöglich. Aus allem, was geschieht, folgt auch etwas. Endlösungen gibt es nicht. Lösungen sind immer nur endlich gültig.

„Vielleicht möchtest du wissen, warum ich nicht rechtzeitig abgehauen bin", sagte Levy. Marian wurde bewusst, dass er dem alten Mann schon seit geraumer Zeit in die dunklen Augen starrte. Levy blickte ruhig zurück. Kein Gefühl der Peinlichkeit, des Ertapptseins entstand. Marian nickte. Jetzt, da Levy es angesprochen hatte, wollte er es wissen.

„Anfang 1933 war ich ja erst vierzehn Jahre alt, und ich hatte keinen Vater wie Anne Frank", sagte Levy. „Wohlgemerkt, er war auch ein guter Vater. Segelmacher von Beruf. Ein einfacher Mann, aber ein angesehener. Deshalb hat er gar nicht mehr gewusst, dass er anders war als die anderen." Levy lachte bitter. „Er war es ja auch nicht! Ein Ostfriese wie alle anderen auch. Das konnte jeder sehen, das sagte einem der gesunde Menschenverstand, und auf den hörte mein Vater mehr als auf das Gequassel irgendwelcher Leute. Tja, da hast du's. Das war Vaters Verhängnis."

Levy setzte sich auf Marians Bettkante, eine Vertraulichkeit, die der Situation entsprach. „Anne Franks Vater hat immer gewusst, dass es da eine Andersartigkeit gab, jedenfalls in den Augen gewisser Leute, und dass daraus eine Bedrohung erwachsen konnte. Und als diese Bedrohung größer wurde, da ist er mit seiner Familie aus Deutschland weggezogen, nach Amsterdam, und hat als Kaufmann noch einmal ganz vorn vorne angefangen. Das ist ja etwas, was viele Leute vollkommen übersehen: Weggehen, flüchten ist das eine, aber was dann? Wo immer du bist, du musst existieren. Und dieser Gedanke macht das Weggehen ganz schön schwer."

„Darum sind die Franks ja auch kein zweites Mal geflohen", sagte Marian. „Nach dem Einmarsch der Deutschen in Holland haben sie sich statt dessen versteckt. Und wurden verraten."

„Ich weiß", sagte Levy. „Überlebt hat nur der Vater, als einziger. Stell dir das mal vor. Kann es etwas Grausameres geben? Aber, du siehst, auch er hat leben wollen."

„Wie ist Ihr Vater gestorben?", fragte Marian und erschrak über seine Frage.

„Ein Reeder hat ihn erschlagen", sagte Levy ganz ruhig, ohne seinen Blick abzuwenden. „November 1938, als sie die Synagoge in Brand gesteckt haben. Der Mann hatte Schulden bei uns. Da kam ihm die Pogromnacht zupass. Und dass ich nicht da war. Ich war nämlich *so* ein Kerl damals, mit neunzehn, zwanzig Jahren, ich konnte ein Bierfässchen am ausgestreckten Arm halten, ein volles! Dem Krüger hätte ich den Hals umgedreht wie nix, kannst du mir glauben, mien Jung."

„Krüger? Etwa . . ." Schnell rechnete Marian nach. „Nein, der nicht, der war damals ja noch ein kleiner Junge. Ich spreche von diesem Wendelin Krüger", setzte er erläuternd hinzu.

„Weiß ich doch", sagte Levy. „Und du liegst auch gar nicht so falsch. Wilhelm Krüger war sein Vater. Reederei Krüger, Küstenschifffahrt überwiegend, nach dem Krieg dann Im- und Export. Früher saßen die hier in Leer. Erst Wendelin Krüger hat den Hauptsitz der Firma nach Hamburg verlegt."

„Sein Vater hat also Ihren Vater ermordet", sagte Marian.

Levy nickte. „Und ehe du fragst - ich habe mich nicht an seinem Sohn gerächt. Der Anschlag auf Wendelin Krüger ist zwar praktisch vor meiner Nase passiert, aber ich habe genauso wenig damit zu tun wie du. Außerdem, was wäre das für eine Rache - an seinem Sohn! Wilhelm Krüger selbst, den hätte ich mit Freuden umgebracht. Aber der hat den Krieg ja nicht überlebt. Ist 1944 in Emden umgekommen, in der Nacht, als die Tommy-Bomber die Stadt in Schutt und Asche legten. Tja, die Geister, die er rief. Krüger war ja selber auch ein Nazi-Bonze."

Levy hatte seinen Blick von Marian abgewandt, starrte jetzt auf das Stück Fußboden vor seinen Knien. Ohne dass er seine Sitzposition verändert hätte, war die Distanz deutlich gewachsen.

Was können solche Erfahrungen einem Menschen antun? Millionenfacher Mord übersteigt jedes Vorstellungsvermögen, aber Levy muss in all den Jahren Tausende ganz konkreter Verbrechen mit eigenen Augen gesehen haben. Was ist ihm dabei widerfahren? Kann ihm nach all dem ein einzelner Tod, eine einzelne Lüge noch etwas bedeuten? Oder sind sein Gewissen und seine Integrität in dieser Zeit nur noch stärker geworden, gewachsen und gestählt wie ein permanent trainierter Muskel?

Marian stellte fest, dass er sich letzteres wünschte. Das machte ihn misstrauisch. Der Wunsch als Vater des Selbstbetrugs. Sicher war gar nichts.

„Rache ist eine große Versuchung", sagte Levy, als habe er während der kurzen Gesprächspause Marians Gedanken belauscht. „Nach dem Krieg, als ich nach Hause kam, halb verhungert, und dachte, alles ist zu Ende und etwas Neues fängt an, und dann feststellen musste, dass sich gar nichts geändert hatte, dass sie alle noch da waren, die Kriecher und die Schleimer und die Handlanger und die Betrüger und auch die Mörder, sogar die Mörder, bis auf ein paar, weil man ja irgendwen vorzeigen musste als Sündenbock, auch so eine deutsche Tradition, die sich nicht geändert hat - da war der Rachedurst groß. Weil die Verzweiflung groß war. Wenn schon nichts Neues anfangen kann, weil das verfluchte Alte schon wieder alles überwuchert, hab' ich gedacht, dann will ich wenigstens etwas von dem Alten ausreißen, ausrotten, mit Stumpf und Stiel. Hatte schon jemanden im Auge. Hab' sogar alles vorbereitet. Einen Karabiner und Munition zu besorgen war kein großes Ding damals. Waffen gab es nach dem Krieg im Überfluss. Einen Plan hatte ich auch, einen guten Plan, die hätten mich nie gekriegt. Und selbst wenn, das wär's mir wert, habe ich damals gedacht." Levy brach ab.

„Und?" Fast atemlos stieß Marian das Wort hervor. Er empfand kaum erträgliche Spannung und fragte sich gleichzeitig, ob Levy diesen Effekt nicht vielleicht bewusst erzeugte und steuerte. Was war das, was er hier zu hören bekam - Geschichte pur? Oder eine pure Geschichte?

„Nein", sagte Levy, „ich habe es nicht getan. Nicht aus plötzlichem Mitleid, nein, nicht für so einen, bestimmt nicht. Aber mir ist auf einmal etwas klar geworden. Dass ich nämlich angefangen hatte, genauso zu denken wie die. Ausreißen, ausrotten, tot machen. Endlösung. Das hat mir Angst gemacht."

Levy seufzte tief. „Das ging dann noch mehrmals hin und her in meinem Kopf. Soll ich, soll ich nicht? Den Karabiner habe ich jedenfalls nicht weggeworfen. Und manches Mal habe ich noch gedacht, tu es doch einfach, auch wenn es falsch ist, nur damit du dich besser fühlst. Damit du etwas heimgezahlt hast. Damit die nicht einfach so davonkommen, ungeschoren. Aber . . ." Er zuckte die Schultern: „Irgendwie reichte das dann nicht mehr. Es braucht schon etwas, um einen Menschen zu töten, wenn du selber ein Mensch bist. Und wenn du niemanden hast, der dir immer wieder sagt, dass es schon richtig ist, diesen oder jenen Menschen zu töten. Der dir die Zweifel ausredet. Wenn du nämlich Zweifel hast, tötest du nicht so leicht."

Er schaute Marian wieder an und tippte sich an die Schläfe: „Zweifel kommen von hier. Nur, wenn es hier oben ausgeknipst ist, hast du mit dem Töten keine Probleme."

„Wen. . ." Marians Stimme versagte, und er musste sich heftig räuspern: „Wen hatten Sie denn auf dem Kieker?"

Levy schmunzelte. „So ganz glaubst du mir nicht, was? Aber keine Bange, der Mann ist fast so alt wie ich, ich habe es also nicht getan damals, und er hat sein Leben gelebt." Dann richtete er seinen Blick wieder gen Boden, und sein Gesicht nahm einen ernsten, angestrengten Ausdruck an. „Während des Krieges habe ich ihn kennen gelernt, in Polen. Ein richtiger Jungschiss von Offizier, natürlich bei den Schwarzkitteln. Kommandierte eine Erprobungseinheit. Sollte herausfinden, wie man möglichst schnell möglichst viele Menschen umbringen kann. Möglichst billig natürlich. Macht man sich gar nicht klar, dass so etwas ja auch erst einmal erforscht werden muss. Zyklon B gab es zwar schon, aber das kostete Geld, die deutsche Industrie leistete solche Beihilfe ja nicht umsonst. Na, und er hatte die tolle Idee, ein Gas zu nehmen, das es kostenlos gibt."

Wieder machte er eine Pause. Diesmal hakte Marian nicht nach, lauschte nur dem schwerer werdenden Atem des alten Mannes.

„Er kam aus der Autobranche", fuhr Levy endlich fort. „Da war es wohl nur logisch, dass er an Abgase dachte. Abgas ist Abfall, gerade richtig für menschlichen Abschaum. Hat er gesagt, weiß ich noch wie heute. Er hat einen Kastenwagen umrüsten lassen, einen Lkw, hat die Auspuffrohre einfach ins Innere des Laderaums geführt. Und dann haben wir das erprobt."

Ein Zittern lief durch Marians Matratze. „So viele Menschen reingepfercht wie möglich. Ich sollte denen irgendwas von einem Transport erzählen, aber ich habe die Zähne nicht auseinander gekriegt. Hat auch keiner was gefragt. Waren alles Polen. Viele konnten deutsch. Trotzdem, da fiel fast kein Wort. Bis dann der Motor angestellt wurde. Da haben sie geheult und gebrüllt, unvorstellbar, das kann man nicht erzählen. Und der Fahrer vorne im Führerhaus, der hat immer mehr Gas gegeben, damit dieses Geheul übertönt wurde und damit es schneller ging. War natürlich genau falsch, denn je schneller der Motor dreht, desto weniger Gift kommt hinten raus. Das Geschrei schien kein Ende zu nehmen. Eine Viertelstunde hat es gedauert beim ersten Mal. Die Leute wurden nicht vergiftet, die sind jämmerlich und qualvoll erstickt, und auch das nur langsam, weil die Türen nicht richtig abgedichtet waren. Die Leichen haben wir anschließend kaum heraus bekommen, alle waren ineinander verkrallt und verkeilt, das war wie ein massiver Block aus Menschenfleisch, über und über besudelt mit Kot und Urin und mit dem Blut der Frauen." Wieder lief ein Beben durch das Krankenhausbett. „Wir mussten ihnen mit unseren Spaten Arme und Beine brechen, sonst hätten wir sie überhaupt nicht da rausgekriegt."

Levy keuchte und schwieg für ein paar Augenblicke, als müsse er nach einer großen Anstrengung erst wieder zu Atem kommen. „Der Fahrer kam direkt an die Front", fuhr er dann fort. „Das Gaspedal wurde blockiert, so dass der Motor im Leerlauf blieb, und die Hecktüren bekamen neue Dichtungen. Danach ging es dann schneller. Außerdem mussten sich die Leute vorher ausziehen, damit sie ihre Kleidung im Todeskampf nicht beschmutzten. Sollte ja alles noch Profit bringen. Da wussten dann natürlich alle, was los war, und es gab Widerstand. Jedes Mal sträubten sich ein paar, einmal musste sogar ein ganzer Schub Leute mit dem MG abgemäht werden, so wie sie da standen. Ach, das haute vorne und hinten nicht hin. Irgendwann wurde alles abgeblasen. Die großen Lager standen inzwischen und waren viel effektiver. Unsere Einheit wurde aufgelöst, von einem Tag auf den anderen. Marschbefehle ohne Verzug. Das war mein Glück."

„Wieso Glück?"

„Weil mein Herr Scharführer wusste, wer ich war", sagte Levy. „Ich hatte ihn erkannt und er mich. Auch seine Familie stammte aus Leer. Damals wohnte sie zwar schon nicht mehr hier, aber wir wussten trotzdem beide Bescheid. Und ich war ganz sicher, dass er mich umlegen würde, sobald diese Lkw-Sache abgeschlossen war. Genickschuss und Massengrab, einer mehr fiel da nicht auf, jeder Mord an einem Juden war doch eine gute Tat. Er war einer von denen, die genau wussten, was kommen würde, die schon für später vorsorgten, während sie noch bis über die Ellbogen im Blut wühlten. Der hatte mich längst als potenziellen Zeugen ausgeguckt. Aber dann wurden die Zwangsarbeiter plötzlich abkommandiert, unter Bewachung, und er hatte das Nachsehen." Levy lächelte bitter. „Na, große Sorgen wird er sich nicht gemacht haben. So gut standen meine Aussichten ja nicht. Aber ich bin lebendig nach Hause gekommen, und ich habe ihn wiedergesehen, weil er immer mal wieder nach Leer kam. Geschäfte. Ihm ging's ja schnell wieder blendend. Von mir und meinem Karabiner wusste er ja nichts."

„Wie heißt er?", fragte Marian.

„Alfred von Böden", sagte Levy.

Marian schüttelte den Kopf: „Sagt mir nichts."

Dann schwiegen sie beide.

21.

Tätervermutung eins“, begann Stahnke, „ein wahnsinniger Serienkiller, der seinen Spaß daran hat, seine Opfer in aller Öffentlichkeit aus einer großen Gruppe herauszupicken. Vermutung eins A: Er sucht sich seine Opfer nach einem bestimmten System aus, das heißt, es gibt Beziehungen zwischen Opfer und Täter. Vermutung eins B: Er mordet nach dem Zufallsprinzip.“ Der Hauptkommissar nahm einen tiefen Zug aus seinem Köstritzer-Glas. „Wenn letzteres zutrifft, dann packen wir ihn entweder auf frischer Tat oder im Leben nicht.“ Hart setzte er das Henkelglas auf den Tisch zurück.

Der Tisch war klein, rund und wacklig, ein winziges, gefährdetes Eiland im tosenden Samstagabend-Strom der Altstadt-Kneipe „Taraxacum“. Der Laden war berstend voll, wie meistens um diese Zeit, dicht gestopft mit bunt gemischtem Publikum aller Altersgruppen, Haarlängen und Lidschattierungen, Gruppen zumeist, die um die schwarzen Tische hockten wie um Schutz und Wärme verheißende Höhlenfeuer, behaglich brabbelnd, essend und trinkend, umsorgt von jungen Kellnerinnen, an deren glatten Gesichtern sich Stahnkes Blick immer wieder fest sog.

Kramer nickte. Es kam nicht oft vor, dass er Stahnkes Einladung zum Kneipenbesuch nach Feierabend folgte; vermutlich aber war ihm dieses Gespräch unter rein dienstlichen Aspekten zu dringlich erschienen, um es auf Montag zu verschieben. Wie um das zu unterstreichen, trank er Mineralwasser mit Zitrone. „Tätervermutung zwei“, sagte er. „Es handelt sich um gezielte Anschläge auf aktive und ehemalige Manager der Opto-Werke beziehungsweise der Optotrans sowie der Deutsche Post AG. Das setzt voraus, dass es sich beim Tod von Alfred von Böden ebenfalls um einen Mord handelt. Die Sportveranstaltung selbst wäre dann also nicht das Ziel, sondern nur ein passender Anlass.“

„Vermutung zwei A: Der Täter hat Motive, die in den Zielpersonen begründet liegen“, ergänzte Stahnke. „Vermutung B: Der hasst alle Manager und will sich an möglichst vielen von denen rächen. Erscheint mir persönlich nicht unplausibel. Wäre für uns aber fast ebenso fatal wie eins B.“

Kramer kreuzte die Arme vor der Brust und fixierte seinen Vorgesetzten. „Tätervermutung drei", sagte er. „Politische Motive."

„Und zwar?", fragte Stahnke. Kramer hatte ihm das Wort aus dem Mund genommen.

„Späte Rache", sagte Kramer. „Ich war vorhin noch bei der Zeitung und habe ein bisschen im Archiv geblättert. Als von Böden noch im Amt war, hat er in puncto Zwangsarbeiter-Entschädigungen die gleiche Position bezogen wie später Wendelin Krüger."

„Nun hören Sie doch bloß auf mit dieser Zimmermann-Scheiße." Stahnke merkte zu spät, wie unwirsch er klang, und war nur froh, dass der Geräuschpegel im „Taraxacum" so hoch war. „'tschuldigung, aber das ist doch pure Propaganda von diesem Rechtsaußen, ich meine . . ." Kramers Blick blieb fest und forschend auf ihn gerichtet, und Stahnke fühlte sich ertappt.

„Wir ermitteln doch in alle Richtungen, oder?"

Klar, das musste ja kommen. „Ja, das tun wir. Wenn es Anhaltspunkte gibt. Aber hier . . ." Stahnke stockte erneut.

„Levy hat Leserbriefe gegen Krüger geschrieben", sagte Kramer. „Sehr scharfe übrigens, ich habe nachgeschlagen, und der zuständige Redakteur sagt, die schlimmsten Anwürfe habe er sogar vorher rausgestrichen. Da wäre also ein Motiv. Außerdem war Levy letzten Dienstag am Tatort."

„Sagt Zimmermann", unterbracht Stahnke. Kramer zuckte die Achseln: „Stimmt. Aber Levy streitet das auch nicht ab. Und für die mutmaßliche Tatzeit in Sachen Alfred von Böden hat er kein Alibi."

Stahnke, der gerade nach seinem Bier griff, zuckte zusammen und hätte beinahe das Glas umgeworfen. „Wie bitte? Haben Sie ihn etwa verhört? Im Krankenhaus?"

„Ja", sagte Kramer schlicht. „Im Krankenhaus. Der Herr Godehau schlief gerade, sonst hätte ich ihn von Ihnen gegrüßt. Israel Levy sagt, er habe eine ganze Woche fast ausschließlich zu Hause verbracht. Er habe zu trauern gehabt - so drückte er sich aus. Erst am Dienstag, als es plötzlich so warm wurde, sei er wieder aus dem Haus gegangen."

„Ist doch möglich", sagte Stahnke. Es klang bockig.

„Sicher ist das möglich", sagte Kramer. Und das sagte alles. Alles, was nicht ausgeschlossen war, war möglich. Ja doch, ja.

„Aber der zweite Anschlag", sagte Stahnke. „Der zweite beim Ossiloop, insgesamt ja möglicherweise der dritte. Levy wurde verletzt, war also Opfer. Wie passt das?"

„Er stand zwölf Meter weit weg", sagte Kramer. „Normalerweise außerhalb der Wirkungszone. Kann einfach Pech gewesen sein. Und so schwer ist seine Verletzung ja auch nicht."

„Und der Fernauslöser? Wo ist der?"

„Levy hatte eine Jacke an. Das Ding kann in der Innentasche gesteckt haben. Durchsucht wurde er ja nicht." Kramer blieb stur, seine Miene undurchsichtig. Hielt er das wirklich für möglich? Wahrscheinlicher war, dass er seinem Vorgesetzten eine Lektion erteilen wollte. Voreingenommenheit und wie sie das Urteilsvermögen beeinträchtigt.

„Wen soll er denn auf dem Kieker gehabt haben", sagte Stahnke, „doch höchstens diesen Rewert Hinrichs. Wie passt der denn in Ihr Gedankenkonstrukt? Ist die Post etwa auch gegen eine Zwangsarbeiter-Entschädigung? Soweit ich mich entsinne, war die Post bis vor kurzem staatlich, und der Staat zahlt doch." Zufrieden leerte er sein Glas. Da war nun doch wirklich ein Loch in Kramers Netz.

„Hinrichs ist Mitglied der NWG", sagte Kramer.

„Der was?", fragte Stahnke, aber seine Zufriedenheit schwand, noch während er redete. Klar, die NWG, die sogenannte Nationale Wähler-Gemeinschaft. Zimmermanns Haufen. Eine unbedeutende Gruppe noch viel unbedeutenderer Blindflieger, dermaßen uninteressant, dass Zimmermann sie allesamt mühelos überstrahlte. Wenn es um Rechtsaußen-Politik in der Stadt und im Landkreis ging, dann war immer nur von Zimmermann die Rede. Aber klar, im Stadtrat und im Kreistag saß er für die NWG, und das nicht alleine. Ärmchenheber. Ohne ein paar Nullen wurde eben keine Eins zur Million.

„Aber das müsste ich doch wissen", sagte Stahnke abwehrend. „Rewert Hinrichs ist schließlich nicht irgendwer, der passt doch überhaupt nicht rein in diesen Zimmermann-Wahlverein. Außerdem hätten die hohlköpfigen Heinis von der NWG doch längst jede Menge Wirbel gemacht, wenn der wirklich da eingetreten wäre."

„Das kommt noch", sagte Kramer. „Sie heben sich Hinrichs noch auf. Außerdem möchte der im Augenblick noch nicht an die Polit-Front, aus beruflichen Gründen." Und, auf Stahnkes fragenden Blick hin: „Das weiß ich von meinem Schwager. Der ist Mitglied in der NWG."

„Oh", sagte Stahnke, „pardon, ich wollte nicht . . ."

„Keine Ursache", sagte Kramer und nippte an seinem Mineralwasser. „Sie haben völlig recht. Er ist ein Hohlkopf."

„Darf es hier noch etwas sein?" Insa, Stahnkes Lieblingskellnerin, hatte sich an ihrem Tisch aufgebaut, hochgewachsen und breitbeinig wie eine Matrosin, das leere runde Tablett flach an Bauch und Unterleib gepresst wie einen Rettungsring. Langsam und genüsslich ließ er seinen Blick an ihr hinauf wandern, über den schlanken Leib, die breiten Schultern und den langen, elegant geschwungenen Hals, bis er in ihr warmes Lächeln tauchte. Einen Moment nur, gerade so lange, dass ein bisschen von dieser Wärme auf ihn übersprang und seinen eigenen Körper durchströmte. „Noch eins, bitte", sagte er dann und reichte ihr sein leeres Henkelglas, während Kramer knapp und sparsam den Kopf schüttelte. Insa nahm das Glas, nickte und trug ihr Lächeln einen Tisch weiter.

„Also gut", sagte Stahnke, „das wäre dann drei A. Aber wir haben auch noch drei B. Politische Motive, aber anders herum. Zimmermann und seine Helfershelfer."

„Wo wäre da das Motiv im Fall Krüger?"

„Wir müssen eben in alle Richtungen ermitteln", sagte Stahnke. Eine etwas schwache Retourkutsche, aber immerhin.

Kramer ließ sich nichts anmerken. „Und bei Hinrichs?"

„In diesem Fall wäre Hinrichs nicht das Ziel gewesen", sagte Stahnke. „Ich stelle mir das als reinen Terrorakt vor, ohne konkrete Zielperson. Ein Alleingang eines Helfers, der Blut geleckt hat."

„Janssen?", fragte Kramer. Sein Vorgesetzter nickte.

„Und wie passt der Mord an Alfred von Böden in diese Theorie?"

„Gar nicht", sagte Stahnke. „Der wäre dann kein Mord, sondern ein reiner Unglücksfall. Bis jetzt ist er ja auch noch nichts anderes. Außerdem gibt es noch ein Detail, das ganz massiv dafür spricht, dass es nichts anderes war als ein Unfall."

„Und das wäre?"

„Die Gedichte." Stahnke lehnte sich zurück, bis die unbequeme Lehne des Kaffeehausstuhls unter seinem Gewicht bedenklich zu knacken begann. „Es waren zwei bisher, nicht drei. Und der Zusammenhang ist eindeutig. Das habe ich nämlich inzwischen geklärt."

Kramer schaute gespannt. Ist auch das mindeste, was man von ihm erwarten kann, dachte Stahnke. „Es handelt sich um sogenannte Haiku", erläuterte er. „Gedichte nach japanischem Vorbild. Ohne Reim, aber nach strengen Vorgaben gebaut. Fünf Silben in der ersten Zeile, sieben in der zweiten, in der dritten wieder fünf. Von den Senryu, die ansonsten genauso aufgebaut sind, unterscheiden sich die Haiku dadurch, dass sie immer die Natur zum Thema haben, das verlangt die Tradition. Bilder aus der Natur haben wir hier auch. Dahinter verbergen sich Hinweise auf die Taten, verschlüsselt natürlich, aber doch so, dass kein Irrtum möglich ist. Jedenfalls nicht nach dem zweiten Text."

„Irgendwelche Hinweise auf den Verfasser?"

Stahnke schüttelte den Kopf. „Handelsübliches Computerpapier, Standardschrift, Tintenstrahl-Drucker, keine Fingerabdrücke. Nichts direkt Verwertbares. Trotzdem wird der Kreis der in Frage Kommenden eingegrenzt. Wer Haiku kennt und selber welche verfasst, muss schon etwas mehr können als nur lesen und schreiben."

„Das trifft auf Zimmermann ebenso zu wie auf Levy", sagte Kramer. „Der eine ist studiert, der andere sehr belesen. Und auf Jan-Habbo Janssen trifft es nicht zu."

„Stimmt. Alleingang eines Helfers entfällt also." Stahnke fuhr sich mit der flachen Hand durch die Stoppeln auf seinem massigen Schädel, die sich unter seinen dicken Fingern federnd bogen wie Weizenhalme unter einer sommerlichen Böe. „Was haben wir also: Levy, Zimmermann - oder ein Verrückter. Stimmt's?"

„Sieht so aus", bestätigte Kramer.

„Sieht nicht gut aus", sagte Stahnke.

Insa stellte das frische Bier vor ihm auf den Tisch. Offenbar hatte sie seine Worte nicht gehört. Oder jedenfalls nicht auf das Bier oder gar auf sich bezogen.

Kramer schaute zur Uhr: „Wenn sonst nichts mehr ist . . ."

Stahnke lachte auf. „Nein, sonst nichts, weiß Gott." Höflich stand er auf, reichte seinem Kollegen zum Abschied die Hand: „Vielen Dank auch."

„Nichts zu danken." Ein ganz, ganz leichtes Lächeln nahm Kramers hagerem Gesicht die Strenge, als er sagte: „Vermutlich telefonieren wir ja morgen."

„Vermutlich. Ja", sagte Stahnke. Er saß bereits wieder, als ihm einfiel, dass morgen ja Sonntag war. Und Kramer verheiratet, im Gegensatz zu ihm.

„Ist hier noch frei?"

Langsam ließ Stahnke seinen Blick an der jungen Frau hinauf wandern, die sich neben seinem Tisch aufgebaut hatte. Es war nicht Insa, sie war nicht so hochgewachsen und nicht ganz so schlank. Sie trug auch kein Tablett in ihren Händen, die sie am Hosenbund übereinander gelegt hatte, was ihren Busen außerordentlich gut zur Geltung brachte. Und ihr Lächeln war noch wärmer als Insas.

Stahnke tauchte hinein. „Klar", sagte er. Sina nahm Platz.

Ihre Nähe irritierte ihn. Selbstverständlichkeit im Umgang mit Frauen war ihm einfach nicht gegeben. Mit Kolleginnen, ja, das war etwas anderes. Oder mit anderen Funktionsträgerinnen. Das Verhältnis musste definiert sein, dann war alles in Ordnung. Dafür gab es Lochraster, die zu rotieren begannen, sobald sich eine Frau ihm näherte. Staatsanwältin, Verkäuferin, Angeklagte. Sina war für ihn bisher die Freundin eines Bekannten gewesen, und Schluss. In dieses Raster aber passte sie nicht mehr, das war ihm neulich schon aufgefallen. Jetzt war sie einfach nur eine Frau, undefiniert, freilaufend. Sein Blick begann unsicher zu schweifen, und er griff Hilfe suchend nach seinem Bierglas.

Ein langer, schlaksiger junger Mann schob sich auf der Suche nach einem freien Platz an ihrem Tischchen vorbei, erkannte Sina und grüßte. Sie drehte sich halb auf ihrem Stuhl zu ihm herum, um ein paar Worte mit ihm zu wechseln. Das verschaffte Stahnke einige Sekunden Zeit, sich zu sammeln, wofür er dankbar war, ebenso wie dafür, dass der ursprünglich freie dritte Stuhl längst in eine der benachbarten Tischrunden gewandert war. Als Sina sich ihm wieder zuwandte, fühlte er sich etwas besser gewappnet.

„Ich saß gerade da hinten mit ein paar Läufern zusammen", sagte sie und deutete mit der Hand unbestimmt in das Gewimmel rund um die Theke. „Und da kam die Frage auf, ob denn Dienstag überhaupt gelaufen wird." Stahnke sah zwei große, goldbraune Augen auf sich gerichtet, und als ihre Blicke sich kreuzten, glaubte er ein elektrisches Brummen zu hören wie von zwei Laserschwertern, die im Duell aneinander schrammten. Er schalt sich albern, aber trotzdem wurde ihm heiß.

Dann fiel ihm auf, dass Sinas Blick ein erwartungsvoller war. Was hatte sie gleich gefragt? Richtig, der Lauf. „Ja, und wird denn nun gelaufen?", fragte er zurück.

Sina lachte ein ungläubiges Lachen. „Wollen Sie mich verkohlen? Das müssen Sie doch wohl entscheiden. Oder sonst jemand von der Polizei. Nach allem, was heute in der Zeitung stand."

Ach ja, die Zeitung. Nach dem zweiten Anschlag hatte man Marians Bericht, den er am Freitagnachmittag vor dem Rennen so eilig noch geschrieben hatte, natürlich gekippt, und weil der langlaufende Reporter auf Grund seiner Verletzung für Aktualisierungen nicht zur Verfügung stand, hatte sich ein Kollege des Themas angenommen. Einen üblen Boulevard-Reißer hatte der daraus gemacht, fand Stahnke; bei dem Stoff aber war das wohl kein Wunder. Jedenfalls kam für diesen Redakteur nur ein Tätertyp in Frage: der verrückte Serien-Killer.

„Wenn wir die nächste Etappe wirklich laufen, befinden wir uns doch praktisch auf dem Präsentierteller", fuhr Sina fort. „Da hätte ich Schiss, ganz ehrlich. Es sei denn, Sie packen den Täter vor Dienstagabend neunzehn Uhr."

„Bisher war noch keine Frau unter den Opfern", sagte Stahnke, um irgend etwas zu sagen. Natürlich konnte der Lauf unter diesen Umständen nicht weiter stattfinden, das war klar, darüber hatte er natürlich auch schon nachgedacht. Selbstverständlich konnte man unschuldige Menschen nicht einem solchen Risiko aussetzen. Aber irgend etwas an dieser Eindeutigkeit behagte ihm nicht, und deshalb hatte er auch noch keinen Beschluss in dieser Angelegenheit verkündet. Obwohl das doch eigentlich reine Formsache war.

Sina grinste frech. „Da wollen wir es doch mit der Gleichberechtigung mal nicht übertreiben", sagte sie. „Es reicht schließlich, wenn wir Frauen endlich die gut bezahlten Jobs bekommen. Soldaten und Mordopfer, da könnten die Männer von mir aus unter sich bleiben."

„Und wie ist das mit den Mördern?“ Stahnke nahm den Flachs-Faden auf.

„Na ja, ein bisschen können wir ja mithelfen. Alleine kommen Männer ja erfahrungsgemäß nicht klar.“

Ihr Gesicht leuchtet von innen, wenn sie herumalbert, und sie lacht mit dem ganzen Körper, dachte Stahnke. Was für ein Gegensatz zu Marian! Der war nett und anständig, sicher, aber auch spröde und irgendwie humorlos. Leicht zu verunsichern und schnell eingeschnappt. Sina dagegen - soviel ungesteuertes Selbstbewusstsein. War sie eigentlich schon immer so gewesen?

„Aber mal im Ernst.“ Sina beugte sich über den kleinen Tisch, kam ihm noch näher. „Ich glaube nicht, dass wir es hier mit einer Mörderin zu tun haben. Dafür sind die Taten zu inszeniert, zu exhibitionistisch. Frauen bringen ihre Opfer nicht so großspurig um die Ecke.“ Jetzt blitzte es wieder in ihren Augen: „Dafür effektiver. Frauen setzen ihre Kräfte ökonomischer ein. So ein Missgeschick wie mit der Bombe wäre einer Frau sicher nicht passiert.“

Stahnkes Lächeln fiel flau aus, unterlaufen von einer plötzlichen Erkenntnis. Jetzt verstand er sein eigenes Unbehagen, die Fortsetzung des Ossiloops betreffend. Das schien sich in seinem Gesicht widerzuspiegeln, denn auch Sinas Ausdruck änderte sich. Sie sah keineswegs beleidigt aus, sondern gespannt.

„Nach dem zweiten Mordanschlag kann der Ossiloop auf keinen Fall fortgesetzt werden“, sagte Stahnke. „Richtig?“

Sina nickte.

„Dem Täter muss das doch auch klar sein“, fuhr der Hauptkommissar fort. „Schließlich denkt er doch schon viel länger über sein Projekt nach als wir. Wenn er ein Serien-Killer ist, dann weiß er also, dass seine Serie enden muss, sowie sie als solche erkannt wird. Also nach dem zweiten Mal. Spätestens.“

Er dachte an das zerknüllte Gedicht in seiner Manteltasche und trank schnell einen Schluck Bier. Hätte er es gleich, schon nach dem ersten Mal wissen können? Müßig. Stahnke zerbiss einen Rülpser. „Serien-Killer mögen wahnsinnig sein, aber was die Planung ihrer Aktionen angeht, funktionieren sie gewöhnlich perfekt. Was also wird ein solcher Killer tun, wenn er merkt, dass er mit seiner Serie nicht weit kommen wird?“

Sina zuckte die Achseln. „Sich etwas anderes ausdenken?"

Stahnke nickte langsam. „Genau das glaube ich auch. Etwas anderes wird er sich suchen, etwas Stabileres, das man nicht einfach absetzen kann. Menschenmassen in Kaufhäusern zum Beispiel. Oder auf Bahnhöfen oder in Flughäfen."

„Gab es alles schon", sagte Sina.

„Stimmt. Ein Pro-Argument. Jeder irre Mörder will sein ganz individuelles Blutbad anrichten, darauf legen die Herrschaften größten Wert. Trotzdem, ich bleibe dabei: Der Ossiloop eignet sich nicht für so jemanden."

„Und trotzdem hat es so einer versucht", widersprach Sina.

„Genau das sollen wir glauben", sagte Stahnke.

Sina runzelte die Stirn. „Was glauben - dass der Mörder irre ist?"

„Dass wir es mit einem Serien-Killer zu tun haben, ja. Dem wir die Basis nehmen müssen, indem wir die weiteren Etappen absagen. Kein Ossiloop mehr, also auch keine weiteren Anschläge, ganz einfach. Die Morde hören auf, das Gefühl der Bedrohung lässt langsam nach, der Mörder gerät mit der Zeit in Vergessenheit."

„Und wird vor allem nie gefunden." Sina klang nachdenklich. Ob sie ihm schon draufgekommen war? Sie war clever, keine Frage. Hübsch und clever.

„Die Gefahr besteht", sagte er. „Wenn der Mörder so denkt, wie ich glaube, dann hat er von vornherein nur zwei Morde vorgehabt. Genug, um alle Welt an eine Serie glauben zu lassen. Danach sollte Schluss sein. Ossiloop beendet, Serien-Killer arbeitslos. Vorhang."

„Wenn aber nun die dritte Etappe wider Erwarten doch stattfindet, muss er sich etwas einfallen lassen", sagte Sina. „Dann muss er improvisieren, um den Schein zu wahren. Und dann. . ."

„Du hast es erfasst", sagte Stahnke.

„Das ist verrückt", sagte Sina. Aber ihr Kopfschütteln fiel halbherzig aus. „Wer würde sich denn dazu hergeben, den Köder zu spielen?"

„Das genau ist die Frage", sagte Stahnke. Sein Blick, der auf ihrem Gesicht ruhte, war ruhig und fest. Genau definiert.

„Du spinnst", sagte sie. Dann stemmte sie den rechten Ellbogen auf die Tischplatte, schmiegte ihre Wange in die hohle Hand und ergänzte: „Außerdem hast du mich geduzt."

Ein Prickeln durchfuhr seinen Körper. Da stand er nun mitten auf dem Eis, mit glühenden Schuhen. Zurück? „Unter Verschwörern“, sagte er stattdessen.

„Verschwörer?“ Sie lächelte spöttisch, ohne ihre Haltung zu ändern. „Was hast du denn vor?“

Es trägt, dachte er. Unglaublich. Er spürte, wie sein Begehren wuchs, ein Begehren, das über das Körperliche hinausging, ohne es auszusparen. Auch das war eine Definition. Er spürte eine neue, bisher unbekannte Ruhe. Die Ruhe vor dem Tanz.

„Pass auf“, sagte er und beugte sich ebenfalls weit über den Tisch.

22.

Marian beugte sich über das Waschbecken und betrachtete seine Stirnwunde im Spiegel. Der blassrunde Jodfleck war viel größer als die Wunde selbst, und die losen Enden des Garns, die seitlich neben den drei Stichen und über einem dicken Knoten hervorzipfelten, sahen weit bedrohlicher aus als der zusammengezogene Riss in der Haut.

„Pflaster drauf, und du bist wieder reisefertig, mien Jung", rief Levy vom Fenster her. Er hatte beide Flügel aufgerissen, dass sich die Gardinen im Wind bauschten, und empfing die sommerlich duftende Luft buchstäblich mit offenen Armen. „Nu guck dir dieses Wetterchen an! Da müssen wir doch raus, da können wir doch nicht in dieser muffigen Bude sitzen und in der Nase popeln!"

„Sonntags wird hier leider keiner entlassen", sagte Marian. „In keinem Krankenhaus der Welt, schätze ich. Werden uns wohl noch ein bisschen gedulden müssen." Richtig bedauern konnte er das nicht, so sehr das sonnige Wetter auch lockte. Heute hätte er Sonntagsdienst in der Redaktion gehabt.

„Ach was, Tüünkram", erwiderte Levy. „Wenn wir weg wollen - wer will uns denn aufhalten? Riegel kann ich hier keine entdeken", er lachte, „Wachposten zwar schon, aber die sehen mir unbewaffnet aus und nicht sehr gewalttätig. Also, was ist?"

Warum nicht, dachte Marian. Ein bisschen ziviler Ungehorsam hin und wieder konnte nicht schaden. Man ließ sich ohnehin viel zu viel gefallen, machte zu viele Dinge so, wie man es gesagt bekam, ohne darüber nachzudenken, ob man das auch so wollte. Der alte Levy auch, damals, als er keine Wahl hatte. Aber er hat seine Lehren daraus gezogen.

„Lassen Sie uns das Mittagessen noch abwarten", sagte er.

Levy lachte wieder. „Gesunde Einstellung. Also gut, erst noch Essen fassen und dann ab dafür."

„Kriegen Sie hier eigentlich - äh, besonderes Essen?" Marian hätte sich auf die Zunge beißen können. Der Alte verhielt sich so normal, so alltäglich im besten Sinne ihm gegenüber. Warum konnte er das nicht? Wo dauernd Unterschiede thematisiert wurden, da herrschte auch keine Gleichheit. Jedenfalls keine wirkliche.

„Koscher meinst du?“ Levy schien kein Problem damit zu haben. „Wir haben nie koscher gegessen. Ich bin auch nie in eine Synagoge gegangen, jedenfalls nicht, solange es nicht verboten war. Danach schon, hin und wieder, bis es keine mehr gab.“

Er setzte sich in den bequemeren der beiden Besucherstühle und streckte die Beine von sich. Marian nahm schräg gegenüber auf der Kante seines Bettes Platz.

„In diese Essensregeln ist ja viel hineingeheimnist worden“, fuhr Levy fort. „Milchiges nicht mit Fleischigem zusammenbringen, getrennte Töpfe und getrenntes Geschirr benutzen, keine Krusten- und Schalentiere essen und so weiter. Hatte ja ursprünglich wohl mal einen hygienischen Sinn, damals, als unsere Vorfahren noch im heißen Palästina lebten. Ohne Kühlschrank! Später hat man diese Regeln mehr aus disziplinarischen Gründen beibehalten. Hat mir ein alter Nachbar erzählt. Regeln einhalten um der Regeln willen, um den Geist und die eigene Aufmerksamkeit zu schulen. Permanentes Training. Tja, wir Juden sind ein sehr leistungsorientiertes Völkchen. Eine Familie lässt erst dann einen Sohn auf Rabbi studieren, wenn sie genügend tüchtige Kaufleute hervorgebracht hat. Ach ja, die geistigen Werte halten wir hoch, aber essen müssen wir auch, nicht wahr? Und zwar gut, bittescheen!“ Bei den letzten Worten war er in eine Art Singsang gefallen, der Marian stark an die Hakennasenträger in Nazifilmen erinnerte.

„Das Problem ist ja“, sagte Levy, nun wieder in normalem Tonfall, „dass die Menschen vor allem, was sie nicht kennen und verstehen, Angst haben. Und die Leute hierzulande kennen und verstehen ja nun manches nicht. Da wird aus einer disziplinierenden Speise-Regel schnell eine Blutsuppe aus Christenkindern. Etwas verkürzt gesprochen.“ Er breitete die Arme aus: „Und wenn du dich an diese Regeln noch nicht einmal hältst, nützt dir das im Zweifelsfall auch nichts mehr. Der Nachbar kommt rüber und haut dir den Vater mit dem Knüppel tot. Erzähl mir nichts über Menschen.“

Er leidet, dachte Marian, er leidet immer noch. So hart, wie er tut, ist er anscheinend nicht geworden, trotz allem. Zäh, ja, das ist er. Aber wie hart ist er wirklich?

„Ich habe viel über Krüger nachgedacht“, sagte Levy. „In den letzten Tagen besonders, aber auch früher schon. Den Wendelin meine ich. Er ist seinem Vater mit den Jahren sehr ähnlich geworden. Nicht nur äußerlich. Ein Scheuklappen-Mensch."

Marian lachte. „Ein anderes Wort für Beschränkter!"

„In gewisser Weise ja. Wer Scheuklappen trägt wie ein Pferd auf der Rennbahn, der kann sich ganz und gar auf eine Sache konzentrieren und alles ausblenden, was rechts und links davon liegt. Der weicht keinen Fingerbreit von seinem Weg ab. Das sind die Leute, die Erfolg haben. Die Karriere machen. Die reich werden."

„Da könnte etwas dran sein", sagte Marian. Die Gradlinigkeit, diese Eingleisigkeit hatte er selber nicht. Immer wieder ließ er sich ablenken, immer wieder kam ihm etwas anderes interessanter vor als das, woran er gerade arbeitete, bei seinen vielen ungepflegten Hobbys ebenso wie im Beruf. „Deswegen habe ich auch nie Karriere gemacht."

„Spricht für dich, mien Jung", sagte Levy. Danach schwiegen sie eine Weile. In den Büschen vor dem Fenster hüpften Vögel herum, und ihr Gesang füllte das Zimmer.

Dann fragte Levy: „Du interessierst dich für die Nazi-Zeit, oder?"

„Ja", antwortete Marian. „Man muss das einfach wissen, was damals abgelaufen ist. Jeder muss das wissen, oder wir werden es wieder erleben."

„Einen neuen Hitler? Glaubst du das?"

„Sicher, Hitler wird er nicht heißen", sagte Marian. „Aber was heißt das schon?"

„Ha!" Levys Zeigefinger schoss vor. „Das kenne ich, das ist von Erich Fried. Erwischt!"

Marian lachte: „Na und? Besser gut geklaut als schlecht gedichtet."

„Wenn du mal etwas lesen willst über diese Zeit, das weder geklaut noch gedichtet ist, dann könnte ich dir mal was leihen." Er stand auf, ging zu seiner Reisetasche, die fertig gepackt am Fußende seines Bettes stand, zog ein Buch heraus und reichte es Marian. „Das habe ich mir zusammen mit meinen Klamotten von zu Hause holen lassen."

„WinterZeit" lautete der Titel. „Von Walter Stanoski Winter", murmelte Marian, „ist das nicht . . ."

„Der Zigeuner aus Wittmund." Levy nickte. „Fast mein Jahrgang. Und auch sonst ganz ähnlich. Einer von denen, die nicht totzukriegen sind. Wie ich. Wenn du's lesen willst, bitte."

„Klar", sagte Marian. „Wenn Sie es schon durchgelesen haben, gerne."

„Noch nicht ganz", sagte Levy, „aber bis zum Anhang bin ich schon vorgedrungen. Außerdem muss ich sowieso jedes Mal größere Pausen machen, wenn ich etwas lese aus der Zeit. Nimm es ruhig mit. Lass nur das Lesezeichen stecken."

Ein Zettel schaute ziemlich weit zwischen den Seiten hervor, fast ganz hinten im Buch. Marian blätterte den Band an der betreffenden Stelle auf, um das Lesezeichen fester zwischen die Seiten zu stecken. Was war das für ein Stück Papier, eine Quittung? Jedenfalls nichts Persönliches.

„Mach ich", sagte Marian und klappte das Buch zu.

23.

„Das kann nicht Ihr Ernst sein", sagte Heinz Hesse. Er stemmte die muskulösen Arme in die Seiten und funkelte sein Gegenüber vorwurfsvoll an. „Sie wollen mich verscheißern, oder?"

Stahnke gab keine Antwort. Er wünschte, er hätte eine gehabt.

„Das ist unsere einzige Chance", sagte Sina an seiner Stelle. „Wenn wir das tun, was er erwartet, hat er sein Ziel erreicht. Vor allem wird er dann vermutlich niemals gefasst. Und wer weiß, ob wir dann jemals wieder den Ossiloop machen können."

Heinz Hesse, ein Riese in Stahnkes Alter, hatte den Körper eines Kugelstoßers, gekrönt von einer bräunlich glänzenden Kugel, die in einen weißen Haarkranz gebettet war wie in ein Nest. Die Fortsetzung dieses weißen, wolligen Kranzes umrahmte das wuchtige Kinn, das einen angemessenen Widerpart bildete zu einer hochrückigen, griechisch profilierten Nase. Ein markantes Gesicht, momentan vollkommen beherrscht von einem dunklen Augenpaar, das aus tiefen Höhlen drohend funkelte.

Hesse galt als der Vater des Ossiloops. Von ihm stammte die Idee, einmal im Jahr ganz Ostfriesland zu durchqueren, statt immer wieder auf altbekannten Strecken gleichförmige Runden zu drehen. Zwanzig Jahre mochte es her sein, dass er einen Trupp von damals einundvierzig Gleichgesinnten von Leer nach Bensersiel gelotst hatte, auf einem improvisierten Kurs von Leer über die Dörfer Holtland, Bagband und Holtrop, durch die Stadt Aurich, wo die Läufer hinter einem Puff sonnenbadende Huren aus der verdienten Pause hochgeschreckt hatten, über Plaggenburg und Dunum bis nach Bensersiel, wo der Endspurt auf dem Nordseedeich ausgetragen wurde. Eine gewagte Idee, die sich als Volltreffer entpuppt und seither prächtig entwickelt hatte.

Eigentlich, überlegte Stahnke, eigentlich war ja Hesse das Opfer des Ossiloop-Attentäters. Die Anschläge auf diese Traditions-Veranstaltung trafen deren Gründer, der sie bis zum heutigen Tag organisierte und sich vollständig mit ihr identifizierte, vielleicht am härtesten. Ob man wohl auch untersuchen musste, was dieser Hesse für Feinde hatte? Schließlich sollte ja in alle Richtungen ermittelt werden. Wieder so ein Gedanke, den er niemandem erzählen durfte. Dabei fand er den Vergleich zwischen dem Mord an einem realen Menschen und dem an einem geistigen Kind gar nicht so absurd.

„Was Sie da vorschlagen, ist einfach unverantwortlich", sagte Hesse. Aber er sagte es nachdenklich, nicht so wütend, wie es sein Gesichtsausdruck angekündigt hatte. „Wenn wir die dritte Etappe starten, setzen wir völlig unbeteiligte Menschen einem unkalkulierbaren Risiko aus. Außerdem glaube ich nicht, dass überhaupt jemand kommen würde. Nicht nach dem, was gestern in der Zeitung gestanden hat."

„Ganz recht", schaltete sich Stahnke ein. „Wir können davon ausgehen, dass alle gewarnt sind. Die Ossiloop-Etappe Nummer drei findet also auf keinen Fall statt. Weil die Läufer nicht kommen."

„Allerdings", sagte Hesse. „Also . . ."

„Also tun wir so als ob", sagte Stahnke.

Hesses misstrauischer Blick zuckten von Stahnke zu Sina und zurück. „Es ist Sonntagnachmittag", sagte der große Mann langsam. „Ich bin gut ausgeruht und aufnahmefähig. Wenn es also etwas zu begreifen gibt an dem, was Sie da erzählen, dann müsste ich es wohl auch begreifen können. Vorausgesetzt, Sie erklären es mir."

„Gern." Stahnke beugte sich vor.

24.

So ein halbleerer Aldi am späten Vormittag war doch ein echtes Erlebnis, überlegte Marian, während er zwischen den Regalen entlang schlenderte und dabei einen holpernden Einkaufswagen vor sich herschob. Gewöhnlich erledigte er seine Einkäufe in der Mittagspause oder kurz vor Feierabend, und dann sah es hier anders aus. Oder an Sonnabenden. Alle Supermärkte in der Stadt quollen an Sonnabenden über vor Menschen, Menschen in Massen, von denen man kaum sagen konnte, wo sie eigentlich herkamen. Wie viele Leeraner gab es überhaupt, so dreißig-, fünfunddreißigtausend vielleicht? Das reichte nicht, nie und nimmer. An Sonnabenden bekamen die bestimmt Verstärkung. Aus den Dörfern des gesamten Landkreises, da lebten schließlich noch dreimal so viele Menschen. Eine stattliche Reserve für die Einkaufswagen-Stampede.

Marian musste an seinen letzten Großeinkauf denken, und dabei fiel ihm etwas auf. Dass er nämlich damals den vollgepackten Einkaufswagen, der ein ähnlich eigensinnig rotierendes rechtes Vorderrad gehabt hatte wie dieser hier, zwischen Schneehaufen hindurch und über Eisplacken hinweg hatte lavieren müssen. Jetzt war Mai.

Marian musste sich korrigieren. Keineswegs erledigte er seine Einkäufe gewöhnlich mittags oder kurz vor Feierabend oder an Sonnabenden. Gewöhnlich erledigte die nämlich Sina. Tja, schleichender Rückfall in klassische Rollenmuster. Was waren schon gute Vorsätze gegen die eigene, fest verwurzelte Bequemlichkeit?

Er stoppte beim Rotwein und griff nach dem Bordeaux. Zangengriff, immer zwei Flaschenhälse pro Hand. Eigentlich hatte er nur eine kaufen wollen. Man sollte eben nicht hungrig zu den Lebensmittelregalen gehen und nicht frustriert zum Wein.

Sie würden sich trennen, trennen müssen, das war ihm inzwischen klar. Ohne dass er inzwischen mit Sina gesprochen hätte. Heute früh, nachdem ihn das Krankenhaus endlich aus seinen Stempel-Klauen entlassen hatte, war sie nicht zu Hause gewesen. Kein Wunder, das Semester lief, Sina hatte Vorlesung und war in Oldenburg. Das hatte er gewusst und sich trotzdem über ihren Mangel an Aufmerksamkeit geärgert. Ziemlich schnell aber war ihm bewusst geworden, dass er dazu kein Recht mehr hatte. Dass er das nie gehabt hatte, weil es diese kindische Karikatur eines Rechts einfach nicht gab.

Natürlich war er nicht schon am Sonntagnachmittag nach Hause gegangen. Nach dem Essen war ihm keine passende Ausrede eingefallen, daher hatte er sich einfach schlafend gestellt. Keine gute Idee. Levy hatte gelacht und ihm zugerufen: „Besuch' mich mal da draußen!", ehe er das Krankenhaus tatsächlich verlassen hatte, unbeachtet und ungehindert von Schwestern, Besuchern und Portier. Marian hatte sich mies gefühlt, wie er da lag, das Gesicht ins Kissen gepresst und den Tränen nahe. Aber was hätte er denn sagen sollen? Dass er zuviel Angst hatte vor der Begegnung, vor dem Gespräch mit Sina?

Ja, vielleicht hätte er genau das sagen sollen. Levy hätte das vielleicht verstanden.

Wein. Ohne groß nachzudenken, hatte er noch eingeschweißten Gouda und drei Dosen Hering in Tomatensoße dazu gepackt. So ein Blödsinn - wollte er denn etwa wieder so anfangen wie früher, sich den mühsam abgehungerten und abtrainierten Speck in nächtlichen Sitzungen vor dem Fernseher wieder anfuttern? Wein steigerte seinen Appetit regelmäßig ins Unermessliche, das wusste er genau. Na gut, eine Ausnahme heute Abend. Es gab schließlich einen Anlass. Als kleinen Ausgleich ignorierte er die Regale mit Wurst und Speck und nahm sich statt dessen ein Paket Schwarzbrot.

Eine Horde Punker drängte sich an ihm vorbei, drei oder vier stachelhaarige, lederjackige Jungen mit weit ausschwingenden Armen und scheckigen, eng anliegenden dunklen Jeans an den dürren Beinen, und etwa die gleiche Anzahl Mädchen in ähnlichem Outfit. Sie bewegten sich schleppend und schweigsam, Träger mit Dosenbier in den Händen, Richtung Süßwaren, nächster Gang gleich links. Mittagessen einkaufen.

Mittag. Was sollte er sich heute Mittag zu essen machen? Nudeln am besten, das gab einen schönen Schub an Kohlehydraten zum Verbrennen. Manche Langläufer feierten an den Abenden vor Wettkämpfen sogar regelrechte Nudel-Partys, um die Körper-Depots aufzufüllen. Ach, morgen wurde ja gar nicht gelaufen. Unter diesen Umständen bestimmt nicht. Möglicherweise konnte der Ossiloop in diesem Jahr überhaupt nicht zu Ende geführt werden. Trotzdem packte er Spaghetti in seinen

Wagen und nahm Kurs auf die Dosentomaten. Soweit er sich erinnerte, standen die hinter den Aktionsplätzen, gleich neben dem Hundefutter. Bäh.

Salat dazu? Er stoppte ab, kurvte wieder zurück, an den Cornflakes vorbei zum Gemüse. Heute konnte er sich solchen Luxus leisten, heute war Platz im Laden, heute hatte er Zeit, dem Attentäter sei Dank. Die Salatköpfe waren dunkelgrün und makellos, aber die Blätter sahen irgendwie ledrig aus. Vielleicht doch besser nicht. Er nahm ein paar Tomaten und eine Salatgurke, die in ganzer Länge in Folie eingeschweißt war. Egal, mit Essig und Öl würde das schon gehen.

Früher hatte er bei Aldi vor allem Fertiggerichte gekauft. Serbischer Bohneneintopf, Hühnersuppe, Bami Goreng, alles konkurrenzlos billig. Mit der Zeit aber war er die penetranten Geschmacksverstärker und das grundsätzlich zu hoch dosierte Salz leid geworden. Na ja, und mit Sina hatte ja ohnehin eine ganz andere Koch- und Esskultur bei ihm Einzug gehalten. Eine, die diesen Namen verdiente.

Und jetzt? Die gemeinsame Wohnung würden sie aufgeben, das war klar. Sina konnte sie sich alleine nicht leisten, und er wollte sie nicht alleine. Vor dem Umzug graute ihm. In den letzten drei Jahren waren ihre Besitztümer zwar nicht miteinander verschmolzen, dazu hatten sie doch zuviel Wert auf Eigenständigkeit gelegt; aber es war doch eine Verzahnung eingetreten, die von den Küchenutensilien über Bettwäsche und Mobiliar bis hin zum Allerheiligsten reichte, zu den Büchern. Es würde nicht leicht werden, das rückgängig zu machen, und es würde weh tun. Sehr weh. Das tat es jetzt schon.

Eine Gruppe kleiner, dicker Türkinnen, die trotz der Wärme bodenlange Mäntel und warm aussehende Kopftücher trugen, versperrte ihm zwischen Konserven und Tiefkühltruhe den Weg. Die Frauen diskutierten erregt, wobei sie sich gegenseitig verschieden etikettierte Dosen unter die Nasen hielten. Vermutlich ging es um die Qualität oder die Preise der Waren, möglicherweise aber auch um etwas vollkommen anderes, schließlich verstand Marian trotz zunehmender Lautstärke kein Wort, und gemessen am Engagement, mit dem das Gespräch geführt wurde, konnten durchaus auch die deutsche Asylpolitik, BSE oder „Vera am Mittag“ das Thema sein. Der völlige Mangel an mitteleuropäischer Zurückhaltung, den die Damen dabei an den Tag legten, beunruhigte Marian, was ihm ziemlich peinlich war, und da die kräftigen Gestalten von sich aus keine Anstalten machten, ihn vorbei zu lassen, wählte er vorsichtshalber den Umweg um die Truhe herum. Dabei stieß er auf die Gewürze. Richtig, Curry brauchte er noch.

Er schob seinen Wagen gerade an den Waschmittelregalen in der Nähe der Fensterfront entlang, immer darauf bedacht, dass das wie rasend um die eigene Achse tanzende Vorderrad das Gefährt nicht aus der Bahn warf und mitten hinein in die Henkelpakete lenkte, als ein großer Mercedes auf den Parkplatz gerauscht kam, anthrazit-metallic mit dunkel getönten Scheiben. Marian kannte sich mit Autotypen nicht gut aus, aber dass dieser Wagen aus einer der größten Baureihe überhaupt stammen musste, sah auch er. Typisch. Früher einmal war Aldi die Chance der kleinen Leute gewesen, für wenig Geld an brauchbare Nahrungsmittel zu kommen. Und kaum hatten die reichen Säcke das spitz, schon kamen sie daher und nahmen den Armen selbst dieses Privileg. Dass die sich nicht schämten! Aber genau das taten sie ja nicht, und deshalb waren sie wohl auch so reich.

Marian blieb am Fenster stehen. Sollte dieser reiche Protz doch ruhig sehen, dass er angeglotzt wurde. Vielleicht gab es ihm ja zu denken.

Die Wagentür schwang auf, der Fahrer stieg aus, und Marian duckte sich hinters Klopapier. Es war Zimmermann.

Marian hielt sich nicht für feige, nein, wirklich nicht, aber nach den Attacken, die er in den letzten Wochen im Regionalteil gegen den NWG-Chef geritten hatte, stand ihm der Sinn nicht unbedingt nach einer Konfrontation in der Öffentlichkeit. Zwar fehlte hier das Publikum, ohne das Zimmermann eigentlich nicht richtig in Fahrt zu kommen pflegte; Punks und Ausländer gehörten schließlich nicht gerade zu den Fans des Rechtaußen, und die Zahl der eindeutig identifizierbaren Rentner war zurzeit relativ gering. Aber wissen konnte man nie.

Zimmermann betrat den Laden, ohne nach rechts und links zu schauen, ignorierte die zusammengeschobenen Einkaufswagen, zwängte sich durchs Drehkreuz, marschierte schnurstracks auf die Getränke zu, schnappte sich eine Dose River-Cola, riss sie auf und trank. Marian musste sich das Lachen verbeißen. Was, wenn Zimmermann die Dose nun leer trank und sie wieder in den Karton zurück stellte, ohne sie zu bezahlen? Vielleicht könnte man daraus etwas machen. Rechts-Politiker und Ordnungs-Fanatiker beim Ladendiebstahl ertappt!

Aber dazu musste man ihn erst einmal ertappen. Und wie? Einen Fotoapparat hatte Marian wieder einmal nicht dabei, Verkäufer waren weit und breit nicht zu sehen, und ob sich hinter den gewölbten Spiegeln, die überall von der Decke hingen, tatsächlich Videokameras verbargen, bezweifelte er stark. Ach, die Sache war es wohl nicht wert. Aber irgendwie hatte der Gedanke doch etwas.

Wieder rempelte ihn jemand im Vorbeigehen an. Kein Innehalten, kein Wort der Entschuldigung - langsam wurde es Marian zu bunt, und er drehte sich um, wild entschlossen, diesmal keinen Umweg zu suchen, sondern die Konfrontation. Aber dann blieb er doch stumm. Diese lange, schwarz gekleidete Gestalt kam ihm nicht nur bedrohlich vor, sondern auch bekannt. Jan-Habbo Janssen. Verflixt, sollte dieser Menschentreter nicht hinter Gittern sitzen? Er hatte doch selbst gegen ihn ausgesagt. Statt dessen lief er hier herum.

Marian lief es kalt den Rücken herunter. Ob dieser Janssen wusste, wer der Tatzeuge war? Anscheinend nicht, sonst wäre der Bursche wohl nicht so achtlos an ihm vorbeigelaufen. Außerdem genoss er ja Vertrauensschutz. Aber verplappern konnte sich schließlich jeder einmal. Kramer? Nein, der wohl nicht. Aber Stahnke . . .

Er schaute Janssen nach, der gerade an Kartoffelbrei und Ketchup vorbeikam, die Türkinnen mit einem geringschätzigen Seitenblick bedachte und den kurzen Schenkel des L-förmigen Kühlregals erreichte, das sich über den größten Teil der hinteren Wand des Ladens erstreckte. Langsam ging Marian ihm nach, den Einkaufswagen wie einen Schild vor sich her schiebend. Aber schon bei den Konserven blieb er wie angewurzelt stehen. Was er da über die kleinen Türkinnen hinweg sah, war alles andere als ungewöhnlich. Trotzdem ließ ihm der Anblick das Blut in den Adern gefrieren.

Genau im Zentrum des von Tiefkühltruhe, Kühlregal und Süßigkeitenregal gebildeten Dreiecks befand sich eine Extra-Truhe für Eis. Dort stand Jan-Habbo Janssen, Seite an Seite mit einem fast ebenso groß gewachsenen, aber deutlich breiteren Herrn mit büffelbreitem Lockenkopf und grauem Maßanzug.

Schlagartig wurde Marian klar, dass dies kein zufälliges Zusammentreffen war. Janssen hatte ganz bewusst dort hinten gewartet, in der Nähe der Fensterfront, zwischen Klopapier und Hundefutter abgeschirmt und mit freiem Blick auf Parkplatz und Eingangsbereich. Einerseits erleichternd, dass er auf Zimmermann gewartet hatte und nicht auf ihn. Zimmermann aber war Janssens Anwalt, und er wusste bestimmt, wer gegen seinen Mandanten ausgesagt hatte. Ach du Scheiße.

Und jetzt? Hinter Marian befanden sich die Kassen, hinter den Kassen war der Ausgang. Aber vor den Kassen waren Schlangen, immer, ganz egal, wie wenig Kunden im Laden waren. Das war das eigentliche Ärgernis bei Aldi. Mit dem penetranten Karton-Geruch und dem eingeschränkten Angebot konnte er sich abfinden, aber dass nie, niemals genügend Kassen besetzt waren, um alle Kunden flott abzufertigen, selbst wenn es nur ein paar waren, das konnte einem schon auf die Nerven gehen. Dabei tippten die Aldi-Kassiererinnen schneller als die in jedem anderen Geschäft, aber gegen diese perfide Personalpolitik fochten ihre wirbelnden Finger einen aussichtslosen Kampf. Das und die Tatsache, dass niemals ein höher ausgestellter Scheck akzeptiert wurde, machte einem immer wieder klar, dass ein Aldi-Kunde eben doch nur ein Verbraucher zweiter Klasse war. Ob sich die Herren Geschäftsgründer damit selbst etwas beweisen wollten? Aber wahrscheinlich war es bloß der übliche Geiz des Arbeitgebers, der im Angestellten seinen übelsten Feind sieht und in jedem Lohnstreifen sein Todesurteil.

Todesurteil. Wieder schauderte es ihn. Im Angesicht eines Taekwon-Do-Kämpfers sollte er wirklich an etwas anderes denken.

Den Einkaufswagen stehen lassen? Nein, auch nicht gut. Der Raum zwischen den Kassen war extrem eng, da konnte er sich nicht einfach so vorbeidrängeln, auch nicht mit sieben Kilo weniger auf den Rippen, ohne die Wagen anderer Kunden vor- und zurückzuschieben, und das würde Aufsehen erregen. Genau das musste er vermeiden. Marian beschloss, zunächst einmal in Deckung zu bleiben.

Die beiden Männer an der Eistruhe unterhielten sich, ohne sich anzusehen, während sie zwischen den Eispackungen herumfingerten. Zimmermann hielt keine Coladose mehr in der Hand. Ha! Aber was war so ein kleiner Ladendiebstahl schon gegen die Begünstigung eines polizeilich Gesuchten? Das müsste man ihm nachweisen können, das würde ihn die Zulassung kosten. Warum bloß hatte er nie eine Kamera dabei, wenn er mal dringend eine brauchte.

Was die beiden wohl zu besprechen hatten? Und warum hielten sie ihre konspirativen Treffen nicht irgendwo im Wald ab oder einfach per Handy? Marian hatte schon länger den Verdacht gehegt, dass Zimmermann seine vielfältigen Informationsquellen dazu nutzte, den Neonazis Tipps für ihre Aktionen zu geben. Schließlich ging der Mann nicht nur bei Gericht, sondern auch im Rathaus und in der Kreisverwaltung ein und aus. Und wenn seine Kontakte zur Polizei wirklich so gut waren, wie er behauptete, dann konnte er einiges anrichten. Man musste sich ja nur anschauen, was er alles an die Presse gab. Kleinkriminelle, Drogenabhängige, Obdachlose, Sozialhilfeschwindler - Zimmermann stellte sie alle an den Pranger, solange es nur die Schwachen und Getretenen dieser Gesellschaft waren, diejenigen, die nicht zurücktreten konnten. Zimmermann suchte selten echte Gegner, er bevorzugte Opfer. Daran geilte er sich auf, da kam er in Fahrt, da rutschte ihm dann auch schon mal eine „Endlösung“ aus dem ewig produktiven Faxgerät. Kleine Schönheitsfehler, die manchen dazu brachten, sich öffentlich von Zimmermann zu distanzieren, um dann am Stammtisch trotzdem mitzujohlen.

Marians Wut wuchs, aber die Angst behielt die Oberhand. Was, wenn Zimmermann seinem Gehilfen gerade erzählte, wer ihn bei der Polizei verpfiffen hatte? Wenn Janssen ihn erkannte, ehe er durch die Kassen war? Gegen den hatte er keine Chance, das war ihm klar. Der konnte ihm mit einem Tritt das Rückgrat brechen und mit einem Schlag den Hals. Und was sollte ihn daran hindern. Ein Gewissen ja wohl nicht.

Am helllichten Tag, in aller Öffentlichkeit? Hm. Aber irgendwie fühlte er sich nicht in der Stimmung, es darauf ankommen zu lassen.

Andererseits: Wenn Zimmermann seinem Mandanten tatsächlich Infos über Zeugen zukommen lassen wollte, dann hätte er das ja schon längst tun können. Gelegenheit dazu hatte er bestimmt reichlich gehabt. Auch das war ein Gedanke, den weiter zu spinnen sich lohnen konnte. Wenn Jan-Habbo Janssen schon länger wusste, dass Marian der Mann war, der ihn ins Gefängnis bringen konnte, und zwar für länger als ein paar Monate, dann ... Marian glaubte wieder den eisenbeschlagenen Rammbock zu spüren.

Die diskutierenden Türkinnen hatten die Vehemenz ihrer Diskussion und die Lautstärke ihrer sprudelnden Wortkaskaden in der Zwischenzeit weiter gesteigert, und Marian wurde plötzlich bewusst, dass mittlerweile praktisch jeder im Laden auf die Gruppe starrte - und damit auch auf ihn, der sich zur Hälfte hinter den Frauen und zur anderen Hälfte hinter den Konserven in Deckung hielt. Wenigstens geriet der lamentierende Pulk jetzt in Bewegung, drängte sich an Chips und Salzstangen vorbei auf die Aktionsplätze zu, wo die Frauen die Zentralkreuzung der Ladengassen zu blockieren begannen.

Ein kleiner, schmächtiger Rentner in schwarzer Lederweste, brauner Cordhose und karierten Hausschuhen näherte sich vom Kühlregal her, im Wagen einen Träger Bier, eine Flasche giftgrün schimmernden Kruiden und ein Glas Rollmöpse, und begehrte Durchlass. Die Frauen ignorierten ihn ebenso wie zuvor Marian. Aber anders als der schien der alte Mann nicht bereit, einen Umweg in Kauf zu nehmen. Er packte die Lenkstange seines Einkaufswagens fester und stupste das Gefährt leicht ins nächstbeste ausladende, braun ummantelte Gesäß.

Er hätte auch eine Handgranate werfen können - die Wirkung wäre wohl ähnlich gewesen. Ohne weitere Umschweife legte die Frauengruppe ihre internen Meinungsverschiedenheiten bei, machte Front gegen den Aggressor und ging in die Offensive. Die Angestupste griff ins Gitterwerk des Wagens und rammte ihn dem Rentner in den Magen. Diejenigen, die nichts in den Händen hielten, blickten sich suchend um. Die anderen holten aus. Was sich jetzt entlud, musste lange und gründlich angestaut worden sein. Eine einzelne Ladenöffnungsspanne reichte dafür nicht aus.

Das werden sie doch nicht tun, dachte Marian. Das können sie doch nicht machen. Nicht mit Konservendosen. Aber die flogen bereits. Schlecht gezielt zwar, zum Glück für den Rentner, aber kraftvoll und daher weit. Eine fuhr krachend in einen Aktions-Stapel Kaffeemaschinen, eine andere knallte in die Speiseeis-Truhe.

Janssen machte einen Ausfallschritt zur Seite und ging federnd in die Knie, während Zimmermann zu brüllen begann:

„Was soll dieser Mist! Was wollt ihr überhaupt hier! Wer hat euch denn gerufen?“ Die Türkinnen schienen ihn genau zu verstehen - vielleicht aber veranlasste auch nur die Tatsache, dass Zimmermann bedrohlich näher kam, während er brüllte, Jan-Habbo als Saalschutz an seiner Seite, die Frauen dazu, nunmehr die beiden Männer als Hauptziel zu betrachten. Und zwei große Männer nebeneinander waren bedeutend leichter zu treffen als ein kleiner. Zimmermann bekam eine Dose Tomaten in den Bauch, Janssen eine mit gebackenen Bohnen an die Brust. Beide rissen die Arme hoch und traten den taktischen Rückzug hinter die Süßigkeiten an.

Dort allerdings standen immer noch die Punker, und die wussten spätestens seit Zimmermanns Rufen, mit wem sie es hier zu tun hatten. Vermutlich kannten sie die beiden ohnehin genau. Der Anzugträger und sein Glatzkopf sahen sich plötzlich von Stachelhaarigen umringt und bedrängt. Marian sah noch, wie Janssen erneut Kampfstellung einnahm, sich aber offenbar nicht loszuschlagen traute; dann tauchte er ab und lief zur Kasse, so schnell es sein bockender Einkaufswagen erlaubte.

Die Kassenschlangen hatten sich bereits aufgelöst, ihre Segmente kamen ihm als sensationslüsterne Gaffer entgegen. Nein - nicht alle schienen sich mit der Zuschauer-Rolle begnügen zu wollen. Von der Flanke her begannen plötzlich Eier zu fliegen, Sahnebecher sausten im Tiefflug heran, und eine Packung Würfelzucker platzte mitten in der Kombattanten-Gruppe wie eine Streubombe. Wer da für wen Partei ergriff, konnte Marian nicht erkennen. Dieser Tumult tobte jenseits jeglicher Zweckhaftigkeit.

Eine der beiden Kassiererinnen lief gerade zum Telefon, um die Polizei zu alarmieren; die andere ließ sich nach einigem Widerstand dazu bewegen, Marians Einkäufe einzutippen und zu kassieren. Sie waren ja wirklich enorm schnell, diese Aldi-Kassiererinnen. Marian atmete auf, als sein Wagen vom Parkplatz rollte. An der nächsten Kreuzung kam ihm ein Streifenwagen mit rotierendem Blaulicht entgegen. Höflich und korrekt ließ er ihn vor.

Im Logaer Weg fiel ihm ein, dass er seine eigene Zeitung noch gar nicht gelesen hatte. Zu Hause lag keine, anscheinend hatte Sina sie mit in die Uni genommen. Typisch. Er stoppte am nächsten Kiosk, kaufte sich ein Exemplar und schlug noch im Stehen die Regionalseite auf.

„Ossilooper laufen weiter", lautete die dicke Überschrift. Daneben ein Kommentar des Chefredakteurs: „Unverantwortlich". Mehrmals setzte Marian an, auch den Text zu lesen und zu begreifen, aber es wollte ihm nicht gelingen. Schließlich faltete er das Blatt zusammen.

Na gut, dachte er. Warum auch nicht. Manchmal muss man eben den direkten Weg nehmen.

Er ging zurück zum Auto und musterte seine Einkäufe durch die Heckscheibe. Gut, dass er die Nudeln doch mitgenommen hatte. Dann musste der Wein eben noch ein paar Tage warten.

Im reflektierenden Glas der Scheibe tauchte neben seinem eigenen Umriss plötzlich ein zweiter auf. Ein großer und dunkler. Marian fuhr herum und fand sich fast Nase an Nase mit Jan-Habbo Janssen wieder.

Ein Zeigefinger traf sein Brustbein. Es musste ein Zeigefinger sein, denn er befand sich an der entsprechenden Stelle von Janssens Hand. Aber so, wie er sich anfühlte, hätte es auch ein Bolzen aus Stahl sein können.

„Du bist totes Fleisch", sagte Janssen. Dann drehte er sich um und ging davon, ruhig und gemessen wie ein Spaziergänger. Marian starrte ihm nach. Erst, als die schwarze Gestalt in einer Seitenstraße verschwunden war, begann die Lähmung zu weichen.

25.

Wolltest du um diese Zeit nicht in der Uni sein?", fragte Stahnke. Seine Armbanduhr zeigte halb zwei; vor sieben Uhr abends hatte er nicht mit Sina gerechnet.

„Stimmt", sagte sie. „Aber irgendwie habe ich heute keinen Kopf für eine Vorlesung über die ‚Morphologie der Metapher'. Von dem, was heute Vormittag war, habe ich auch praktisch nichts behalten. Da kann ich genauso gut den ganzen Kram später nachlesen." Später, wenn dies alles vorbei war. Wann immer das sein würde. „Außerdem musst du mir noch einiges erklären."

„Das hatte ich sowieso vor", sagte Stahnke. Er schob die Papiere, die seine gesamte Schreibunterlage bedeckten und schon über deren Ränder fluteten, mit beiden Händen zusammen, häufte sie in eine Umlaufmappe und schloss sie nachdrücklich. Die misshandelten Unterlagen protestierten knisternd.

„Dann lass uns ein paar Schritte laufen", schlug Sina vor. „Oder hast du deine Mittagspause schon hinter dir?"

„Könntest du mir dieses Fremdwort mal übersetzen?" Stahnke erhob sich ächzend. „Guter Vorschlag. Kann nicht schaden, endlich einmal wieder aus diesem Gebäude heraus zu kommen. Könnte allerdings sein, dass ich einen Kulturschock erleide da draußen. Mal gespannt, ob die Autos immer noch Räder haben."

„Gib nicht so an." Sina lachte. Unter Stress schien dieser Stahnke richtig aufzuleben. Ihr selbst ging das ganz ähnlich, sie konnte am besten arbeiten, wenn sie unter Druck stand. Marian dagegen . . . ach was, Schluss mit diesen Marian-Vergleichen.

Draußen brannte die Sonne, als sei bereits der Hochsommer ausgebrochen. Die Geschäftsleute beeilten sich, Ständer mit kurzen Hosen und dünnen Fähnchen vor die Ladentüren zu zerren, Softeismaschinen zu entstauben und Plakate aufzuhängen, die für Klimaanlagen warben. Eine durchaus angebrachte Hektik, denn schon oft hatte sich in Ostfriesland solch ein vielversprechender Frühling als der ganze vorweggenommene Sommer entpuppt, dem dann ein Herbst folgte, der sich ohne nennenswerte Temperaturschwankungen bis nach Weihnachten hinzog. Was man heute verkaufen konnte, das musste demzufolge auch heute raus, koste es, was es wolle. Entsprechend raubeinig fiel die Werbung aus. Sina schauderte es.

„Ist dir etwa kalt?", fragte Stahnke. Es klang richtig besorgt.

„Wieso? Willst du mir vielleicht deinen Mantel anbieten?" Tatsächlich trug Stahnke seinen Trenchcoat - zwar zusammengeknüllt über dem Arm, aber auch das war schon absurd genug.

„Wenn's Not tut."

„Danke, den heb' mal auf für die nächste Altkleidersammlung."

„Von wegen. Uns zwei bringt so leicht nichts auseinander."

Sina fixierte Stahnke aus den Augenwinkeln. Sein Schmunzeln war unübersehbar, aber sie war sich trotzdem nicht sicher, was das nun hatte heißen sollen.

Nach wenigen Schritten hatten sie die Hafenpromenade erreicht. Der nördliche Teil des Hafenbeckens glitzerte einladend in der Sonne, seitlich begrenzt von der Halbinsel Nesse, durch die niedrige Rathausbrücke abgetrennt vom geschäftigen Teil des Handelshafens. Ein paar Ruderboote krebsten mit unruhig zappelnden Riemen über die glatte Wasseroberfläche, ein paar Yachten sammelten am Steg neue Kraft für die Törns der bevorstehenden Saison. Ein maritimes Idyll, auf das sich die Stadt getrost etwas einbilden durfte.

Seite an Seite schlenderten sie am Bootshaus des Rudervereins vorbei, die Hände in den Taschen, die Ellbogen durch eine Handbreit Luft voneinander getrennt. Zwei Paare kamen ihnen entgegen, Hand in Hand das eine, eng umschlungen das andere. Sina erwiderte die lächelnden Blicke mit gemischten Gefühlen.

Als sie die Café-Terrasse passierten, die an dieser Stelle die Promenade überragte, erhoben sich zwei Männer von einem der Tische, eilten die Treppe hinunter und bauten sich vor ihnen auf. „Herr Hauptkommissar", ergriff ein kleiner Mann mit wirren blonden Haaren und struppigem, breitem Schurrbart das Wort, „trifft das zu, was heute über den Ossiloop in der Zeitung steht? Dass die dritte Etappe steigen soll, obwohl dieser wahnsinnige Mörder immer noch auf freiem Fuß ist?"

„Wenn wir tatsächlich laufen, sind wir doch lebende Zielscheiben", ergänzte der andere, ein durchtrainiert wirkender Mann mit einer Haut wie Leder. „Und wenn wir nicht laufen, die Etappe aber trotzdem gestartet wird, verlieren wir unsere Plätze in der Gesamtwertung, und auf die kommt es ja nun an. Also sind wir praktisch zum Mitlaufen gezwungen. Finden Sie das fair? Und können Sie das überhaupt verantworten?"

Beschwichtigend hob Stahnke beide Hände. „Meine Herren, ich verstehe Ihre Besorgnis", sagte er, „aber glauben Sie mir, wir wissen genau, was wir tun. Seien Sie doch so gut und rufen Sie Herrn Hesse an. Der gibt Ihnen genaue Instruktionen und sagt Ihnen alles, was Sie wissen müssen."

Dass der Name Hesse einen guten Klang hatte in der Läufer-Szene, war Sina schon vorher klar gewesen; jetzt gewann sie den Eindruck, als wirke er sogar Wunder. Die beiden Männer gaben sich mit Stahnkes Auskunft nicht nur zufrieden, sie bedankten sich sogar, und als sie die Stufen zur Café-Terrasse erklommen, diskutierten sie bereits wieder über Wetterbedingungen und Zeiten, als gäbe es nichts Wichtigeres auf der Welt.

„Du bist ja gar nicht rot geworden", sagte sie, als die beiden außer Hörweite waren. „Dabei hast du geredet wie ein Politiker. Ganz schön abgebrüht."

„Habe ich denn gelogen?" Stahnke spielte den Unschuldigen beinahe überzeugend.

„Ich müsste mich schon sehr irren, wenn nicht. ‚Wir wissen genau, was wir tun', ha! Na gut, ein bisschen was wissen wir ja. Aber ich finde die Löcher im Netz noch entschieden zu groß."

„Und zwar?"

„Wir wissen nicht, wann er zuschlägt, wir wissen nicht wo, und wir wissen nicht wie. Das sind ja wohl drei Riesen-Löcher. Und solange diese Löcher nicht gestopft sind, wirst du unseren Mörder wohl kaum daran hindern können, erneut zu morden."

„Aber das wird er uns doch noch rechtzeitig mitteilen." Er lachte, als er Sinas Blick sah. „Nein, keine voreiligen Rückschlüsse auf meinen Geisteszustand, bitte. Tatsächlich hat der Täter seine beiden bisherigen Anschläge jeweils schriftlich angekündigt. Die erste Nachricht habe ich allerdings nicht verstanden, die zweite bekam ich zu spät in die Hand. Beides soll mir mit der dritten nicht noch einmal passieren."

„Nicht verstanden?" Sina runzelte die Stirn. „Also kein Klartext? Etwas Verschlüsseltes?

„Ja, etwas Verschlüsseltes", bestätigte Stahnke. „Mit Metaphern kaschiert, sozusagen. Gedichte."

„Gedichte." Sinas Tonfall zeugte von Entsetzen. „Dann willst du also ein Gedicht interpretieren, um einen Mörder zu finden und lebendige Menschen vor Anschlägen zu schützen. Das nenne ich aber mal einen seidenen Faden." Sie schüttelte den Kopf: „Daraus könnte für dich sehr schnell eine seidene Schlinge werden."

„Unser Polizeidirektor ist zwar ein Pascha, so weit wird er aber wohl nicht gehen", sagte Stahnke. Er wirkte nach wie vor lokker, ja regelrecht vergnügt. „Außerdem ist deine Wiedergabe meines Plans nicht völlig richtig."

„Was stimmt denn nicht?", fragte Sina hoffnungsvoll. Wenn sie tatsächlich etwas Entscheidendes übersehen hatte, dann konnte ja vielleicht doch noch alles gut werden.

„Nicht ich werde das Gedicht des Mörders interpretieren."

„Sondern?"

„Sondern du."

26.

Wer so wohnt, muss sich nicht wundern, wenn die Leute über ihn reden, dachte Marian, als er sich Levys Behausung näherte. Haus oder Hütte? Von der Größe her sicher letzteres; ein besserer Schuhkarton, der nicht danach aussah, als böte er Platz für mehr als ein einziges Zimmer. Aber es war ein Steinbau, gemauert aus dunklen, bläulich schimmernden Klinkern, die farblich einen krassen Kontrast bildeten zu dem spitzen, hellroten, fast schon ins Gelbliche spielenden Pfannendach, das auf den Seitenwänden thronte wie eine Zipfelmütze, bündig und ohne Überhang mit den Mauern abschließend. Eine alte Zipfelmütze, eine mit Laufmaschen. Marian erkannte schlanke graue Reetbündel, die mit grünem Zaundraht in die zahlreichen Löcher zwischen den bemoosten Pfannen gehäkelt worden waren.

Levys Häuschen lag am Ortsrand von Nortmoor, etwa auf halbem Wege zwischen Leer-Loga und Brinkum, ganz einsam im struppigen Hammrich, durch mehrere Baumreihen und etliche hundert Meter Distanz von den nächsten Nachbarn getrennt. Wenn es eine Frau vor hundert Jahren gewagt hätte, ganz allein in einem derartigen Bau zu wohnen, hätte man sie wohl längst als Hexe denunziert und mit Steinwürfen aus dem Dorf gejagt, dachte Marian. Dann fiel ihm ein, dass Israel Levy ja weit Schlimmeres widerfahren war. Und das war noch keine hundert Jahre her.

Der Weg, der von der Betonplattenstraße zu dem einsamen Häuschen hin führte, war unbefestigt. Zerkleinerter Bauschutt, mit dem offenbar erst vor kurzem die Löcher im Kleiboden aufgefüllt worden waren, knirschte unter Marians Schuhen. Abgesehen von ein paar Apfel- und Pflaumenbäumen, die bizarre Strukturen in den zusehends dunkler werdenden Abendhimmel zeichneten, und einigen recht abgezehrt aussehenden Johannisbeersträuchern gab es keine Anzeichen für einen Garten. Hinter dem Häuschen war ein hölzerner Unterstand auszumachen, bis zum Bersten gefüllt mit zerkleinertem Brennholz. Neben der dunkelgrün gestrichenen Haustür stand ein altmodisches schwarzes Fahrrad. Levy schien zu Hause zu sein.

Eine Klingel gab es nicht, also klopfte er, und Levy öffnete sofort. „Teewasser ist schon heiß, mien Jung“, lachte er, strahlte Marian an und hieb ihm auf die Schulter wie einem alten

Kumpel. Marian lächelte zurück. Dieser Mann verstand es, Menschen für sich einzunehmen. Sehr offen, sehr verbindlich, wohldosiert burschikos - musste man sich vor ihm in Acht nehmen?

Er schloss die Tür hinter sich und bemerkte darüber an der Wand eine verblasste Sütterlin-Inschrift: „Heiliger Boden / heilig geworden / durch deutsche Arbeit / und deutsches Sterben." Ein kleiner Hinweis darauf, wann hier zum letzten Mal renoviert worden war. Jemand hatte das Wort „Sterben" durchgestrichen und handschriftlich durch „Morden" ersetzt. Heilig geworden durch deutsches Morden? Auch vor Levys Humor musste man sich in Acht nehmen.

„Hatten Sie mich denn erwartet?", fragte Marian, während er Levy durch den engen, kaum drei Meter langen Flur folgte, von dem rechts und links Türen abgingen. Offensichtlich gab es doch mehr als nur ein Zimmer in diesem Häuschen.

„Im Prinzip ja, aber nicht unbedingt jetzt", antwortete der alte Mann, während er die Tür an der Stirnseite des Korridors aufstieß.

„Also ist das mit dem Teewasser ein Zufall?"

„Nein, ist es nicht", sagte Levy zwinkernd: „Teewasser ist bei mir immer heiß."

Das Zimmer, das Marian nun betrat, kam den Vorstellungen, die er sich davon gemacht hatte, ziemlich nahe. Fenster nach drei Seiten - also nahm dieser Raum tatsächlich die gesamte Grundfläche des Hauses ein, abzüglich der beiden Zimmer an der Vorderfront, bei denen es sich vermutlich um Küche und Badezimmer handelte.

Zwischen den Fenstern und beiderseits der Tür reckten sich Bücherregale bis zur niedrigen Decke. Ein großes, hochbeiniges Bett mit ausladend geschwungenem Kopfteil und ein fast ebenso großer Schreibtisch beherrschten die beiden hinteren Ecken. Schränke gab es keine, nur zwei Kommoden und eine große Truhe mit gewölbtem Deckel. Geflochtene Reisstrohmatten bedeckten den Fußboden. Der kleine, niedrige Tisch, der flankiert von zwei leinenbezogenen Sesseln in der Mitte des Raums stand, war mit Zeitungen und Zeitschriften überhäuft. Älteren Ausgaben überwiegend, wie Marian feststellte.

„Übrig gebliebene Exemplare", sagte Levy. „Die gibt mir der Zeitungsfritze in der Innenstadt umsonst." Er registriert alles, dachte Marian, während er bestätigend nickte. Jede Geste, jeden Blick. Unheimlich.

„Ich gieße den Tee auf. Setz dich schon mal." Levy ging zurück in den Flur und verschwand durch die rechte seitliche Tür, die offenbar tatsächlich zur Küche führte. Marian nahm Platz und griff ganz automatisch nach einer der herumliegenden Zeitschriften. Tatsächlich hätte es etwas merkwürdig gewirkt, wenn ein alter Mann, der um seine Zwangsarbeiter-Entschädigung stritt, sich diese teuren Dinger hätte leisten können. Womöglich im Abonnement.

Dieser Gedanke hinterließ einen Nachgeschmack. Warum hatte ein Mann, der Unrecht erlitten hatte und nun sein Recht verlangte, arm zu sein? Minderte denn eventueller Wohlstand in irgend einer Weise seinen erworbenen, seinen erlittenen Anspruch? Natürlich nicht. Durfte ein solcher Mann das Geld, über das er verfügte, egal wie viel, denn nicht so einsetzen, wie er es für richtig hielt? Natürlich durfte er das. Warum also hatte er gerade diesen Mist gedacht?

Weil die Saat aufging. Nicht nur bei den anderen. Weil auch er empfänglich war für das, was Zimmermann und die vielen, vielen anderen verzapften, diejenigen, die Zimmermann nach dem Munde plapperten, und diejenigen, an denen sich der NWG-Mann selbst orientierte. Denn auch dieser Brandstifter fabrizierte seine Zündhölzer natürlich nicht selbst.

Schnell ging das, sehr schnell. Sobald man aufhörte, gegen den Strom zu schwimmen, trieb man mit ihm ab. Stromabwärts wie eine Leiche. Sobald man aufhörte, alles zu hinterfragen, was man zu hören bekam, begann sich Unausgegorenes im Schädel festzusetzen und nach einiger Zeit ein Eigenleben zu führen.

Marian musste an den blitzblanken BMW-Roadster denken, dem er am Vormittag auf der Heisfelder Straße begegnet war. Am Steuer ein Dunkelhäutiger mit Sonnenbrille. Da war es passiert, da hatte sie prompt funktioniert, diese unterbewusste Prägung, gegen die man sich nur wehren konnte, wenn man sie bemerkte, wenn man auf der Hut war. „Bestimmt ein Dealer oder sonst ein Krimineller, wenn er sich so ein Auto leisten kann, als Neger" - er hatte sich regelrecht dabei zugeschaut, wie er diesen Unfug zum Gedanken formte, in seinem Kopf, in seinem eigenen Kopf. Und sogar das unvermeidliche „. . . oder die Karre ist geklaut" war noch hinterher geflutscht. Als ob sein Verstand ein Abfallcontainer wäre, zugänglich für jedermann, der eingelagerten Gedankenmüll auf Knopfdruck recycelt. Nein, nur umwälzt. Ein angemessen unappetitliches Bild.

Levy kam zurück, pfeifend und augenzwinkernd. Er trug ein Tablett vor sich her, das er so auf den bereits vollkommen überfrachteten Tisch stellte, dass es an drei Punkten halbwegs gleichmäßig auflag, und setzte sich in den anderen Leinensessel. „Der Tee muss noch ein bisschen ziehen", erklärte er mit bedeutungsvoller Miene.

Auf dem Tablett standen zwei hohe, dunkelblau gemusterte Becher, ein stark angelaufenes Messingstövchen mit brennendem Teelicht, eine silberfarbene Blechkanne, ein kleines Schwenksieb und eine abgegriffene Kluntjedose, die anscheinend aus echtem Silber war, ebenso wie die beiden Teelöffel und das Sahneschöpflöffelchen mit dem stilisierten Schwan auf dem gebogenen Griff. Statt eines Sahnekännchens stand eine kleine Schüssel auf dem Tablett, halbvoll mit Milch, auf der sich eine gelbliche Sahneschicht abgesetzt hatte. Marian kannte das Verfahren noch von seiner Mutter und seiner Großmutter her: „Milch aussetzen", ein kleines Quantum der ursprünglich morgens beim Bauern, in späteren Jahren dann am Milchwagen und schließlich schnöde im Laden gekauften Milch in eine solche Schüssel gießen und ruhig stehen lassen, um Sahne für die täglichen Tee-Runden zu haben. Wehe, jemand stieß eine solche Schüssel an oder schöpfte sich gar ein Glas Milch zum Trinken daraus! Ein merkwürdiges Gefühl beschlich Marian. Wie sollte er es definieren: nostalgisch? Eher heimatlich.

„Brummt's noch?", fragte Levy. „Die Rübe meine ich!" Er tippte sich ein paar Mal gegen die Schläfe, als er Marians fragenden Blick bemerkte. „Will wohl noch nicht wieder so recht, was?"

„Von wegen." Vorsichtig betastete Marian die Fadenenden, die noch aus der gut heilenden Wunde lugten. Bald würden sie abfallen, vielleicht morgen schon. „Ich bin wieder völlig fit. Kann sogar schon wieder laufen."

„Habe schon davon gelesen", sagte Levy. Er beugte sich vor, hob den Deckel von der Teekanne, schnüffelte in den aufsteigenden Dampf hinein, nickte und schenkte ein. Ein heimeliges Knistern verriet, dass Kluntjes in den Bechern waren. Hätte Levy nicht fragen können, ob sein Gast den Tee vielleicht ungesüßt trank? Nein, entschied Marian. Seine Oma hätte auch nicht gefragt.

„Gewagte Entscheidung, oder?“, fragte er.

Levy schüttelte den Kopf. „Finde ich nicht. Lauft nur, da passiert schon nichts.“

„Woher wollen Sie das wissen?“

„Habe ich nicht schon im Krankenhaus gesagt, dass dein Hauptkommissar auf dem falschen Dampfer ist? Diese ganze Theorie von einem Serienmörder ist Quatsch. Wenn du mich fragst, ist die Motivlage in diesem Fall ganz anders. Mit dem Ossiloop hat die nur ganz am Rande zu tun.“

Richtig, Levy hatte so etwas angedeutet. Irgendwie mussten sie danach vom Thema abgekommen sein. „Und womit hat diese Motivlage Ihrer Ansicht nach mehr zu tun?“

„Mit Krüger und Hinrichs natürlich“, sagte Levy. So, als sei dies die selbstverständlichste Auslegung überhaupt. Ruhig hob er seinen Teebecher zum Mund und pustete.

„Hinrichs ist der von der Post? Der vor mir lief?“ Wenn die Sache wirklich so klar ist, dann müsste doch eigentlich irgendwas bei mir einrasten, überlegte Marian und horchte in sich hinein. Aber da klickte nichts.

„Richtig“, nickte Levy. „Hinrichs von der Post und Krüger von der Optotrans. Zwei Konservative, wie sie im Buche stehen. Dermaßen rechts. . .“ Er fuchtelte mit seiner freien Hand, als suche er einen passenden Vergleich und könne ihn nicht fangen.

„Rechts von ihnen ist nur noch Wand?“, schlug Marian vor. Wenn er schon nichts verstand, wollte er sich wenigstens nützlich machen.

„Nein - die sind die Wand!“, rief Levy aus. Es klang triumphierend. „Und zwar auf eine altmodische Art. Solche Leute braucht keiner. Du nicht, ich sowieso nicht - und die anderen Rechten, die brauchen solche vorgestrigen Typen auch nicht. Das ist der Witz.“

„Kapier' ich nicht.“ Jedenfalls hoffte Marian das. Wenn dies nämlich das war, wonach es klang, ein völlig untauglicher Versuch, überhaupt jedes Verbrechen aus Prinzip irgendwelchen Rechtsradikalen in die Schuhe zu schieben, hätte er das sehr bedauerlich gefunden.

„Kein Wunder“, sagte Levy, trank leise schlürfend und setzte seinen Becher ab. „Dazu brauchst du auch noch ein paar Hintergrundinformationen."

„Nu", sagte Marian.

Überrascht blickte Levy hoch und lachte. „Pass auf. Von der Privatisierung der Bahn hast du ja wohl schon gehört, oder? Halt, lass mich ausreden! Und was die seitdem machen, weißt du auch. Leute rauswerfen, Sicherheitsstandards senken, Wartungsarbeiten vernachlässigen, dafür protzige Millionengräber von Bahnhöfen in die Gegend klotzen, Regionalzüge streichen, Verbindungen kappen, Strecken stilllegen. Von längeren Fahrzeiten und ewigen Verspätungen ganz zu schweigen. So. Und nun frage ich dich: Hältst du das für Zufall?"

Marian zuckte die Achseln: „Was heißt Zufall. Das ist Kapitalismus."

„Gut!" Levy reckte den Zeigefinger. „Richtig erkannt. Und was will der Kapitalismus? Der will vor allem eins: mehr. Mehr von allem. Am liebsten alles. Monopole. Verstehst du jetzt?"

„Weiß nicht. Die Bahn hat doch ein Monopol. Na ja, bis auf die Regionalbahnen. Aber die . . ."

„Nicht das Bahn-Monopol", unterbrach Levy ungeduldig. „Das Verkehrs-Monopol! Darum geht es, da sitzt das Geld!"

„Verkehrs-Monopol! Also wirklich. Wie soll denn das gehen?" Jetzt war es Marian, der sich an die Schläfe tippte. „Der Verkehr als solcher, also ich meine Personen- und Frachtverkehr, ist doch so vielfältig, so individuell, wie soll man den monopolisieren?"

„Und jetzt, mein Lieber", sagte Levy, „der Blick über den großen Teich. Nach Amerika, dem großen Lehrmeister des Kapitalismus. Was da Sache ist, das haben wir zwanzig Jahre später hier, unweigerlich, plusminus ein paar Jährchen. Wie wurde dieser Kontinent erschlossen, im neunzehnten Jahrhundert? Mit der Eisenbahn. Und was sind die USA heute? Das Musterland der Autofahrer. Merkst du was?"

„Was soll ich merken? Eisenbahnen haben die Amis heute schließlich auch noch."

„Ja, das stimmt. Auch noch. Paar große, paar kleine, hier und da. Aber frag doch mal, wer da drüben ohne Auto auskommt! Völlig undenkbar. Und wie ist es dazu gekommen? Weil die großen amerikanischen Autofirmen die verschiedenen Bahngesellschaften aufgekauft und dann systematisch heruntergewirtschaftet haben. So lange, bis das Netz von Zugverbindungen seinen

Namen nicht mehr verdiente, bis praktisch jeder Amerikaner gezwungen war, ein Auto zu besitzen, weil es anders gar nicht mehr ging. Die haben damals mit den Bahnen nicht etwa Verluste gemacht - für die waren das lohnende Investitionen!"

Marian nickte nachdenklich. Was Levy da sagte, deckte sich teilweise mit dem, was er vor Jahren in irgendwelchen Zeitschriften gelesen hatte. Klang das jetzt nur durch die drastische Verkürzung so plausibel, oder war da tatsächlich etwas dran?

„Ich wüsste aber nicht, dass irgendwelche deutschen Autofirmen an der Bahn beteiligt wären", sagte er.

„Noch nicht", sagte Levy, „noch nicht! Eins nach dem anderen. Erst zieht sich der Staat zurück, dann folgt eine Zwischenphase scheinbarer Eigenständigkeit, eine Phase, in der soviel schief läuft und soviel Unwillen bei der Kundschaft erzeugt wird, dass die wiederum auf Veränderungen dringt. Tja, und dann stehen die Retter schon bereit. Nur dass es leider nicht die Guten mit den weißen Cowboyhüten sind."

„Moment mal", sagte Marian. „Wir hatten dieses Gespräch doch mit dem Ossiloop begonnen, oder? Vielmehr mit dem Mörder. Oder nein, mit Krüger und Hinrichs. Donnerschlag, ich bin schon völlig durch den Wind von Ihren Theorien. Also, gesetzt den Fall, Sie hätten Recht, und die deutschen Konzerne wollten tatsächlich die Bahn aufkaufen, um sie endgültig fertig zu machen, um dann noch mehr Autos verkaufen zu können als ohnehin schon. Wäre das denn ein Grund, Krüger und Hinrichs umzubringen?"

Levy grinste. „Allerdings. Wenn man weiß, dass sie die beiden einzigen unter den Topp-Managern sind, die gegen diese Pläne sind. Beziehungsweise waren."

„Wie können Sie das wissen?"

Levy schlug mit der flachen Hand auf den Tisch, und wenn Marian nicht blitzschnell zugefasst hätte, wäre das Teetablett gefährlich ins Rutschen gekommen. „Weil ich lesen kann! Weil ich Zeit habe zum Lesen. Und die richtigen Zeitschriften - meinem lieben Freund und seinem Laden sei Dank. Sie streiten sich doch in aller Öffentlichkeit über die richtige Strategie, diese Leute. Nicht ganz offen natürlich, klar, da wird natürlich vertuscht und verbrämt, aber wenn man weiß, worum es geht, kann man sehr gut verstehen. Die fühlen sich ziemlich sicher in ihren Hochglanzheftchen, die denken, da wären sie unter sich. Aber wenn man den richtigen Code hat und Erfahrung und genügend Geduld, dann kann man ihnen drauf kommen."

Levy trank einen Schluck Tee und verschluckte sich fast dabei, so begierig war er darauf, weiter zu reden: „Wusstest du übrigens, dass dieser Zimmermann als Anwalt nicht nur für die Optotrans arbeitet, sondern auch für die Opto-Werke selbst? Dieser Mann ist eine Schlüsselfigur in der ganzen Angelegenheit, das kannst du mir glauben."

„Moment, Moment. Dieser Rewert Hinrichs, der ist doch bei der Post, oder? Wo soll denn da die Beziehung sein?"

„Die Post geht doch einen ähnlichen Weg. Erst wird sie privatisiert, dann wird ein Großteil der Belegschaft in den Vorruhestand geschickt, was wiederum der Steuerzahler löhnen muss, dann geht sie an die Börse, wo sie ebenfalls das Geld kleiner Leute einsammelt, und dann . . ."

„Was dann?"

Ein Rumpeln an der Tür schnitt Levy das Wort ab. Es schepperte in der Küche; irgend etwas Gläsernes schien dort zu Bruch gegangen zu sein. Augenblicke später schwappten blaugelbe Flammen durch die Küchentür in den Flur, als habe sie jemand aus einer großen Schüssel dorthin gegossen. Die Flammen rollten sich zu einem Bausch zusammen und züngelten hoch zur Decke. Andere Flammen, die den Boden bedeckten und das Reisstroh zu fressen begannen, folgten nach. Von einer Sekunde zur anderen fing es laut an zu prasseln, und die niedrige Stube füllte sich mit Rauch.

Fast gleichzeitig katapultierten sich die beiden Männer aus ihren Sesseln. Keinen Moment zu früh. Das Fenster neben dem Bett zerbarst, und der papierbedeckte Couchtisch mitsamt dem Teetablett ging ebenfalls in Flammen auf. Ein Schwall brennender Flüssigkeit schoss genau zwischen ihnen hindurch und ließ eine Wand aus Feuer in die Höhe wachsen. Levys Umrisse begannen zu flirren und zu verschwimmen.

Ein weiterer Molotow-Cocktail flog durch das zertrümmerte Fenster. Der dritte bereits, oder vielleicht auch schon der vierte, falls das Rumpeln ganz zu Anfang von einem Brandsatz herrührte, der die Haustür in Brand gesetzt hatte. Die Flasche platzte nahe der Wand auf dem Boden und verspritzte ihren Inhalt, der im selben Augenblick von dem brennenden Lappen, der im Flaschenhals steckte, entzündet wurde. Bücherregal und Bücher, Bettzeug und Bett fingen gleichzeitig Feuer. Rasend schnell breiteten sich die Flammen weiter aus.

Flur und Haustür waren unpassierbar, zwei Fenster nicht mehr zu erreichen, und unter der Zimmerdecke sammelte sich eine fette schwarze Rauchwolke, die sich bedrohlich senkte. Wir sitzen in der Falle, dachte Marian. Uns bleibt nur noch ein Fenster, und da warten sie bestimmt. Verfluchter Mist.

Mit merkwürdig abgeklärtem Interesse beobachtete er, wie der Zeitlupen-Effekt einzusetzen begann. Er kannte das schon. Vor zehn oder mehr Jahren, als er mit seinem winzigen Simca in einen Auffahrunfall zwischen zwei Ford-Schlachtschiffe geraten war, hatte er ebenfalls erlebt, dass sich die Sekunden-Bruchteile dehnten, dass sich Vorgänge zu dehnen schienen, dass Bewegungen verlangsamt wirkten wie durch zähen, klebrigen Honig. Und letzten Winter, als er mit dem Fahrrad auf einem vereisten Straßenstück den Halt verlor und zu Boden ging, war das ebenso gewesen. Hatte er damals seinen Sturz noch abfangen können? Genau wusste er es nicht mehr.

Da war Levy wieder. Durchs Feuer hindurch kam er auf ihn zu, mit den Armen rudernd, als könne er den Vorhang aus lodernden Flammen einfach beiseite schieben. „Zum Fenster", brüllte er, packte seinen Gast am Hemd und stieß ihn vor sich her. Jetzt erst merkte Marian, was für einen Lärm das Feuer mittlerweile entwickelte. Und was für eine Hitze. Wenn sie jetzt nicht bald hier heraus kamen, war es zu spät.

Levy bückte sich, umschlang eine kleine Kommode mit beiden Armen, hob sie hoch und war mit zwei Schritten am einzigen noch zugänglichen Fenster. Fasziniert schaute Marian zu. Genau wie Will Sampson, dachte er, wie der hünenhafte Indianerhäuptling aus „Einer flog über das Kuckucksnest". Na ja, jedenfalls fast genauso. Eine Kommode war kein aus dem Boden gerissenes Tischwaschbecken, die Fenster von Levys Haus waren nicht vergittert, und der alte Mann war auch keine zwei Meter groß. Aber dafür hatte das Irrenhaus im Film nicht gebrannt.

Die Kommode flog, das Fenster splitterte, das Feuer schöpfte Luft und toste irrsinniger als zuvor. Levy drehte sich zu Marian um und bewegte die Lippen. „Machen Sie schon", schrie Marian, „Sie zuerst!" Levy konnte ihn unmöglich verstanden haben, aber sein Verstand sagte ihm wohl, dass jede weitere Diskussion albern war. Er wandte sich dem Fenster zu, stieß mit den Fäusten ein paar Scherben aus dem Rahmen, packte mit beiden Händen nach dem Holz, stellte einen Fuß auf die niedrige Fensterbank und sprang.

Draußen waberte der Widerschein des Feuers durch die herandrängende Dunkelheit, und als Marian dem alten Mann folgte, glaubte er in einen grundlosen Ozean einzutauchen. Diese Gefühl verging aber schnell, als er erst mit den Knien, dann mit den Händen und schließlich mit dem Gesicht auf den Boden knallte.

Ein paar Augenblicke lang blieb er bewegungslos im angenehm kühlen Gras liegen, atmete gierig und keuchend und genoss die frische Luft. Dann wurde ihm bewusst, dass das Feuer immer noch dicht hinter ihm prasselte, und er rappelte sich auf, um ein paar Meter Abstand zwischen sich und das brennende Haus zu bringen.

Zwei, drei Schritte erst war er gestolpert, da sah er vor sich eine Gestalt auf dem Boden liegen, Gesicht nach unten, Arme und Beine von sich gestreckt. Levy, kein Zweifel. Und direkt dahinter, vom Widerschein des Feuers in ein gespenstisch flakkerndes Licht getaucht, stand eine hoch aufgeschossene, dunkel gekleidete Gestalt. Das Runde, Helle da am oberen Ende musste das Gesicht sein. Und der Querstrich darin ein Grinsen. Jan-Habbo Janssens Grinsen. Scheiße, dachte Marian. Genauso habe ich mir das vorgestellt. Aber wenigstens hat er keine Baseball-Keule dabei.

Im selben Moment zog der Mann einen Schläger hinter seinem Rücken hervor.

Scheiße, dachte Marian noch einmal und riss die Arme zu einem verzweifelten Abwehrversuch hoch. Aber der Schlag, der ihn zu Boden schickte, kam von hinten.

27.

Ächzend rappelte sich Stahnke hoch. Was immer da gerade passiert war, es hatte ihn völlig unvorbereitet getroffen und aus dem Sattel gerissen. Aus dem Sattel und über den Lenker hinweg zu Boden. Was wohl noch Glück gewesen war. Einer von Stahnkes Kollegen war einmal bei einem Fahrradsturz mit dem Gesicht auf den Lenker geknallt, und der kleine Hebel der Klingel hätte ihm beinahe das linke Auge herausgeschält. Stahnke schüttelte sich bei dieser Vorstellung und registrierte, dass sich alle seine Knochen noch an ihren angestammten Plätzen zu befinden schienen. Offenbar aber garniert mit blauen Flecken.

Vorsichtig richtete er sein neues gelbes Fahrrad auf. War er damit auf ein Hindernis geprallt? Immerhin war es schon fast dunkel, und Straßenbeleuchtung gab es hier draußen nicht. Aber die Fahrradbeleuchtung hatte doch funktioniert. Hoffentlich tat sie das immer noch.

Der Dynamo saß am hinteren Reifen, also hob Stahnke das Fahrrad hinten an und trat probeweise aufs linke Pedal. Nichts - das Hinterrad war blockiert.

Vorsichtig fuhr er mit der Hand die Streben von Gabel und Gepäckträger ab, ließ die Speichen unter seinen Fingern erklingen - alles tadellos in Schuss. Vielleicht auf der anderen Seite?

Aha. Das durfte doch nicht wahr sein. Warum hing er nur so an diesem vermaledeiten Trenchcoat? Warum nur klemmte er ihn immer wieder auf den Gepäckträger, ganz egal, wie warm und trocken es war? Und wenn er das schon tat, warum zum Teufel machte er es dann nicht anständig?

Ein Zipfel des Mantels musste schon eine ganze Weile an der rechten Seite des Gepäckträgers herab gehangen haben, unbemerkt und ungehindert, die Speichen hatten sicher schon lange damit gespielt, bis sie schließlich einen Knopf zu fassen bekommen hatten. Dann hatte sich das schnell rotierende Rad in den Stoff verbissen und sich daran verschluckt. Zum Schluss war auch noch etwas ins Kettenritzel gekommen. Schöne Schweinerei.

Während Stahnke gebückt dastand und mit beiden Händen an dem verwickelten und zusammengepressten Stoff zerrte, bemerkte er einen merkwürdigen Lichtschein auf seinen Fingern. Der Mond? Nein, der schien nicht so gelb und vor allem gleichmäßiger. Solch ein tanzendes Licht hatte gewöhnlich eine andere Quelle. „Feuer“, murmelte Stahnke und richtete sich auf.

Ja, Feuer, eindeutig. Gar nicht weit weg, gleich hinter der nächsten Baumgruppe; der Schein verlieh den Baumspitzen eine malerische Aureole. Schnell stellte Stahnke sein Rad auf den Ständer, weit genug weg vom Weg, damit es nicht von einem nachtaktiven Bauern versehentlich plattgefahren wurde, und lief los. Dabei tastete er nach seinem Handy. Ja, es war noch da, fest an seinem Clip hinten am Gürtel. Hoffentlich hatte es den Sturz unbeschadet überstanden. Im Laufen tippte er 112. Gott sei Dank, der Ruf ging hinaus. Sekunden später war die Feuerwache dran. Stahnke machte Meldung und gab seinen Standort durch.

Je näher er der Brandstelle kam, desto dunkler wurde es; die Bäume schirmten den Feuerschein ab. Dafür konnte er das Feuer jetzt hören. Da stand etwas gründlich in Flammen. Und er hatte auch eine Ahnung, was das sein konnte. So viele Häuser gab es hier draußen ja nicht.

Stahnke hastete den Plattenweg entlang; schlagartig wurde es wieder heller. Da vorne musste das Grundstück anfangen, da ging der geschotterte Weg von der Straße ab. Da stand ein Auto. Nein, zwei Autos. Der vordere war Marian Godehaus alter Golf. Was hatte das zu bedeuten? Sicher nichts Gutes, oh nein, bestimmt nicht. Und natürlich hatte er wieder einmal seine Dienstwaffe nicht dabei.

Einem Instinkt folgend, lief Stahnke neben dem Weg; das Feuer machte zwar eine Menge Lärm, trotzdem wollte er nicht riskieren, dass jemand die Steine unter seinen Schuhen knirschen hörte. Das kleine Haus war nicht mehr zu retten, das sah er sofort. Der Eingangsbereich stand in hellen Flammen, auch hinter dem zertrümmerten Fenster links von der Tür flackerte es, und durch die Löcher im Dach loderten Flammensäulen. Stahnke duckte sich hinter einen Strauch und sondierte das Gelände. Bewegte sich irgendwo etwas?

Ja, dort, auf der rechten Seite des Hauses. Zwei Gestalten. Ein Glück, sie haben sich retten können, dachte er, aber dann erkannte er, dass das nicht diejenigen sein konnten, nach denen er suchte. Beide waren jung, so wie sie sich bewegten, beide waren groß und schlank. Nein, das waren sie nicht, das musste jemand anderes sein. Gebückt stand er da und spähte.

Dann bemerkte er zwei weitere Menschen. Liegend, bewegungslos. Und er sah, dass mindestens einer der beiden Stehenden einen Knüppel in der Hand hielt. Er schwang ihn spielerisch, ließ ihn in die Fläche seiner freien Hand klatschen, legte ihn sich über die Schulter. Der andere stemmte die Hände in die Taille. Er schien zu lachen.

Keine Sekunde zu früh, dachte Stahnke. Und wenn ich jetzt nicht in die Hufe komme, ist es zu spät.

Er stürmte los, ohne sich aufzurichten, ohne auf Deckung und irgend etwas anderes zu achten. Er wusste, dass der eine der beiden Männer, derjenige, der mit dem Gesicht zu ihm stand, ihn sehen würde. Aber das Risiko musste er eingehen. Hauptsache, er hatte den Keulenschwinger erreicht, ehe der andere ihn warnen konnte.

Der andere sah ihn augenblicklich, und er schien eine extrem kurze Reaktionszeit zu haben. Stahnke sah seinen Blick, den aufgerissenen Mund und den ausgestreckten Arm, er sah, wie der Keulenträger über seine rechte Schulter blickte, als er noch zwei Meter von ihm entfernt war. Und er sah den Schläger auf sich zu schwingen.

Er hatte schon einige Baseball-Filme gesehen. Einer handelte von einer Frauen-Liga, die man während des Zweiten Weltkriegs gegründet hatte, als es Amerika an spielfähigen Männern mangelte, einer von einem mysteriösen Maisfeld, in dem sich längst verstorbene Helden zum Spielen trafen, und einer von einem Naturtalent, das mit einem selbstgeschnitzten Schläger alles in Grund und Boden spielte. Er wusste genug über Baseball, um zu begreifen, dass dieses Spiel mehr war als eine billige Ausrede für Neonazis, die sich mit Totschlagwaffen versorgen wollten. Er wusste, was ein Home-Run war. Und er wusste auch, dass man sein Ziel manchmal mit den Füßen voran schneller erreichte.

Das Gras war feucht vom abendlichen Tau. Stahnke warf sich aus vollem Lauf in die Rücklage und streckte die Beine vor. Die Baseball-Keule zischte über ihn hinweg, und im nächsten Moment prallte er, vom eigenen Schwung mitgerissen, mit voller Wucht gegen die Knöchel des Keulenschwingers. Der Mann ging zu Boden wie ein gefällter Baum; fast wäre er auf ihn gestürzt.

Noch im Liegen rammte ihm Stahnke seine Faust in die Magengrube, mitten auf den Solarplexus, und stemmte sich mit der selben Bewegung hoch. Schnell, Hauptsache schnell. Da war noch einer, den hatte er erkannt, und dem wollte er auf keinen Fall den Rücken zuwenden.

„Jan-Habbo Janssen", stieß Stahnke keuchend hervor. „Kannst du mir mal erklären, warum du nicht sitzt?" Stärke zeigen. Cool tun. Bluffen.

Unwahrscheinlich, dass der andere ihn überhaupt hörte. Der junge Mann starrte ihn an, konzentriert und doch seltsam abwesend, und ging leicht in die Knie. Er kommt, dachte Stahnke, er greift an. Und ihm fiel ein, was er in der Akte über Janssens Taekwon-Do-Künste gelesen hatte. Das, woran er sich erinnerte, gefiel ihm gar nicht.

Er wird springen, dachte Stahnke. Er wird mich anspringen wie ein Tiger. Und dann wird er mich treten wie ein Muli, mit dem Fuß ins Gesicht, wie sie es so machen, diese edlen Kampfkünstler. Wenn ich Pech habe, tritt er mir das Nasenbein direkt ins Gehirn. Dann ist Feierabend. Oder er trifft mich am Kinn, dann haut's mir die Nackenwirbel weg. Pech gehabt habe ich auf jeden Fall, so wie es aussieht.

Vor kurzem erst hatten die deutschen Taekwon-Do-Meisterschaften in Leer stattgefunden, in der Sporthalle der Berufsbildenden Schulen, und Stahnke hatte sich mitten in den feuchtwarmen Brodem der überfüllten Halle gestellt und sich ein paar Kämpfe angesehen. Kaum Schläge, vor allem Tritte. Ansatzlos zur Brust, seitlich aus dem Stand in die Flanke, blitzschnell und direkt zum Kopf. Aktionen, die man kaum sehen konnte, geschweige denn abblocken. Was nutzen da die Arme vor dem Kopf, dachte Stahnke. Darauf wartet er doch nur, die tritt er mir einfach ins Gesicht. Oder er zielt darunter und haut mir die Nieren weg. Oder die Klöten.

Janssen hatte sich gesammelt und gespannt, jetzt trat er an. Zwei Schritte, ein Sprung, dann hat er mich. Ausweichen? Zwecklos, da geht er mit. Weglaufen? Das hat er einkalkuliert. Die lernen doch alle Konter-Aktionen und alle Konter-Konter außerdem. Nichts, womit er rechnet, hat Zweck. Ich muss ihn überraschen. Aber womit?

Janssen sprang, und Stahnke warf sich ihm entgegen. Eine überraschende Aktion, vor allem für Stahnke selbst. Er sah eine

Schuhsohle auf sich zu zucken, riss den linken Arm hoch und traf Janssens Stiefel mit dem Rücken der geballten Faust an der Innenseite. Gleichzeitig winkelte er den rechten Arm an, schob den Ellbogen vor, riss das rechte Knie hoch und zog den Kopf ein.

Janssens abgelenkter Tritt verfehlte sein Ziel, streifte gerade noch Stahnkes linkes Ohr. Stahnke krachte in den Angreifer hinein wie ein zusammengerollter Igel. Sein rechter Ellbogen rammte Janssens Brust, sein Knie den ebenso ungeschützten Unterleib. Mit einem lauten Grunzen ging der schwarz gekleidete Mann zu Boden.

Stahnke betastete sein Ohr; es brannte, blutete aber nicht. Ansonsten spürte er nichts. Unglaublich, dachte er. Ich sollte Stunden geben.

Er trat einen Schritt zurück, rutschte mit dem rechten Fuß weg und konnte sich nur mit Mühe auf den Beinen halten. Ach ja, die Baseball-Keule. Er hob den Prügel auf und inspizierte kurz seinen ersten Gegner: Er atmete, regte sich ansonsten aber nicht.

Im Gegensatz zu Israel Levy und Marian Godehau. Marian rollte sich gerade auf den Rücken und stöhnte, Levy saß schon wieder und rieb sich den Hinterkopf. Stahnke war erleichtert. Gleich mussten Feuerwehr und Krankenwagen hier sein. Vielleicht bekamen die beiden ja wieder ein Doppelzimmer.

Auch Janssen bewegte sich schon wieder. „Donnerwetter, Freundchen, du bist hart im Nehmen“, knurrte Stahnke und fasste den Baseball-Schläger fester. Er trat dichter an den Liegenden heran, in dessen Glatze sich die züngelnden Flammen spiegelten. „Liegen bleiben“, herrschte er ihn an. Janssen starrte ihn ungläubig an. Ungläubig und dreist.

„Was sollte das hier?“, fragte Stahnke. „Was hattet ihr vor? Den Juden umbringen, ja? Gute alte Traditionen pflegen, was? Wegmachen, was die großen alten Idole übriggelassen haben?“

Janssen sagte nichts. Er starrte und schwieg.

„Oder wolltet ihr dem Journalisten ans Leder?“, fuhr Stahnke fort. „War er euch zu frech, ja? Keinen Respekt gezeigt vor dem großen neuen Idol. Bücher hat er ja noch keine geschrieben zum Verbrennen, da wolltet ihr ihn gleich selber drankriegen, stimmt's?“

Janssen schwieg und starrte.

Stahnke spürte, wie das kleine Triumphgefühl, das er nach dem glücklich überstandenen Duell empfunden hatte, verflog. Statt dessen wallte Ärger auf. Dieser Bursche da machte ihn sauer, richtig sauer. Ein Haus hatte er gerade eben verbrannt, zwei Menschen fast dazu, verbrannt oder erschlagen, ganz bestimmt hatte er das vorgehabt, das und nichts anderes. Und jetzt lag er da, hatte seine Wunden geleckt und wartete in aller Ruhe ab.

Nichts konnte ihm passieren, nichts, was mit dem vergleichbar gewesen wäre, was Levy und Godehau gerade beinahe passiert war. Er war sicher, sicher in der Obhut der Polizei, verdammt noch mal, und er, Stahnke, war sogar dafür verantwortlich.

Und was drohte ihm? Eine warme Zelle, ein linientreuer Anwalt, ein demokratischer Richter, eine überforderte Gefängnisverwaltung, die seinesgleichen ob ihrer strammen Haltung sogar schätzte, die ihnen gern das Regime in den Anstalten überließ. Schlimmstenfalls würde er ein bisschen arbeiten müssen.

Diesen Vollzug musste ein Jan-Habbo Janssen nicht fürchten, der konnte ihm nichts anhaben, ihm nicht und seinen Überzeugungen schon gar nicht, der würde beide unbeschädigt und gut erholt in die Gesellschaft entlassen. Und das schon bald. Gab es nicht in diesem Land jüdische Friedhöfe, die bereits zum dritten Mal in ein und demselben Jahr geschändet worden waren? Und verurteilte Asylanten-Hetzer, die rückfällig werden konnten, ehe sie noch ihre Strafen angetreten hatten? Stahnke spürte seine Wut wachsen. Er hob die Keule.

Janssen grinste.

Stahnke ließ das bunt lackierte Holz wieder sinken. Janssens Grinsen wurde breiter. „Ich sage gar nichts“, sagte er mit aufreizender Gelassenheit. „Erst will ich meinen Anwalt sprechen, vorher kriegen Sie kein Wort aus mir heraus. Und was Sie mir da vorwerfen, das müssen Sie mir erst einmal beweisen. Ich weiß nur, dass Sie mich niedergeschlagen haben. Nicht umgekehrt. So.“

Stahnke hob die Keule erneut. Janssens Grinsen erreichte den äußeren Anschlagpunkt.

Stahnke schlug zu, genau auf Janssens rechte Kniescheibe. Der Schrei war kurz und brach in einem überraschten Kieksen ab. Zwei Sekunden lang starrte Stahnke in Janssens weit aufgerissene Augen. Dann schlug er erneut zu, diesmal auf die linke Kniescheibe.

„So", sagte er dann, noch ruhiger als vorher Janssen. „Und jetzt mach's Maul auf."

„Sind Sie wahnsinnig", brüllte Janssen los. „Das dürfen Sie nicht! Lassen Sie das, ich weiß, dass Sie das nicht dürfen!"

„Ach", sagte Stahnke. „Darf ich nicht, nein? Hat Zimmermann gesagt, hm?"

Diesmal wählte er das rechte Schienbein, eine Stelle oberhalb des Schuhleders, eine, wo der Knochen fast ungeschützt dicht unterhalb der Haut lag. Janssen heulte auf und krümmte sich.

Stahnke spürte einen Menschen neben sich. Es war Levy. Er musterte den Liegenden, hielt die Arme verschränkt und schwieg. Stahnke blickte ihn zwei oder drei Sekunden lang an. Als Levy nicht reagierte, wandte er sich wieder Janssen zu.

„Los jetzt", sagte er. „Der andere Kerl da und du, ihr habt das Haus hier abgefackelt. Stimmt's?" Er hob den Schläger.

„Ja", stöhnte Janssen, „ja!" Er hatte sein rechtes Knie fast an die Brust gezogen und umklammerte sein Schienbein mit beiden Händen.

„Auf wen hattet ihr es abgesehen", fragte Stahnke weiter, „auf Levy oder den Journalisten?"

Janssen zeigte die zusammengebissenen Zähne. Er will den Kampf aufnehmen, dachte Stahnke. Damit war zu rechnen. Aber er kennt seinen neue Rolle noch nicht.

Der Schläger traf den rechten Ellbogen.

Janssen brüllte. Stahnke ließ ihn eine Weile brüllen, dann hob er wieder den Schläger. Das Schreien hörte auf. Dafür waren jetzt Sirenen zu hören. Ganz leise, noch weit weg.

„Also?"

„Den Journalisten", stieß Janssen hervor.

Ach, dachte Stahnke. „Und woher wusstet ihr, dass er hier war?"

„Hinterher gefahren."

„Und warum musste er weg? Weil er dich neulich vor dem Kino gesehen hat, bei dem Überfall?"

Janssen zögerte einen Augenblick. Dann sagte er: „Ja."

„Oder weil er Zimmermann lästig geworden war?"

„Nein", sagte Janssen, und als Stahnke den Prügel hob, brüllte er es: „Nein! Nein!"

Stahnke ließ den Schläger sinken. Er war unzufrieden; irgend etwas stimmte da nicht. Dann kam ihm plötzlich ein Gedanke.

„Das war ja nicht der erste Versuch, den Godehau umzubringen. Vorher hast du es ja schon mit der Bombe probiert. Hat aber nicht geklappt."

Ein Schuss ins Blaue. Janssen schwieg. Stahnke stupste seinen Ellbogen mit der Schlägerspitze an; Janssen zog den Arm weg, mehr vor Ärger als vor Schmerz.

„Knapp war's", sagte er dann. „Wenn dieser Mistkerl nicht ein paar Meter vorher plötzlich langsamer geworden wäre, genau da, wo ich keine freie Sicht hatte, dann hätte ich ihn gehabt. Hab' mich beim Zünden an seinen Vorderleuten orientiert. Aber er muss ja auf einmal schlapp machen. Sonst hätte ich ihn gehabt."

„In wessen Auftrag?", fragte Stahnke. Ihm war plötzlich schwindelig. Ein Baseball-Schläger als Sesam öffne dich? Prügel als ultima ratio der Polizeiarbeit? Ein früherer niedersächsischer Ministerpräsident hatte mal behauptet, unter bestimmten Bedingungen könne Folter moralisch gerechtfertigt sein. Aber der Mann hatte seine Kinder ja auch ohne Handschuhe zum Brennnesseln sammeln geschickt.

„Kein Auftrag", sagte Janssen. Er wirkte wachsam und entschlossen.

Das ist das blöde an solchen Methoden, überlegte Stahnke, die Menschen stellen sich auf alles ein.

„Und der andere Mord? Warum hast du Krüger gekillt?"

Statt einer Antwort nur ein Blick. Stahnke ließ die Keule sinken. Nein, dieser Gesichtsausdruck war echt, soviel blankes Staunen konnte einer wie Janssen nicht spielen. Einen solchen Ausdruck bekam der bewusst überhaupt nicht hin. Nein, bis hierher und nicht weiter. Der Rest war nicht mit der Brechstange zu lösen. Auch nicht mit der Keule.

Aber was blieb dann von ihren Theorien, wenn Janssen den zweiten Anschlag begangen hatte, den ersten aber nicht? Wo war denn da ihr Etappenmörder, wenn die zweite Etappe keine Verbindung zur ersten hatte? Futsch, mitsamt allen Strukturen, die sie dieser Geschichte bis jetzt angedichtet hatten. Ein heimtückischer Mord an Krüger, ein verpatzter Racheakt an Godehau, und was das mit Alfred von Böden war, lag immer noch in tiefstem Dunkel. Drei Fälle ohne Zusammenhang. Ein Kuddelmuddel.

Wenn es aber tatsächlich keinen Zusammenhang gab, wie war dann das zweite Gedicht zu erklären? Jan-Habbo hatte weder das eine noch das andere geschrieben, soviel stand fest. Was, wenn dieser Bursche nur ausführendes Organ gewesen war, ohne sich dessen bewusst zu sein? Dann passte es wieder. Dann war der Gedichteschreiber der eigenhändige Mörder von Krüger und der Auftraggeber von Janssen. Das konnte dann eigentlich nur einer sein. Na warte, Büffelkopf.

Würde es unter diesen Umständen ein drittes Gedicht geben?

Unglaublich, was so ein Geständnis anrichten konnte.

Janssens Gesicht schien blässlich-bläulich zu flackern. Plötzlich wurde Stahnke bewusst, dass sich die Sirenen, die er vorhin gehört hatte, in der Zwischenzeit immer weiter genähert hatten und dann abgestellt worden waren. Weitere Sirenen ertönten jetzt, noch in einiger Entfernung, näher kommend. Stahnke drehte sich um. Da stand ein grünweißer Polizeibulli mit stumm rotierendem Blaulicht. Und direkt vor ihm standen Rieken und van Dieken.

Verschämt schaute Stahnke auf den Baseball-Schläger, den er immer noch in der Hand hielt. „Tja, Kollegen“, sagte er, „ich glaube, mir ist da etwas. . .“

„Alles klar, Chef“, sagte Rieken.

„Wir haben sowieso nichts gesehen“, sagte van Dieken.

„Nein?“, fragte Stahnke.

Zwei graubärtige Köpfe wurden geschüttelt.

„Bestimmt nicht“, sagte Rieken.

„Das sind wir Ihnen noch schuldig“, sagte van Dieken.

Arschlöcher, dachte Stahnke. Aber er sagte nichts.

28.

Als er spät in der Nacht aus dem Präsidium kam, wartete Sina auf ihn. Er fühlte sich hundemüde und zufrieden, wie eingehüllt in wohlige Trägheit, und ohne lange zu überlegen, streckte er seine Arme nach ihr aus. Sie erwiderte seine Umarmung wie selbstverständlich, küsste ihn sogar auf die stoppelige Wange.

„Danke", sagte sie leise.

„Wofür?"

„Dass du Marian das Leben gerettet hast."

„Ach. Na ja. Hat sich so ergeben, nicht wahr." Er lockerte seinen Griff.

Sina lächelte, ohne von ihm abzurücken. „War schon etwas in der Post?"

„Post?" Richtig, es war schon nach Mitternacht, also bereits Dienstag. Das dritte Gedicht. „Nein, noch nichts. Auch nicht drüben in der Hauptpost." Natürlich hatten sie dort einen Kollegen postiert, der sich stündlich meldete. Bisher ohne Resultat.

Stahnke setzte sich langsam in Bewegung, Richtung Altstadt. Jeder Schritt schmerzte, aber er wusste, dass es mit jedem Schritt erträglicher werden würde. Sina hakte sich bei ihm ein.

„Wo sind denn die ersten beiden Briefe abgestempelt worden?", fragte sie.

„Briefzentrum Oldenburg. Eingeworfen irgendwo zwischen Esens und Vechta." Er zuckte die Achseln, vorsichtig, als könnte er Sina versehentlich abschütteln.

„Dann können wir also nur warten?"

„Genau."

„Und wenn kein Brief kommt?"

Dann bin ich am Arsch, dachte Stahnke. Aber er sagte: „Wir werden sehen."

Schweigend gingen sie weiter. Die Ledastraße entlang, ein Stückchen Mühlenstraße, die Wörde, an der Mennonitenkirche vorbei, durch winzige, tunnelartige Gassen, über altes Kopfsteinpflaster. Er konzentrierte sich ganz auf seinen rechten Arm, auf das wohlig-warme Weiche, das er genoss, als würde es sich jeden Augenblick von ihm lösen, und das doch überhaupt keine Anstalten dazu machte. Sie waren in einen verträumten

Gleichschritt gefallen, der ein Gefühl der Vertrautheit erzeugte, ohne die Erregung zu dämpfen, die Stahnke ergriffen hatte.

Er blieb stehen. Sina schaute ihn an, als sei sie aus einem Traum erwacht, aber nur halb, und wünschte weiter zu träumen.

„Wo wohnst du?“, fragte sie.

„Hier“, sagte er. Sie standen vor einer dunkelgrünen Haustür mit weiß eingefassten Fensterchen. Er wies mit dem Finger nach oben: „Erster Stock.“

„Dann schließ doch auf“, sagte sie, ohne ihn loszulassen. Vorsichtig fingerte er seinen Hausschlüssel mit der linken Hand aus der Tasche.

Er wünschte, er hätte beizeiten aufgeräumt, aber es war ihm auch egal. Sie schien sich nicht an den aufgetürmten Zeitungsstapeln und dem Wäschehaufen im Flur zu stören. Er hinderte sie auch nicht daran, einen Blick in die Küche zu werfen.

„Iiih!“

„Was ist?“, fragte er besorgt.

„Da schwimmt ein Würstchen in der Spüle.“

„Ach so.“ Er rieb sich verlegen das Kinn. „Ist wohl vom Abendessen übrig geblieben. Weiß du, so mache ich mir die Dinger immer heiß. Spart 'ne Menge Abwasch.“

„Du bist ein Chaot“, sagte sie lachend. Dann legte sie die Arme um seinen Hals und küsste ihn entschlossen.

Die roten Flecken in seiner Unterwäsche bemerkte er erst, als er sie auszog. Peinlich berührt starrte er darauf.

„Mach dir nichts draus“, sagte sie, streichelte seine Schultern und fuhr ihm mit der Zungenspitze über die Brust. „Ich kenne das Problem.“

„Tatsächlich?“, fragte er verwirrt.

„Na klar.“ Sie streifte ihr Hemd ab und schmiegte sich eng an ihn. „Buntwäsche.“

„Ja, genau. Nichts als Ärger damit.“

Vorsichtig schlang er seine Arme um ihren nackten, warmen, weichen Körper, und sie küssten sich.

29.

„Hier ist er!"

Als Stahnke am Dienstagvormittag zu vorgerückter Stunde das Polizeigebäude betrat, Sina in gehörigem Abstand an seiner Seite, wedelte ihm Kramer schon auf der Treppe mit einem Bogen Papier zu. Stahnke grabschte sofort danach, schaute dann erschrocken hoch, aber Kramer winkte ab: „Ist 'ne Kopie. Das Original ist längst im Labor, samt Umschlag. Obwohl ich nicht glaube, dass etwas dabei herauskommt."

„Wann ist der Brief denn gekommen?"

„Wissen wir nicht", sagte Kramer. „War heute früh einfach so im Hausbriefkasten."

„Er ist frecher als ich dachte", sagte Stahnke. „Tanzt uns auf der Nase rum." Kopfschüttelnd öffnete er die Tür zu seinem Büro.

Er klatschte das Blatt Papier auf seinen Schreibtisch. Zu dritt beugten sie sich darüber. „Luft" lautete die Überschrift. Sina las vor:

„Dein Lauf wie ein Pfeil
unbeirrt stolz, doch der Tod
vollendet den Kreis."

„Pfeil und Bogen?" Stahnkes Frage klang zweifelnd.

Sina schüttelte energisch den Kopf. „Nein, die Pfeil-Metapher zielt auf die Läufer. Oder auf uns, ganz wie man will. Dass wir der Bedrohung trotzen, also ihm, und den Lauf fortsetzen. Stolz, unbeirrt, geradlinig wie ein Pfeil. Aber alles Leben ist ein Kreis, darin liegt seine Vollendung, und in der Vollendung dieses Kreises liegt auch der Tod."

„Was für ein Tod?", fragte Kramer. „Irgendein Hinweis, wie er es diesmal machen will?"

Sina zögerte. „Kann ich noch nicht erkennen", sagte sie schließlich. „Möglich, dass sich da etwas verbirgt. Aber dann ist es so stark verschlüsselt, dass man es wohl kaum mit letzter Sicherheit interpretieren kann."

„Wenn es zwei oder drei Möglichkeiten gäbe, wäre das ja auch schon etwas", meinte Kramer. „Darauf könnten wir reagieren, Personal werden wir reichlich haben. Schwierig wird's nur, wenn wir gar nichts haben, worauf wir die Leute ansetzen können."

„'Unbeirrt stolz'", zitierte Sina. „Wer stolz ist, trägt die Nase hoch. Hanns Guck-in-die-Luft. Geht es vielleicht darum? Eine Falle am Boden?"

„Hatten wir schon", sagte Kramer. „Außerdem gucken wohl alle Läufer vor sich auf die Strecke. Unwahrscheinlich, dass er das meint."

Hilflos und unglücklich schaute Sina von einem zum anderen. Dabei fiel ihr auf, dass Stahnke noch gar nichts gesagt hatte. Der Hauptkommissar hielt den Blick gesenkt, nicht auf das Blatt Papier mit dem Gedicht, sondern auf die narbige Tischplatte ein paar Zentimeter daneben. „He, wo bist du denn?", fragte Sina leise.

Jetzt schaute Stahnke hoch, und seine wasserblauen Augen schienen zu leuchten. „Die dritte Etappe haben wir heute", sagte er. „Von Bagband nach Holtrop, über etwas mehr als elf Kilometer. Wisst ihr, wie man dieses Teilstück nennt?"

„Ja", sagte Sina. „Die Mühlenetappe." Sie runzelte die Stirn: „Weil fünf historische Windmühlen entlang der Strecke stehen. Gibt es da vielleicht einen Zusammenhang?"

„'Vollendet den Kreis'", las Stahnke vor. „Windmühlenflügel drehen sich im Kreis, durch die Luft, und die Mühlengebäude haben einen runden Querschnitt. Bei uns stehen fast ausschließlich Mühlen vom Typ Galerieholländer, also solche, die oberhalb des Mühlenstumpfes einen außen liegenden Rundgang haben. Rundherum. Mit bestem Überblick."

„Möglich", sagte Sina. „Ja, sehr gut möglich. Ein Scharfschütze hoch oben auf einer der Mühlen kann sich praktisch jeden aus dem Läufer-Feld herauspicken."

„Und dann?", fragte Kramer. „Sobald er schießt, wird er bemerkt, und dann sitzt er da oben in der Falle. Ich habe solche Dinger schon besichtigt. Bis man da wieder runtergekraxelt ist, vergeht einige Zeit."

Stahnke guckte Kramer an wie einen Spielverderber. Am liebsten hätte er ihm die Zunge rausgestreckt. „Da gibt es doch Möglichkeiten", sagte er. „Ein Tau am Geländer, auf der Rückseite, ein paar Gurte und Karabinerhaken, und der Mann ist in drei Sekunden unten. Wenn er da ein Geländemotorrad postiert, hat er beste Fluchtchancen."

„Oder ein Mountainbike", ergänzte Kramer mit steinerner Miene.

„Oder das." Dabei fiel Stahnke ein, dass sein Rad immer noch draußen bei der Ruine stehen musste, die mal Levys Haus gewesen war. Das besserte seine Laune nicht gerade. „Was soll's außerdem. Wissen Sie vielleicht etwas Besseres?", herrschte er Kramer an.

„Nein", sagte der.

„Also schön. Besorgen wir uns alle Unterlagen, die wir über diese fünf Mühlen bekommen können. Und dann müssen wir uns überlegen, wie wir die Dinger observieren lassen, ohne gleich die Pferde scheu zu machen. Erledigen Sie das, Kramer, ich kümmere mich um den Rest."

Kramer erhob sich wortlos. Im Durchgang zu seinem Büro drehte er sich noch einmal um: „Ihr Fahrrad steht übrigens unten im Keller, Chef. Rieken und van Dieken haben es abgeholt. Und sie haben es auch schon wieder gangbar gemacht."

„Danke", murmelte Stahnke und verfluchte im Stillen seine große Klappe. Denn wenn es einen gab, der sich stets und ständig um den Rest kümmerte, den andere übrig ließen, dann war das Kramer.

30.

Da war wieder dieses Geräusch in seinem Kopf, dieses stimmlose Singen wie von einem Fernseher mit abgestelltem Ton, ein Geräusch vom oberen Ende der Wahrnehmbarkeits-Skala, knapp jenseits der Grenze des Nachweisbaren. Ein Geräusch, das völlig gegensätzliche Assoziationen hervorrief: Übermäßige Anspannung, totale Entspannung, Einsatz aller Kräfte im Sprung, Gelöstheit im freien Fall. Ein Geräusch, das nur in der Ruhe vor dem Sturm zu hören war.

Aber vielleicht bin ich auch einfach nur übermüdet, dachte Stahnke.

Es war kurz nach siebzehn Uhr. Alle Vorbereitungen waren getroffen, alle Maßnahmen besprochen, alle Möglichkeiten erwogen. Wirklich alle? Wer konnte das wissen. Alles, was wir wissen, was wir als wahr zu kennen glauben, ist relativ, überlegte er. Der nächste Tag, der nächste Augenblick, die nächste Erfahrung konnte eine neue Wahrheit ans Licht bringen. Die alte war dann nicht überholt, nein, sie hatte nie gestimmt.

Und? Sollte man deshalb im Lehnstuhl hocken bleiben, tatenlos, immer darauf verweisend, dass es ja doch keine absolut gültige Wahrheit gab? Nichts für mich, dachte Stahnke. Ich lasse mich nicht lähmen vom Wissen um die Begrenztheit meines Wissens, ich setze die relative Wahrheit absolut. Wie die Menschen damals, die dachten, die Erde sei eine Scheibe. Gereist sind die auch. Und sie sind auch irgendwo angekommen. Unter anderem bei der Erkenntnis, dass sie auf einer Kugel hausen. Hat sich also gelohnt.

Jetzt aber hieß es warten, und schon das ging Stahnke gegen den Strich. Warten darauf, dass es neunzehn Uhr wurde. Zeit für den Startschuss. Was danach werden würde, wusste ohnehin niemand.

„Kramer?", sagte Stahnke leise. Wortlos erschien sein Assistent im Durchgang und lehnte sich an den Türrahmen.

„Haben wir etwas übersehen?", fragte Stahnke. „Irgend etwas vergessen?"

„Bestimmt", sagte Kramer. Sie lachten nicht, das hatten sie nicht nötig.

„Das werden wir ja bald wissen."

Kramer nickte. „Hinterher weiß jeder, was wir übersehen haben. Vorher keiner."

Ein Wortwechsel wie ein Händedruck. Ein kleines Ritual unter Männern, unter Kriegern vor dem Kampf. Bei etwas mehr Neigung zum Pathos hätten sie sich jetzt umarmt, vielleicht sogar geküsst.

„Unsere beiden Favoriten sind in guten Händen?"

„Ja", sagte Kramer.

„Wann fahren wir rüber?", fragte Stahnke.

„Auf keinen Fall zu früh. Wenn wir Viertel vor sieben dort sind, reicht das dicke."

Wieder schaute Stahnke zur Uhr. Viertel nach fünf. Zu früh, um schon ganz fertig zu sein. Es musste noch etwas zu tun geben. Aber Vorsicht. In der Schule war er einmal mit einer auf fünf Stunden angesetzten Deutsch-Klausur nach gut drei Stunden fertig gewesen. Um die verbleibende Zeit zu nutzen, hatte er seinen Text zu überarbeiten begonnen, und als die Hefte eingesammelt wurden, war von seinen ursprünglichen Gedanken nichts mehr übrig gewesen. Vier minus.

Ablenkung? Nein, auch nicht gut. Das, was sie da in ihren Köpfen gebastelt hatten, war zu kompliziert, als dass es Zerstreuung vertragen hätte. Zudem konnte er Sina jetzt nicht anrufen, und der Gedanke, Kramer zu einem Spaziergang einzuladen, war absurd.

Tun. Er wollte, er musste etwas tun.

„Ist Krügers Wohnung immer noch versiegelt?", fragte er.

Kramer nickte.

„Der Schlüssel liegt bei Ihnen?"

Wieder ein Nicken. Und ein fragender Blick.

„Geben Sie mal her", sagte Stahnke. Dann fiel ihm noch etwas ein: „Wer hat eigentlich meinen Fahrradschlüssel? Sie?"

„Ja", erklang Kramers Stimme aus dem Nebenzimmer. Mit dem Schlüssel in der Hand erschien er wieder im Durchgang: „Soll ich mitkommen?"

Stahnke griff nach dem Schlüssel und schüttelte den Kopf. „Sie überwachen das hier. Abgesprochen ist ja alles. Wir sehen uns dann."

Kramer rammte die Hände in die Hosentaschen. Manchmal, überlegte Stahnke, manchmal möchte er wohl auch gerne der Chef sein. Gönnen würde ich's ihm ja. Aber manchmal bin ich auch ganz froh, dass ich der Chef bin.

31.

Es sieht aus wie immer, dachte Marian. Hunderte von Läufern, ein buntes Gewimmel, eine schwellende Menge, ständig gespeist vom Strom der Neuankömmlinge, einzeln oder in Gruppen, Leute beim Umziehen, beim Stretchen, beim Warmlaufen. Die Großfamilie Ossiloop unmittelbar vor dem Etappenstart. Es sieht aus wie immer.

Aber es hörte sich nicht an wie immer. Kein Scherz, kein Lachen, überhaupt kein lautes Wort. Geredet wurde viel, aber das sah man mehr als dass man es hörte. Spannung lag über der Szene, aber keine erwartungsfrohe, die sich mit einem Startschuss lösen ließ. Was hier erwartet wurde, war ein Gewitter. Eines mit Einschlägen.

In Bagband lag der Startbereich weder in einem Park noch auf einem einem Sportplatz, sondern mitten im Ort, mitten auf der Straße. Schon nach weniger als hundert Metern beschrieb die Strecke eine scharfe Kurve nach links und mündete wenig später in den Ostfriesland-Wanderweg ein. Elf Kilometer und zweihundert Meter bis Holtrop. Die Mühlenetappe. Fünf Mühlen standen entlang der Strecke, und deshalb bekamen auch alle Teilnehmer, die Müller oder Bäcker hießen, im Ziel Präsente. Was Marian ziemlich ungerecht fand; wo lag denn da der Verdienst? Die erste der fünf Mühlen stand gleich hier im Ort, etwas rechts von ihnen. Er schaute sich um, aber von seiner Position aus konnte er sie nicht sehen.

„Marian?" Eine kleine warme Hand legte sich auf seinen nackten Oberarm, und er wusste sofort, wem sie gehörte. Heiß durchströmte es ihn, schön und schmerzhaft zugleich.

„Sina. . . " Er musste sich regelrecht zwingen, sich zu ihr herumzudrehen. „Hallo."

„Hallo."

Sie sieht eifrig aus, fand er. Wichtig, so als hätte sie hier die Oberaufsicht oder sonst etwas Bedeutendes zu tun. Eifrig und wichtig, aber auch ein ganz klein wenig schuldbewusst. Er war gespannt, was sie sagen würde. Verzeihen war ja seine Stärke. Er hatte sich selbst immer sehr großzügig gefunden.

„Darfst du denn überhaupt?" Sie deutete auf seinen Kopf: „Wo du doch schon wieder da oben eins drauf bekommen hast?"

Geplänkel, dachte er, Vorspiel. Das war es noch nicht. „Die Ärzte sagen nein", erwiderte er. „Aber ich dachte mir, was soll's.

Ist schließlich mein Leben, und darum muss ich mich selber kümmern.“ Levys Lektion, sie klang nicht übel.

Wenn Sina Bewunderung empfand, dann verbarg sie die gut. „Pass auf“, sagte sie, „ob du nun läufst oder nicht, bleib auf jeden Fall so lange hinter der Absperrung, bis es von der Organisationsleitung andere Anweisungen gibt, okay? Von Hesse. Über Megaphon. Achte auf die Durchsagen.“

„Was soll das?“, fragte er verwirrt. „Wer sagt das?“

„Stahnke“, sagte Sina. Und weg war sie.

Das Hitzegefühl blieb, die Ursache aber hatte gewechselt. So war das also. Jetzt war Fräulein Sina plötzlich die rechte Hand vom großmächtigen Hauptkommissar, eingeweihte Vertraute und eingeschworene Helferin, und er, er war nur noch ein, ein - Mitläufer? Kleiner Rollentausch, ach ja. Was bildete die sich eigentlich ein, diese anmaßende Zicke?

„Geht's dir gut?“ Ein kleiner älterer Mann in lila-grünem Trikot musterte ihn mitfühlend-kritisch. „Alles in Ordnung?“

„Ja, klar.“ Seine Stimme war belegt, und er räusperte sich. „Alles bestens.“

„Ich frage nur, weil du so rote Flecken im Gesicht hast. Setz dir mal lieber eine Sonnenmütze auf.“ Der Mann klopfte ihm aufmunternd auf die Schulter und tauchte in der Menge unter.

Die Familie Ossiloop, dachte Marian. Die kümmert sich um ihre Schäfchen. Nur war ihm gerade gar nicht nach Schaf sein zu Mute. Vor unterdrückter wölfischer Wut begann er zu zittern.

Achtzehn Uhr fünfundfünfzig, noch fünf Minuten bis zum Start. Normalerweise setzte jetzt der schleichende Wettstreit um die besten Plätze ein, das Geschiebe an der Startlinie, das Gerangel am Flatterband. Diesmal aber war das unmöglich, weil eine dichte Ordner-Kette den eigentlichen Start-Raum abschirmte. Fragen begannen zu schwirren, es wurde lauter. Die Antworten der Ordnungskräfte waren knapp: „Abwarten“, oder: „Hört auf die Durchsagen.“ Die Unruhe verstärkte sich, aber alle hielten sich an die Anweisungen. Die Familie wahrte Disziplin.

Hinter der Absperrung war Hesses leuchtender Gigantenschädel zu erkennen. Kramer war auch da, dazu zwei oder drei Männer, die Marian nicht kannte; sie hielten Handys gezückt. Irgend etwas läuft da, dachte er. Natürlich. Aber warum weiß ich nicht, was?

Er drängte sich durch bis zur Ordnerlinie, erntete aber nur Kopfschütteln. Drei Meter neben ihm durfte Sina passieren. Ein neuer Affront. Das Zittern kehrte zurück.

Ein durchdringender Pfeifton verkündete, dass Hesse sein kleines rotes Megaphon eingeschaltet hatte. „Achtung, bitte! Macht mal alle Platz. Alles nach rechts und links an den Straßenrand, bitte!" Niemand begriff, aber fast alle leisteten der Aufforderung Folge. Marian, der keine Lust verspürte, sich vom Fleck zu rühren, fühlte sich am Trikot gezerrt und gab nach.

Plötzlich aufbrummendes Motorengeräusch zog die Aufmerksamkeit auf sich, weg von der Startlinie. Ein Reisebus mit grellbunten Werbeschriftzügen und dunkel getönten Scheiben tauchte am unteren Ende der Dorfstraße auf, näherte sich gefährlich schnell, tauchte in die von den Läufern geformte Gasse ein und hielt genau auf die Ordnerkette zu. Die machte eine Durchfahrt frei, ruhig und gelassen, wie einstudiert. Mit zischender Bremshydraulik kam der Bus direkt auf der Startlinie zum Stehen. Der Diesel grummelte dumpf im Leerlauf. Hinter dem Fahrzeug formierten sich die Ordner erneut zur geschlossenen Kette.

Wie in „Zwei Banditen", schoss es Marian, der gespannt den Atem anhielt, durch den Kopf. Da nähert sich während des Überfalls auf den Reisezug ganz unerwartet diese Lok mit den geschlossenen Waggons, stoppt in einiger Entfernung, alles hält gespannt inne, und dann passiert einige Sekunden lang nichts. Großaufnahmen der Gesichter: Fragende Blicke, perlender Schweiß. Unglaublich spannende Sekunden. Plötzlich ertönt die Dampfpfeife der Lok, die Schiebetüren der Waggons fliegen auf, und heraus springen die berittenen Kopfgeldjäger. Oder waren es Polizisten?

Einige Sekunden lang geschah nichts. Dann klappten die Bustüren auf, ohne dass die Hupe einen Ton von sich gegeben hätte, und zwei Kolonnen junger, kräftiger Männer mit massiv wirkenden Oberkörpern unter weit fallenden Sweatshirts kamen heraus getrabt. Marian schnappte nach Luft, als er einen der Männer erkannte. Ein ehemaliger Regionalliga-Handballer vom OHV Aurich, als Kreisläufer ebenso gefürchtet wie als Speerspitze bei Einsätzen gegen Hooligans. Das ist die Bereitschaftspolizei, dachte Marian, die kasernierte BePo aus Oldenburg, so an die vierzig Mann. Nicht beritten, aber mit Laufschuhen an den Füßen.

Der Bus fuhr an und verschwand um die Kurve; das Geräusch des Motors verklang. Dann ertönte ein Schuss. Marian blickte zur Uhr: genau neunzehn Uhr. Die Polizisten liefen los, bildeten einen lockeren Pulk und näherten sich zügig der Kurve. Die Ordnerkette aber stand ungerührt und wie unverrückbar. Die Strecke blieb gesperrt, niemand konnte folgen.

Wieder pfiff Hesses Megaphon. „Achtung, Ossilooper", rief der Wettkampfleiter, „aus gegebenem Anlass wird der Start der dritten Etappe um eine halbe Stunde verschoben. Alles klar? Um eine halbe Stunde! Also haltet euch warm, um neunzehn Uhr dreißig geht es los."

Das also war es. Stahnke schickte die BePo-Leute mit ihren kugelsicheren Westen vor, als Köder und Rollkommando zugleich. Um den Attentäter entweder zu locken oder aufzuscheuchen. Und ihn dann zu packen. Na super. Plumper ging es wohl nicht.

Marian spürte, wie die Wut ihn stärker und stärker schüttelte. Hatte dieser stoppelhaarige Blödmann denn immer noch nicht erkannt, wer wirklich hinter den Mordanschlägen steckte? Glaubte er immer noch an einen wahnsinnigen Serienkiller, frisch und munter einer dieser im Dutzend billigeren Fernsehserien entsprungen? Dabei war die Indizienkette doch lückenlos. Den Anschlag auf ihn hatte dieser Neonazi ja sogar schon zugegeben, das wusste er von Levy, und das Motiv für den Mord an Krüger hatte Levy doch selber geliefert. Auf dem Teetablett, sozusagen. Gut, der Bogen war etwas weit gespannt, aber wenn man wusste, dass Zimmermann genau zum richtigen Zeitpunkt am Tatort im Gebüsch herumgekrochen war, sah das doch schon ganz anders aus. Stahnke wusste das.

Aber wusste Stahnke überhaupt von Levys Theorie? Von mir jedenfalls nicht, dachte Marian. Mit mir redet er ja nicht mehr. Jetzt steht er ja mehr auf Sina. Ihm wurde noch heißer.

Und dann lief er plötzlich los, mitten in den roten Vorhang hinein, der sich vor seinem Augen ausbreitete.

Hände griffen nach ihm, aber er schlug sie einfach beiseite. Er sah die Kette der Ordner vor sich, dann bemerkte er, dass er sie durchbrochen hatte, ohne zu wissen wie. Eine Stimme rief seinen Namen, eine helle, gellende, ärgerlich und ängstlich klingende Stimme. Es war Sina, und sie lief ihm nach.

Einen Augenblick später brach die Stampede los. Der ganze bunte Pulk, das gesamte Feld, die komplette Großfamilie der

Ossilooper, Hunderte und Aberhunderte waren von einem Augenblick zum anderen in Bewegung. Die Ordner sahen sich mit einem plötzlich wild entschlossenen, unaufhaltsamen Menschenstrom konfrontiert und ergriffen die Flucht. Und weil sie nun einmal in Bewegung waren, liefen sie gleich mit.

Hesses Megaphon-Stimme ging im Scharren der Laufschuhe unter, seine Anordnungen verhallten ebenso wie seine Bitten um Vernunft. Resignierend ließ er die rote Flüstertüte sinken.

„Was jetzt?", fragte er, als er sich schließlich auf einer fast leeren Straße wiederfand, Seite an Seite mit Kramer, umweht von zerrissenem rot-weißem Flatterband. Kramer zuckte die Schulter: „Vielleicht kann Herr Stahnke uns das sagen."

Hinter ihnen klingelte es, instinktiv spritzten sie auseinander, und ehe sie sich noch umdrehen konnten, raste ein gelbes Fahrrad zwischen ihnen hindurch, angetrieben von einem kräftigen, etwas beleibten Mann, der sich tief über den Lenker beugte. Der Mann trug beige Hosen, ein hellblaues Oberhemd mit hochgekrempelten Ärmeln und darüber ein nachlässig befestigtes Halfter. Die baumelnde Pistolentasche klatschte ihm im Rhythmus seiner kraftvollen Tritte gegen die Seite, als wollte sie ihn zu noch höherem Tempo anspornen.

Mit offenen Mündern starrten Hesse und Kramer der Erscheinung nach, bis sie um die Kurve verschwunden war.

„Und jetzt?", fragte Hesse.

„Fragen Sie mich nicht", sagte Kramer.

32.

Natürlich lief er zu schnell, angestachelt von Ärger und Wut und dem kindischen Verlangen, aufzuschließen zu dieser Polizistengruppe, um aus nächster Nähe mit zu erleben, wie Stahnkes Plan, den dieser scheinheilige Duzfreund ihm so schnöde unterschlagen hatte, in die Tat umgesetzt wurde - und vermutlich scheiterte. Natürlich konnte er das Tempo, mit dem er losgestürmt war und das ihn tatsächlich bis auf knapp dreißig Meter an die ruhig und gleichmäßig dahin trabende Einheit heran gebracht hatte, nicht halten. Bald schon begann sich die Gruppe wieder von ihm zu entfernen - wie ein ersehntes rettendes Eiland, das er gegen eine widrige Strömung schwimmend nicht erreichen konnte, so dass er hilflos zusehen musste, wie es hinter dem Horizont versank.

Statt dessen begannen ihn andere Läufer zu überholen, schneller denn je, schließlich war er noch nie vor der Favoritengruppe ins Rennen gegangen; deren Tempo beraubte ihn sämtlicher Illusionen über seine eigenen Möglichkeiten. Die ersten Überholer warfen ihm noch Blicke zu, zustimmend die einen, zweifelnd die anderen. Schon bald aber hatte ihn das Feld geschluckt und seiner neuen, kurzlebigen Identität beraubt. Man überlief ihn einfach, ohne ihn zur Kenntnis zu nehmen. Marian fühlte sich näher an der Aufgabe als bei der ersten Etappe.

„Blödmann!“ Sina hatte sich neben ihn geschoben. Er brauchte ihr nicht ins Gesicht zu sehen, um ihre Wut zu spüren. „Du hast alles versaut. Deinetwegen bringen sich jetzt alle diese Leute in Gefahr. Wenn einem von denen etwas passiert, bist du schuld!“ Sie spie die Worte förmlich aus.

Marian antwortete nicht, konzentrierte sich statt dessen auf seinen Atem. Sollte sie sich doch verausgaben. Er wusste, was er wusste. Und das war etwas, das sie nicht wusste.

Ätsch bätsch?

Dass er gerade dabei war, sich unsterblich zu blamieren, war natürlich nicht auszuschließen. Er biss die Zähne zusammen. Würde sich daran etwas ändern, wenn er jetzt stehen blieb? Nein. Also weiter. Trotz und abermals Trotz.

Sina schwieg jetzt auch. Sie hielt genau die Position neben ihm. Und wieder Trotz.

Schwül war es hier unter den Bäumen, deren tief hängende Zweige ihm immer wieder durchs Gesicht wischten, als wollten sie ihn abwatschen für seine Unbeherrschtheit. Myriaden winziger Fliegen umschwirrten ihn, bildeten dichte Wolken, als wollten sie den Weg blockieren und ihn zum Ausweichen zwingen. Er lief einfach durch sie hindurch, als seien sie Luft. Was sie nicht waren. Überall auf seiner schwitzigen Haut klebten sie, diese kleinen schwarzen Fliegen, sie krochen ihm in die Nase und summten in seinen Ohren, landeten in seinen Augen und zwängten sich zwischen seine Zähne. Reibend, wischend und spuckend lief er weiter. Es war zum wahnsinnig werden.

Immerhin kam er voran. Das erste Drittel der Etappenstrecke mussten sie bald geschafft haben. Immer noch wurde er von Läufern überholt, aber nur noch von wenigen, und die stürmten nicht mehr so deprimierend schnell an ihm vorbei. Gerade passierte ihn wieder einer, ein mittelgroßer Blonder, einer von diesen Sweatshirt-Trägern, die aussahen, als hätten sie etwas darunter. Etwas Festes, Auftragendes. Wahrscheinlich gehörte er zu den BePo-Leuten und hatte unterwegs anhalten müssen, um zu pinkeln.

„Da vorne ist die Mühle von Spetzerfehn“, rief Sina. Sie schrie es ihm fast ins Ohr, und er zuckte zurück. „Achtung!“

„Na und?“ Mühlen hatte er in seinem Leben schon mehr als genug gesehen. Er zuckte im Laufen die Achseln. Sina rollte die Augen und krümmte ihre Finger zu Klauen. Was sollte dieser Blödsinn? Er wandte sich ab.

„Hör doch mal zu!“ Sina ließ nicht locker. „Die Mühle! Das ist die Todesmetapher.“ Sie sprach stoßweise, musste innehalten, um wieder zu Atem zu kommen. „Das Gedicht! Bleib doch mal stehen!“

Stehen bleiben? Gedicht? Die Frau hatte sie doch nicht alle. Um keinen Preis würde er jetzt anhalten. Wenn er sich schon blamiert hatte, dann wollte er wenigstens als Finisher durchs Etappenziel laufen. Ein Trost vorab, sozusagen. Reden konnte man dann immer noch.

„Warte!“ Sie packte ihn am Oberarm. Wütend riss er sich los. Jetzt fing Sina aber wirklich an zu spinnen. Konnte sie denn nicht begreifen, dass er keine Lust hatte, sich ihren Willen aufzwingen zu lassen?

Erneut griff sie nach ihm. Marian beschleunigte; Sinas Finger glitten von seiner Schulter ab.

Er musste ein paar Schritte Vorsprung gewinnen, Sina auf Distanz halten. Verbissen konzentrierte er sich auf seine Beine, die jetzt weiter ausholten, dabei aber die letzten Luftreserven aus seiner Lunge zu saugen schienen wie rasende Pumpenschwengel, und auf die Strecke. Da war der Mann im grauen Sweatshirt, noch gar nicht so weit voraus. Gerade eben hielt er wieder auf die Büsche am Streckenrand zu. Aha, Blasenprobleme. Oder vielleicht Dünnpfiff. Deshalb also hatte er den Anschluss an seine Kameraden verloren.

Da war Sina schon wieder; aus den Augenwinkeln heraus hatte er sie erspäht. Sie war eben doch schneller als er, verdammt. Er behielt seinen rechten Oberarm im Visier, um ihn wegzuziehen, sobald sie wieder nach ihm griff.

Aber das tat sie nicht. Diesmal packte sie ihm am Hosenbund. Der Stoff ächzte, und er kam stolpernd und fluchend zum Stehen. Wütend drehte er sich zu ihr um, die Hand zum Schlag erhoben. Aber er schlug sie nicht, er stieß ihr nur die flache Hand gegen das Brustbein. Beide taumelten sie einen Schritt rückwärts.

Ein Schuss krachte in nächster Nähe, unmittelbar neben ihnen, rechts von der Strecke. Links davon klatschte ein Geschoss in einen Baumstamm. Sina und Marian erstarrten, als könnten sie die Linie, die Abschuss- und Aufschlagspunkt verband, tatsächlich sehen. Sie musste genau zwischen ihnen hindurch verlaufen.

Marians Blick folgte der imaginären Linie, traf auf das Gebüsch am Streckenrand, durchdrang eine schüttere Stelle. Da stand er, kaum auszumachen in seinem unauffälligen grauen Sweatshirt, einen Revolver in den erhobenen Händen. Einen Sechsschüsser vermutlich, mit fünf weiteren Patronen in der rotierenden Trommel. Und er zielte genau auf ... nein, nicht auf ihn. Marian konnte ein wenig vom perspektivisch verkürzten Lauf erkennen, nicht nur die Mündung. Kunstunterricht, zweite Stunde. Nein, die Waffe war nicht auf ihn gerichtet. Der Mörder zielte auf Sina.

Jetzt aber begann sich der Revolverlauf doch zu verkürzen. Marian schaute nach rechts: Sina kam auf ihn zu, glaubte ihn in Gefahr, wollte sich auf ihn werfen, ihn zu Boden reißen, ihn retten. Er beugte sich vor, unterlief ihren ausgestreckten Arm, rammte sie mit seiner Schulter und warf sie um. Dann ging er rückwärts zu Boden, stürzte halb auf sie, den Blick auf den grauen Mann im Gebüsch gerichtet.

Der nächste Schuss. Ihm war, als hätte die Kugel beinahe seine Nasenspitze gestreift.

Zwei von sechs. Vier Patronen hatte er noch. Und hier lagen sie, hilflos wie die Schildkröten, nur ohne schützenden Panzer. Das einzige, was Sina noch von ihrem Mörder abschirmte, war Marians Körper. Nichts, was nicht mit Nummer drei von sechs aus dem Weg zu räumen wäre.

Drei von sechs. Seven of Nine. Scotty, Energie! Die Enterprise könnte uns jetzt noch retten, dachte Marian. Nur die. Höchstens noch die US-Kavallerie. Aber die musste sich beeilen, denn der graue Mann würde jetzt schießen. Jetzt.

Es klingelte. Und noch einmal, schrill, laut und drängend. Marian schaute zur Seite, einem antrainierten Fahrradfahrer-Reflex folgend. Der Schütze schien das auch zu tun, denn der dritte Schuss blieb aus. Da rauschte es heran, grellgelb, hellblau, beige und massig, mit einem Höllentempo geradewegs hinein ins Gebüsch. Es prasselte und splitterte, dann fiel der dritte Schuss. Und ein vierter, fast gleichzeitig. Das Prasseln erstarb, und es wurde still.

Marian löste sich aus seiner Erstarrung, vor allem, weil Sina sein Hinterteil mit ihrem rechten Fuß traktierte, um den linken frei zu bekommen. Im Gebüsch, dort, wo gerade noch der graue Mann gestanden hatte, stand jetzt niemand mehr. Dafür klumpte dort etwas am Boden, etwas Undefinierbares, Regungsloses. Etwas mit bunten Farbtupfern. Marian unterschied Grellgelb und Himmelblau.

Zwei Schüsse, dachte Marian. Zu schnell hintereinander, als dass sie aus der selben Waffe stammen konnten. Stahnke musste im Fahren geschossen haben. Welche Trefferchance hatte ein schwer atmender Radler auf einem rüttelnden, bockenden Mountainbike? Der Graue hatte einen sicheren Stand gehabt. Mein Gott, Stahnke. „Verdammte Scheiße", flüsterte Marian.

„Verdammte Scheiße", knurrte es aus dem Gebüsch.

Mit einem letzten, beherzten Tritt befreite Sina ihr eingeklemmtes Bein, und Marian, der fassungslos durch den Staub rollte, hörte sie juchzen. Wieder prasselte und splitterte es in den Büschen, dann trat der mittelgroße blonde Mann im grauen Sweatshirt heraus. Er taumelte ein wenig; als er einen sicheren

Stand gefunden hatte, hob er die Hände. Hinter ihm brach Stahnke durch die Zweige, dreckig und zerschunden, das zerrissene Hemd befleckt von Blut, das ihm aus der Nase lief, und in jeder Hand eine Waffe.

Ein Trupp Ossiloop-Nachzügler näherte sich dem Schauplatz, blieb stehen und bestaunte die bizarre Szene; weitere Läufer stießen hinzu. Auch aus der anderen Richtung näherten sich Sportler, die angehalten hatten und zurück gelaufen kamen, angelockt vom sensationsverheißenden Geräusch der Schüsse.

„Paul Krüger", krächzte Stahnke und wischte sich das Blut, das immer noch aus seiner Nase rann, mit dem Handrücken über beide Wangen. „Sie sind verhaftet."

Die Läufer brachen in tosenden Applaus aus. Sina stürzte auf Stahnke zu und fiel ihm um den Hals. „Es war nicht die Mühle", rief sie, „es war der Revolver. 'Der Tod vollendet den Kreis'. Damit war die Trommel des Revolvers gemeint." Sie küsste ihn, mitten ins verschmierte Blut hinein, und er erwiderte den Kuss, freihändig, ohne dabei den Mann im grauen Sweatshirt aus den Augen zu lassen.

Marian stellte fest, dass es ihm nicht vergönnt war, im Straßenstaub zu versinken.

33.

Wann genau haben Sie sich entschlossen zu sterben?", fragte Stahnke.

„An meinem Geburtstag", sagte Paul Krüger. „Am späten Abend des dritten Oktober vergangenen Jahres, um genau zu sein."

„An Ihrem Geburtstag also", sagte Stahnke. Er hatte sich inzwischen das Gesicht gewaschen, aber die Blutflecken auf seiner Kleidung hatte er allein mit warmem Wasser natürlich nicht heraus bekommen, und ein Hemd zum Wechseln hatte er nicht zur Hand. Nicht zum ersten Mal nahm er sich vor, endlich eins als Reserve für alle Fälle im Wandschrank seines Büros zu deponieren. „Und warum an diesem Tag? So vom Gefühl her?"

Paul Krüger lächelte dünn. „An diesem Tag hat man meine Rinder abgeholt. Alle. Abgeholt, getötet und verbrannt. Die ganze Herde."

„BSE?", fragte Kramer.

Krüger nickte, immer noch lächelnd. „Klar, BSE. Keine Frage. Was man heute eben so hat. Eindeutiger Befund beim Schnelltest, inklusive Gegenprobe. Die Laster sind auf meinen Hof gefahren, während ich noch in der Tür stand und den Bescheid gelesen habe."

Stahnke fixierte ihn einige Sekunden lang. Dann fragte er: „Sie glauben nicht, dass Ihre Tiere krank waren?"

„Nein", sagte Paul Krüger. „Glaube ich nicht."

„Sie hatten einen reinen Rinderzuchtbetrieb?"

„Nein. Ich habe auch Getreide angebaut. Dazu noch Hackfrüchte und dies und das, aber mehr so nebenbei. Getreide und Rinderzucht, das waren meine Standbeine." Jetzt lächelte er wieder: „Aber das eine hatte er mir ja schon einen Monat vorher eingeknickt."

„Wie meinen Sie das?", schaltete sich Kramer wieder ein.

„Meine Lieferungen wurden beanstandet. Zuviel Pestizid-Rückstände." Er lachte bitter. „Pestizid in meinem Getreide. Es ist unglaublich. Aber es hat gestimmt, eindeutig nachgewiesen. Da konnte ich nichts machen. 'Für den menschlichen Verzehr nicht geeignet'. Tja, und das Öko-Siegel war natürlich sowieso weg. Umgehend aberkannt. Unehrenhaft, sozusagen."

„Sie haben keine Pestizide eingesetzt", sagte Stahnke. „Und Ihre Tiere waren auch nicht krank." Er runzelte die Stirn und starrte den jungen Mann an.

Paul Krüger hielt seinem Blick stand. „Ja. Es stimmt, was Sie sagen, und Ihre Reaktion stimmt auch. Genau wie von ihm geplant. Er hat mich voll in der Flanke erwischt. Wer mit dem Finger auf andere zeigt und dann selber erwischt wird, der hat nichts zu lachen. Der braucht auf keine Hilfe zu hoffen. Der ist geliefert." Er wischte sich mit der flachen Hand über Stirn, Augen und Wange, und für einen Moment sah er gar nicht mehr so jung aus. „Und dem glaubt auch keiner, wenn er sich verteidigt. Der wird angeguckt . . . na, so wie von Ihnen gerade. Das ist mir schon nach der Pestizid-Sache klar geworden. Und nachdem dann die Rinder abgeholt worden waren, habe ich mich für den Tod entschieden."

„Für wessen Tod?", fragte Kramer.

„Zunächst einmal für meinen", sagte Paul Krüger.

„Anfang November haben Sie Ihren Hof verkauft." Stahnke hatte sich beiläufig durch ein dünnes Päckchen Fax-Papiere geblättert. „Ging ja ziemlich schnell, nicht?"

„Zum Glück gab es nicht nur einen Interessenten", sagte Paul Krüger, „sonst hätte ich wohl nicht einmal genug bekommen, um die Grundschuld abzulösen. Aber so ging's. Ich war zufrieden."

„Gegründet haben Sie den Betrieb vor allem mit dem Geld, das Ihre Mutter Ihnen hinterlassen hat", sagte Stahnke. Er blätterte ein paar Seiten zurück und hob die Brauen. „Was nicht wenig war. Einen Teil davon hatten Sie in den Hof investiert, den anderen angelegt. Wertpapiere. Am fünften November haben Sie Ihre Aktiendepots aufgelöst. Wo ist dieses Geld jetzt?"

Paul Krüger zuckte die Schultern. „Sagen wir, es ist in Sicherheit. So ganz genau erinnere ich mich im Moment nicht."

Kramer holte Luft, aber Stahnke berührte den Arm seines Kollegen, ehe der etwas sagen konnte. Kramer schwieg. Das mit dem Geld hatte Zeit, das würde sich finden.

„Am achten November fuhren Sie dann nach Österreich", sagte Stahnke. „Ob direkt oder mit Umweg über die Schweiz, spielt jetzt keine Rolle. Warum sind Sie dorthin gefahren?"

Paul Krüger blickte den Hauptkommissar erstaunt an. „Warum? Um Ski zu fahren, warum sonst. Ich konnte ja nicht wissen, dass am elften November diese Seilbahn anfangen würde zu brennen."

„Eine glückliche Gelegenheit also?"

„Wenn Sie so wollen - bei hundertfünfzig Toten. Aber Sie haben Recht. Ja, es war ein Zufall, und er kam mir sehr gelegen. Eigentlich wollte ich noch einmal in aller Ruhe Urlaub machen und mir dann überlegen, wie ich meine Existenz am besten beenden könnte. Aber als es dann passierte, habe ich natürlich sofort reagiert."

„Wie sind Sie denn überhaupt lebend aus der Bahn und dem Tunnel herausgekommen?", fragte Stahnke. „Das haben ja nur ganz wenige geschafft."

Paul Krüger widmete ihm einen langen Blick aus weit aufgerissenen blauen Augen. „Rausgekommen?", fragte er. „Aber ich war doch gar nicht drin!"

„Nicht drin?" Kramers Stimme klang entrüstet. „Aber wie kam denn dann Ihr Name auf die Liste der Opfer? Das ist doch . . ."

Wieder brachte Stahnke ihn mit einer sanften Berührung zum Verstummen. „Ich glaube, ich verstehe schon. Im Zentrum des Brandes herrschte damals eine unvorstellbare Hitze. Man konnte viele der Opfer nicht mehr identifizieren. Nicht nur das - man konnte sie nicht einmal mehr zählen."

Paul Krüger nickte. „An jenem Morgen wollte ich auch Ski fahren, zeitig mit der Seilbahn hoch, hatte aber verschlafen. Die Meldung kam durchs Radio, als ich gerade ins Auto gestiegen war. Danach dann eine Sondersendung nach der anderen. Fast eine Stunde habe ich im Auto gesessen, sogar den Motor laufen lassen, weil es so kalt war. Mir wurde klar, worauf das hinauslief."

„Nämlich?", fragte Stahnke leise, wie aus Höflichkeit. Er nickte kaum merklich vor sich hin.

„Man würde die Opfer im Ausschlussverfahren bestimmen müssen", sagte Paul Krüger. „Die Identifizierbaren identifizieren, und dann durchzählen, wer sonst noch fehlt. Also bin ich zurück ins Hotel, habe meine Papiere und mein Bargeld und ein paar Klamotten in meinen Rucksack gestopft, meinen Wagen so dicht wie möglich an der Seilbahnstation geparkt, die Skier untergeschnallt und bin talwärts gefahren."

„Später hat man Sie im Hotel vermisst", ergänzte Stahnke. „Man hat auch Ihren Wagen entdeckt. Irgendwann fällt es ja auf, wenn ein Auto zugeschneit herumsteht. Und als Ihr gebuchter Urlaub abgelaufen war, ohne dass Sie noch einmal aufgetaucht wären, hat man angenommen, Sie wären nur noch ein Häufchen Asche. Und Ihren Namen auf die Liste gesetzt."

„Genau", sagte Paul Krüger. Er machte einen zufriedenen Eindruck.

„Und dann?"

„Im nächsten Ort habe ich meine Skier vor irgendein Hotel gestellt, wo schon ein paar Dutzend andere Bretterpaare standen, bin in den Bus gestiegen und in die nächste Stadt gefahren. Von da aus mit der Bahn nach Deutschland. Und dann begann ich mein Leben in der Illegalität." Jetzt lachte er halblaut: „Das ist gar nicht so schwer, wie die Polizei immer behauptet, meine Herren. Aber keine Sorge, ich verstehe das schon. Manchmal muss man die eigenen Interessen höher bewerten als die Wahrheit, nicht wahr?"

„Tun Sie das gerade?", fragte Stahnke.

„Bin ich der Geist, der stets verneint?", lächelte Paul Krüger.

„Wenn Sie nein sagen, dann ja", sagte Stahnke. „Kein ganz taufrischer Witz."

„Überhaupt keiner", sagte Paul Krüger.

„Woher hatten Sie das Gift, mit dem Sie Ihren Vater umgebracht haben?", fragte Kramer. Er hatte sich aufgerichtet, offenbar entschlossen, seine Rolle in dieser Unterhaltung zu ändern.

„Von meinem Vater", sagte Paul Krüger. Seine Augenlider hingen halb herunter, und er betrachtete Kramer durch seine auffallend langen Wimpern hindurch.

„Ihr Vater hat sich früher mit dem Import von Nahrungs- und Genussmitteln befasst", sagte Kramer. Seine Stimme klang tastend. „Dieses . . . dieses Dimethylsulfat ist ein Grundstoff zur Herstellung von Unkraut- und Ungeziefer-Vernichtungsmitteln. Gibt es da einen Zusammenhang?"

„Allerdings." Paul Krügers Blick verriet jetzt Anerkennung. Natürlich hat er Kramer unterschätzt, dachte Stahnke. Alle tun das. Ein großer Vorteil für ihn. Auch für mich.

„Mein Vater hat importiert, und zwar zu guten Konditionen, weil er den Produzenten gern behilflich war", fuhr Paul Krüger fort. „Pestizide, Insektizide, später auch Chemikalien zur Herstellung solcher Gifte direkt vor Ort, in beliebiger Menge - kein Problem dank Wendelin Krüger! So hat er sich beliebt gemacht und nebenbei auch noch mächtig verdient. Dass er einen Teil dieser Gifte in seinem Kaffee, in den Nüssen und dem anderen

Kram gleich wieder reimportierte, das hat ihn nicht gestört. Kein bisschen."

„Es gab damals entsprechende Vorwürfe gegen Ihren Vater", sagte Stahnke. „Von Ihnen?"

Paul Krüger blickte ein paar Sekunden starr vor sich hin. Dann nickte er langsam. „Ja."

„Man konnte ihm aber nie etwas nachweisen."

„Weil er schlauer war als ich." Paul Krüger blickte auf. „Vorwürfe muss man nicht öffentlich erheben, die muss man in die richtigen Kanäle blasen. Und den Gutachter gleich eigenhändig an Ort und Stelle schleppen. Ich habe ihm immer viel zu viel Zeit gegeben. Aber er hat mir dann ja gezeigt, wie man es richtig macht."

„Pestizide in Ihr Getreide?"

„Kontaminiertes Getreide in meine Lieferung. Das wirkt viel glaubwürdiger."

„Und die BSE-Probe? Wie soll er das gemacht haben?"

„Was glauben Sie, wie viele belastete Proben in Umlauf sind! So ein Rinderhirn ist ziemlich groß. Wer will da behaupten, er könne nachweisen, was mit jedem Gramm davon geschieht? Und die Brüder, die keine Skrupel hatten, mit verpestetem Viehfutter zu handeln, die handeln auch mit dem, was dabei heraus kommt. Wenn's ihnen nur einer bezahlt."

„Das alles trauen Sie Ihrem Vater zu?"

„Wenn Sie ihn besser gekannt hätten, würden Sie nicht fragen", sagte Paul Krüger. „Wissen Sie, mein Vater hat 'Das Kapital' von Marx und Engels gelesen, alle drei Bände, und die 'Grundrisse der politischen Ökonomie' noch dazu. Er hat alles gewusst über den Kapitalismus. Wie er aus der Arbeit vieler Menschen das Vermögen einiger weniger macht. Aber er hat das nicht als Kritik aufgefasst, sondern als Gebrauchsanweisung. Mit ihm zu diskutieren war zwecklos. Anfangs habe ich es ja noch probiert. Habe ihm klar zu machen versucht, was er den Leuten antut, wenn er ihnen vergiftete Lebensmittel verkauft, nur um seine Profite zu steigern. Wissen Sie, wie er mich da genannt hat? 'Sozialromantiker'! Und 'Moralsuse'!"

Stahnke wischte sich mit der rechten Hand das Grinsen vom Mund. Dieser Wendelin musste ein Riesenarsch gewesen sein, das wollte er gerne glauben. Aber dieser Paul ging ihm langsam ebenfalls auf die Nerven.

„Meinungsverschiedenheiten beweisen nichts", sagte Kramer. Sehr gut, dachte Stahnke. Nichts lockte einen selbstbeherrschten Menschen so sicher aus der Reserve wie eine richtig platzierte, dröge Verständnislosigkeit.

„Meinungsverschiedenheiten?" Touché. „Soll ich Ihnen mal erzählen, wie er Chef der Optotrans geworden ist? Weil er etwas gewusst hat über diesen Alfred von Böden, seinen Vorgänger. Ich weiß nicht was, aber es kann keine Kleinigkeit sein, was der auf dem Kerbholz gehabt hat. Ein richtig fettes Verbrechen. Mein Vater sagte, er habe Beweise. Damit ist er natürlich nicht zur Polizei gegangen, er hat von Böden erpresst. Hat ihn gezwungen, ihn erst in die Firma zu holen und als seinen Stellvertreter aufzubauen - und dann zurückzutreten und den Weg frei zu machen. Ob das Verbrechen gesühnt wurde oder nicht, das war ihm egal. So einer war er."

„Sie haben ihn umgebracht."

„Ja", sagte Paul Krüger. Er schluckte hörbar, seine Wangenmuskeln begannen zu vibrieren und sein Kopf fing leicht an zu schwanken. Seinen Blick aber senkte er nicht.

„Ihre Startnummer für den Ostfrieslandlauf war gefälscht, wie wir inzwischen festgestellt haben", sagte Stahnke. „Sie haben Ihrem Vater, Ihrem Opfer in Holtland dicht bei dem aufgebauten Wasserstand aufgelauert und ihm den mit Dimethylsulfat getränkten Schwamm in den Nacken gedrückt. Waren Sie sicher, dass er Sie nicht erkennen würde? Weil Sie sich den Bart abgenommen haben und Ihr Haar nicht mehr so lang tragen wie früher?"

„Die Mütze nicht zu vergessen", sagte Paul Krüger. „Nein, er hat mich nicht erkannt, und das wusste ich. Wenn er auf ein Ziel lossteuerte, dann hat er nichts mehr gesehen rechts und links, dann hat er durchgezogen, da kannte er keine Verwandten, buchstäblich. Er hat mich sogar angesehen und mich trotzdem nicht erkannt."

„Dann haben Sie Jacke, Mütze und Handschuhe ausgezogen und sind mitgelaufen. Warum? Hätten Sie sich nicht einfach nach hinten entfernen können?", fragte Kramer.

„So war das doch viel unauffälliger", sagte Paul Krüger. „Irgendwann würde man ja fragen, was da vorgefallen war, das war mir klar. Überall standen Zuschauer herum; einer von denen hätte mich davonschleichen sehen und sich später daran erinnern können. Als Läufer aber konnte ich den Tatort ganz selbstverständlich verlassen. Viele Läufer müssen zwischendurch mal in die Büsche."

Stahnke nickte. „Ist mir bekannt. Sie aber sind nicht nur mitgelaufen bis ins Ziel, sie haben sich dort auch als Arzt ausgegeben. Das müssen Sie mir erklären."

Jetzt senkte Paul Krüger den Blick und schwieg.

„Dann will ich es Ihnen erklären", sagte Stahnke. „Das Gift wirkte schneller, als Sie erwartet hatten. Die erste Stufe, der Schwächeanfall, das scheint Ihnen nicht so ganz klar gewesen zu sein. Sie hatten Angst, dass ein richtiger Arzt kommt und etwas merkt, und mussten improvisieren. Kleines Doktorspielchen. Hauptsache, der Alte bleibt noch ein paar Minuten in seinem vergifteten Trikot. Oder? Ich schätze, wenn's ein Dolch gewesen wäre, hätten Sie ihn noch einmal in der Wunde umgedreht. Oder auch zweimal, zur Sicherheit."

Paul Krüger hielt den Kopf gesenkt. Sein Hals begann sich rosa zu färben.

„Und wo wir gerade beim Erklären sind", nahm Kramer den Faden auf, „was sollten diese Gedichte? Kleines Show-Element?"

„Kennen Sie die Morde des Herrn ABC? Von Agatha Christie?" Vorsichtig lugte Krüger hoch. Dass die beiden Kriminalbeamten den Kopf schüttelten, schien seine Stimmung wieder etwas zu heben. „Da geht es um Morden nach dem Alphabet. Erst ein A. A. aus A-Stadt, dann ein B. B. aus B. und so fort. Jeder denkt sofort: ein Irrer, klare Sache. Tatsächlich aber handelte der Täter aus kalter Berechnung, und es ging ihm nur um den C.-C.-Mann. Sein Plan war, noch einen D.-D.-Mord zu begehen und dann aufzuhören. Niemand, so glaubte er, würde dann je hinter seine Identität kommen."

„Und was hat ihn verraten?"

„Sein drittes Opfer unterschied sich zu stark von den beiden ersten", sagte Paul Krüger und seufzte. „Das wäre in meinem Fall kein Problem gewesen, weil sie ja alle Läufer waren. Die Gedichte waren mein ABC, verstehen Sie? Der deutliche Fingerzeig, dass Sie nach einem irren Serienkiller suchen müssen."

„Nur dass Sie Ihre zweite Tat nicht selbst begangen haben, sondern von einem anderen ausführen ließen", sagte Stahnke.

Energisch schüttelte Paul Krüger den Kopf. „Mit dem habe ich nichts zu tun. Der hat sich einfach eingeklinkt, dieser Trittbrettfahrer, und ist mir dann zuvorgekommen. Ich stand dreihundert Meter weiter."

„Zwei Bomben auf einen Streich? Ganz zufällig? Sie glauben doch wohl nicht . . ."

„Nein, keine Bombe", unterbrach ihn Paul Krüger. „Der Revolver! Den wollte ich eigentlich schon beim zweiten Mal nehmen. Sie haben das Gedicht falsch interpretiert. 'Flug durchs Helle, Moment der Erhöhung', das waren Metaphern für die Kugel, den Schuss!" Er seufzte. „Das ist das Problem mit Gedichten. Ich habe da so meine Erfahrungen, müssen Sie wissen, ich gehöre einem Arbeitskreis an, der sich mit solchen Dingen befasst. Übereifrige und Ungeübte interpretieren einfach nicht den Gehalt eines Textes, sie interpretieren etwas hinein. Das bringt die Lyrik so sehr in Misskredit."

„Also ich. Und nicht Sie", sagte Stahnke. Paul Krüger guckte verständnislos.

„Na gut. So hatten Sie den Revolver dann ja noch für das dritte Mal und mussten sich nichts Neues ausdenken. Aber noch eine Erklärung, bitte: Warum haben Sie sich als Opfer ausgerechnet diese junge Frau ausgesucht?"

„Ich habe sie nicht ausgesucht", sagte Paul Krüger ganz ruhig. „Ich bin mein Tempo gelaufen, ganz normal, bis zu dem Punkt, den ich mir vorher ausgesucht hatte. Im Gebüsch habe ich meine Waffe gezogen und gehoben. Die erste Person, die mir ins Visier kam, sollte es sein. So hatte ich es beschlossen."

„Nur gut, dass wir keinen irren Serienkiller gesucht haben", sagte Stahnke. „Da wären wir ja niemals auf Sie gekommen."

„Lassen Sie diesen billigen Sarkasmus", sagte Paul Krüger. „Ich gönne Ihnen ja Ihren Triumph. Und er ist mir egal. Ich habe mein Ziel erreicht, das ist die Hauptsache. Alles andere . . ." - er machte die Geste des Über-die-Schulter-Werfens.

„Hauptsache, Sie haben Ihren Hass gestillt", sagte Stahnke.

„Ich habe seinen Hass ausgelöscht", sagte Paul Krüger. „Sein Hass war ein tödliches Gift. Und er hat niemanden so gehasst wie mich."

Stahnke stemmte die Ellbogen auf seine Schreibtischplatte, tippte seine zehn Fingerspitzen aufeinander und schaute versonnen in das Gitter, das seine Finger bildeten. Dann sagte er: „Es hat ja eine Weile gedauert, bis ich Sie erkannt hatte nach dem alten Bild. Sie wissen schon, Bart und lange Haare. Aber ich habe Sie erkannt. Gut, dass ich doch noch einmal in die Wohnung Ihres Vaters gegangen bin. Wissen Sie eigentlich, wo ich das Foto von Ihnen gefunden habe?“

Paul Krüger zuckte die Achseln.

„Ich will es Ihnen sagen“, sagte Stahnke, und seine Stimme klang müde. „Auf dem Nachttisch Ihres Vaters.“

34.

Alle hatten sie ihn gewarnt vor diesem letzten Abschnitt, dem Schluss-Stück der sechsten Etappe, dem Endspurt an der Küste, auf dem Deich bis ins Ziel nach Bensersiel. Wenn der Nordwind weht, hatten sie ihm gesagt, oder der Nordwest, und aus diesen Richtungen weht der Wind in Ostfriesland fast immer, dann wird jeder Schritt zur Qual, dann saugt er die Kraft aus dir raus, bis nichts mehr da ist, bis du nicht mehr glaubst, dass deine Beine dich überhaupt noch tragen können, geschweige denn vorwärts bewegen. Wenn dir der Nordwest um die Ohren weht, da oben auf der Deichkrone, wo es nichts gibt, was dich vor ihm schützen könnte, keinen Baum, keinen Strauch, kein Haus und keine Plakatwand, dann wirst du es bereuen, dich auf dieses Kräftemessen jemals eingelassen zu haben. Viele, so hatten sie ihm erzählt, haben auf diesen letzten Metern schon den Mut verloren angesichts der Übermacht des Nordwest.

Und was war? Froh war er, dass es nicht vollkommen windstill war, dass ihn wenigstens der Hauch einer Brise umfächelte, ihm das schweißfeuchte Gesicht und die schwingenden Arme angenehm kühlte, während die sinkende Sonne immer noch eine bestechende Frühform zeigte, über die ganz Ostfriesland schon seit Wochen staunte. Einen so schönen, warmen, sonnigen Frühling hatte man hier seit Jahren nicht erlebt.

Einen so dramatischen auch nicht. Das war bereits Geschichte, eine unglaublich bunte und spannende, aber Geschichte. Ein Mord, zwei versuchte Morde und ein mutmaßlicher Mord, der sich dann aber doch als Unfalltod durch Ertrinken herausstellte, Ertrinkungstod nach Sturz von einer Borkum-Fähre, ohne Zusammenhang mit den anderen Vorfällen. Jedenfalls ergaben die polizeilichen Untersuchungen anscheinend keinerlei Hinweise auf eine Gewalttat.

Stahnke hatte ihm mehr beiläufig davon erzählt, und Marian war zusammengezuckt wie unter einem Stromschlag, als der Name des Toten fiel: Alfred von Böden. Eine späte Genugtuung, hatte er gedacht, die allzu lange hinausgezögerte Vollstreckung eines moralischen Urteils, für dessen Umsetzung nach juristischen Kategorien sich nie ein deutsches Gericht fand. Er wollte Stahnke von Levys Erinnerungen berichten, aber das war unterblieben, weil das Gespräch eine andere Wendung nahm. Wie das eben so ging. Na ja, dafür war ja immer noch Zeit.

Wenn man alles zusammen nahm, überlegte Marian, dann hatte ja doch eine ganze Menge gegen Levy gesprochen. Nur gut, dass die Fälle rechtzeitig geklärt und die Täter eingesackt worden waren. So war Levy doch einiges erspart geblieben.

Auch gegen Zimmermann hatte allerhand gesprochen. Auch er war durch den Lauf der Dinge von jedem Verdacht reingewaschen worden. Marian allerdings war von Zimmermanns Unschuld alles andere als überzeugt. Klar, die verbuddelte Bombe und der Brandanschlag auf Levys Haus gingen auf Jan-Habbo Janssens Konto, aber bestimmt nicht auf seins alleine. Janssen tat nichts ohne Befehl, und alles deutete darauf hin, dass Zimmermann der Befehlsgeber war. Aber in diesem Punkt schwieg Jan-Habbo eisern.

Wie auch immer: erledigt, gelocht und abgeheftet. Die Sonne dagegen schien weiter. Und der Ossiloop ging zu Ende.

Er glaubte die Möwen schreien zu hören, als er durch die Zielgasse trabte, wie üblich mit der zweiten Hälfte des Hauptfeldes, aber doch so weit vor der Nachhut, wie er es sich nach seinen niederschmetternden Anfangs-Erfahrungen kaum noch hatte träumen lassen. Ja, richtig, das waren Möwenschreie. Und ein wenig tröpfelnder Applaus, den sich hier jeder verdiente und der doch auch in homöopathischen Dosen so gut tat.

Hoch erhobenen Hauptes lief er über die Ziellinie, ließ sich austrudeln, reckte die Arme empor und pumpte sich die Lungen mit köstlicher Seeluft voll. Also doch, dachte er. Laufen kann einfach schön sein. Dabei hatte er schon angenommen, diese Behauptung für alle Zeiten als Irrglauben enttarnt zu haben. Die Langläufer-Szene war ihm vorgekommen wie eine rauchende Schulklasse: Niemand kann es wirklich leiden, aber keiner hört damit auf, weil es alle tun. Nein, so war es nicht. Heute war er gern gelaufen.

Ein Werbespruch fiel ihm ein: „Ich rauche gern." Die Wahrheit aus dem Munde eines Süchtigen. War er jetzt etwa laufsüchtig geworden?

Das denn wohl doch nicht. Schön war es gewesen, für diesmal. Demnächst würde etwas anderes schön sein für ihn, da war er sicher. So gut kannte er sich inzwischen. Sprunghaft in seinen Interessen wie ein junger Köter, der an jedem Gänseblümchen schnuppert und an jedem Kackehaufen sowieso. Aber warum auch nicht. Besser als Karriere-Scheuklappen war das allemal.

Erfreut registrierte er, dass sich sein Atem viel schneller beruhigte als noch vor zwei Wochen. Tatsächlich ein Trainings-Effekt. Na ja, Kunststück, von null auf eins auf der Zehner-Skala. Aber immerhin.

Ein Stückchen vor ihm schlenderte Zimmermann, ganz allein - ein ungewöhnlicher Anblick. Anscheinend war auch er gerade erst am Ziel eingetroffen. In seiner Zeit als Fußball-Schiedsrichter, so hieß es, habe er gelegentlich die angreifenden Stürmer überspurtet, um sie zu mehr Einsatz anzuspornen. Was für ein Angeber. Bald würde er nicht einmal mehr einen Zeitungsredakteur überspurten können. Angeblich sollte Zimmermann früher auch Fußballspiele schon nach achtzig Minuten abgepfiffen haben, wenn sie ihm zu langweilig erschienen. Macht und Machtmissbrauch schienen für diesen Mann ein und dasselbe zu sein. Seine Wähler schien das nicht zu schrecken. Dahinter musste eine typisch deutsche Auffassung von Gerechtigkeit und Verantwortung stecken, anders war das nicht zu erklären.

Zimmermanns Blick schweifte suchend umher, anscheinend ertrug er es nicht, länger als einige Minuten ohne Publikum zu sein. Jetzt hob er grüßend den rechten Arm und eilte auf zwei grün uniformierte Gestalten zu, die am Straßenrand standen, graubärtig und barhäuptig, die Dienstmützen unter die Ellbogen geklemmt. Rieken und van Dieken tauschten einen kurzen Blick aus, klappten in perfekter Synchronität ihre Kopfbedekkungen in die dienstvorschriftsgemäße Position zurück, machten linksum kehrt und wandten Zimmermann den Rücken zu. Marian konnte sich nicht erinnern, den Mann mit dem Büffelkopf jemals so perplex gesehen zu haben. Na schön, dachte er. So deutsch ist offenbar niemand, dass da nicht noch Hoffnung wäre.

Da war Levy, wie versprochen. Neben ihm stand Stahnke, den Nachfolger seines dahingeschiedenen Trenchcoats in der einen Hand und Marians Sporttasche in der anderen. Und bei ihm Sina, die natürlich wieder schneller gewesen war als er. Erneut ein Stich. Oh ja, es tat weh, sehr wohl tat es noch weh, und es kam durchaus ein Sturm auf, wenn er sie sah. So weit war er noch nicht. Echt noch nicht.

Nein, eine Zukunft hatte das nicht mit den beiden. Absprung Sina, Sprungbrett Stahnke. Inzwischen glaubte er zu wissen, dass sie sich von ihm lösen musste, ohne deshalb ganz zu verstehen, warum. Jetzt, da die dicken, schon etwas bemoosten Leinen losgeworfen waren, mit denen sie damals bei ihm festgemacht hatte, würde sie nicht gleich wieder am nächsten Dalben anlegen, ohne vorher überhaupt Fahrt aufgenommen zu haben. Ob Stahnke das wusste?

Forschend schaute er ihn an. An seinem freundlichen Lächeln, das die Oberfläche dieses runden Gesichts versiegelte wie eine Schicht aus Epoxidharz, glitt sein Blick ab.

Sie gratulierten ihm, klopften ihm auf die Schultern, schüttelten ihm die Hand. Als Sina ihm ein Wangenküsschen auftupfte, spitz mit schwitzigen Lippenrändern, überlief es ihn eisig. Aber dann nahm sie ihn doch richtig in die Arme, küsste ihn ordentlich auf den Mund, und als sie sich voneinander lösten, leckte sie ihm blitzschnell über die Nasenspitze, ehe er noch auf das verräterische Blitzen in ihren Augen reagieren konnte. Nein, das konnte noch nicht alles gewesen sein. Er nahm sich vor, sich auch die Zukunft als eine Folge von Etappen vorzustellen.

Dann fiel ihm etwas ein, und er nahm Stahnke die Sporttasche ab und kramte darin. Da war es. „Vielen Dank noch", sagte er und streckte Levy das Buch hin, dass der ihm im Krankenhaus geliehen hatte. WinterZeit. „Ein erschütterndes Buch. Nachdem ich endlich damit angefangen hatte, habe ich es in einem Rutsch durchgelesen."

Natürlich ließ er es fallen, ehe Levy richtig zugegriffen hatte. Natürlich fiel das Buch zu Boden. Immer passierten ihm so blöde Sachen. Wenigstens bückte er sich schneller als Stahnke, der ihn fast mit seinem mächtigen Schädel gerammt hätte, und hob das Buch wieder auf.

Ein Zettel flatterte heraus. Das Lesezeichen. Nun war es also doch passiert, nachdem er all die Wochen peinlich darauf geachtet hatte, dass es nicht verrutschte. Nein, das war keine Quittung, das war eine Fahrkarte. Ein Fährticket. Ein Ticket für eine Überfahrt nach Borkum. Marian starrte auf das Datum, dann in Levys Gesicht.

Da war eine tiefe Ruhe in Levys Zügen. Wenn ich ihn jetzt fragen würde, er würde es nicht leugnen, dachte Marian. Er würde alles gestehen, nur keine Schuld. Wenn es für Levy eine Schuld gab, dann die, überlebt zu haben, achtzig Jahre alt geworden zu sein und weiter zu leben, stark wie ein Baum, weil so viele Jahre noch lange nicht reichten, um fertig zu werden mit der Erinnerung an den tausendfachen Tod. Leben nach dem Tod. Schuld und Sühne zugleich.

Nein, dachte Marian. Keine Schuld. Es muss doch mal Schluss sein mit diesem ewigen Gerede von Schuld, so hieß es doch immer von der anderen Seite, oder? Na bitte. Schluss damit.

Er reichte Levy das Buch. Mit der anderen Hand zerknüllte er das Ticket und ließ die Faust geballt, bis er spürte, dass sich das Papier in seiner feuchten Handfläche aufzulösen begann. Levy nahm das Buch, drehte sich um und ging davon.

Auch Sina und Stahnke drängten zum Aufbruch; die Sonne war weiter gesunken, die Brise hatte zugenommen, und so langsam wurde es doch etwas kühl. Zeit für die Dusche.

Als Marian sich noch einmal umdrehte, weil ihm eingefallen war, dass er Stahnke doch nach seinem Vornahmen fragen wollte, war der natürlich schon außer Sicht. Dafür stand da eine Telefonzelle. Marian hieb seine linke Faust in die rechte Handfläche: „Jetzt aber!" Eilig betrat er die Zelle, klappte den Hängeordner hoch, schlug das Telefonbuch von Ostfriesland auf und blätterte. Juist, Krummhörn, Langeoog, Leer. Da war der Buchstabe S, da das Sch. Gerd Schröder, Willi Schulz, Dr. Albert Schweitzer. Unglaublich. So, und jetzt. . .

Natürlich fehlte die Seite mit dem St.

Wütend stapfte Marian davon.

„...ich habe Billie Rubins Geschichte von Klaus Fleißing und Karin Dumberger in der Dünenklause gelesen! Natürlich habe ich in dem interessanten Buch auch sonst mit Vergnügen geblättert und manches Rezept hat meine Frau sich zu eigen gemacht. So kann ich Ihnen danken für eine schöne Lektüre, die den inzwischen fünfwöchigen Aufenthalt auf der Insel bereichert hat."

(*Bundespräsident Johannes Rau*)

2. Auflage

Peter Gerdes (Hrsg): Mordkompott

Kriminelles zwischen Klütje und Kluntje. 240 Seiten, ISBN 3-934927-01-7, **24,80 DM**

Peter Gerdes: Das Mordsschiff

Neue Kurzkrimis mit dem bodenständig-bissigen Hauptkommisssar Stahnke

ISBN 3-934927-00-9

140 Seiten, **19,80 DM**

Peter Gerdes: Ein anderes Blatt

(Kriminalroman)

136 Seiten

ISBN 3-934927-05-X, **12,00 DM**

Peter Gerdes: Thors Hammer,

(Kriminalroman)

136 Seiten

ISBN 3-934927-06-8, **12,00 DM**

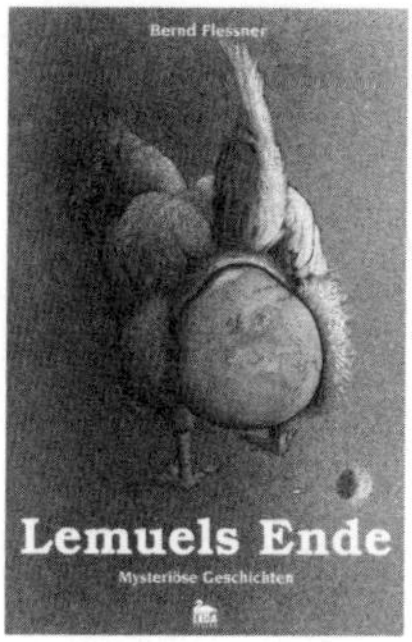

Bernd Flessner: Lemuels Ende
Neun Geschichten erzählen von ganz gewöhnlichen Leuten, die sich plötzlich in Situationen wiederfinden, die man nur als mysteriös bezeichnen kann. Oder als ganz alltäglich. Oder als aberwitzig. Wer will den Unterschied ausmachen? Vielleicht der Leser?
ISBN 3-934927-07-6, 152 Seiten, **19,80 DM**

Arbeitskreis Ostfriesischer Autoren: Faszination See
Gleich einer Seekiste, dren knarrende Deckelscharniere verborgene Schätze verheißen, lädt dieses Buch zum Stöbern und Entdecken ein.
ISBN 3-934927-02-5
200 Seiten, **26,80 DM**

Heike Gerdes: Mühlengeschichten
Wer im Nordwesten unterwegs ist, trifft heute wieder in vielen Orten auf schön restaurierte Windmühlen. Heike Gerdes hat nicht nur Fakten aufgelistet - besonders interessieren sie die Geschichten hinter der Geschichte. Liebevoller Überblick über die Mühlen des Landkreises Leer mit vielen Fotos.
ISBN 3-927139-45-9, **12,00 DM**